Storia

34-36, rue La Pérouse
75116 Paris
www.hugoetcie.fr

Collection Hugo Poche dirigée par Franck Spengler
Ouvrage dirigé par Bertrand Pirel

Graphisme de couverture : © Laëtitia Kalafat
Photos de couverture : © r.classen/Shutterstock et Joe Prachatree/Shutterstock

ISBN : 9782755685176
Dépôt légal : octobre 2020
Imprimé en Espagne par Blackprint

Storia

NICOLAS BEUGLET • ROY BRAVERMAN & IAN MANOOK
ARMELLE CARBONEL • CHRISTOPHE DUBOURG
NICOLAS DUPLESSIER • DAMIEN ELEONORI • THOMAS ENGER
JACQUES EXPERT • VICTOR GUILBERT • JOHANA GUSTAWSSON
VINCENT HAUUY • LORRAINE LETOURNEL LALOUE • JÉRÔME LOUBRY
• MO MALO • LUDOVIC MISEROLE • ALICE MORGANE • IVAN ZINBERG

Au profit de l'association ELA

Hugo Poche

SUSPENSE

SOMMAIRE

PRÉFACE

Le projet *Storia* s'inscrit dans la continuité d'un autre projet, né en 2018 sous le nom de *Phobia*.

Comme pour son prédécesseur, *Storia* est le fruit du travail d'un collectif d'auteur.e.s qui ont souhaité mettre leur talent au service des malades atteints de leucodystrophie.

Pour qu'un tel projet voie le jour, pour dynamiser ce collectif, il faut un capitaine qui donne le cap et le garde. Ce capitaine, nous l'avons trouvé, il s'appelle Damien Eleonori. Sensible au combat d'ELA, il est de ces hommes discrets qui ne font pas de bruit mais qui sont capables de déplacer des montagnes. D'une envie simple et sans prétention comme il aime à le dire, il a su rassembler pour faire quelque chose de bien.

Mais pour que ce projet puisse prendre la mer, il faut trouver un bon armateur. Convaincues par Damien, les éditions Hugo & Cie, représentées par Bertrand Pirel et par Arthur de Saint Vincent, président du groupe, ont tout de suite adhéré au projet malgré un contexte compliqué lié au Covid-19.

Voilà, *Storia* est né, il est le résultat d'une mobilisation originale de femmes et d'hommes au service du combat d'ELA contre la maladie.

Un grand merci aux auteur.e.s, aux éditions Hugo & Cie, à Damien sans qui ce projet n'aurait pas vu le jour.

Bon vent à *Storia* !

Guy Alba
Fondateur d'ELA

INTRODUCTION

Il était une fois…

Ces quelques mots ont, pour nous tous, une résonance particulière. Celle de l'enfance, de notre peau frissonnant sous la couette, de la voix tendre de notre mère, de notre grand-mère, aux intonations parfois surjouées. Quatre simples mots, pas un de plus ni de moins, et nous voilà en train de nous rappeler des moments hors du temps, où nos yeux somnolents s'apprêtaient à plonger dans des rêves de princesses, de chevaliers, de chats bottés, de belles, de bêtes, ou même d'ogres sanguinaires. Blottis au cœur d'un monde douillet, nous nous sentions en sécurité, à l'abri, là où aucun méchant ne viendrait jamais nous chercher.

Mais voilà, la vie réserve parfois son lot d'événements tragiques, de drames qu'aucun récit ne saurait décrire à leur juste portée. Les sorcières n'ont ici ni nez crochu, ni chapeau noir, ni même chaudron et pourtant, déguisées en organismes microscopiques, elles sont tout aussi dangereuses. Au cœur de la

« vraie vie », il n'y a point de héros pour battre un virus d'un coup d'épée, pas de fée capable de l'éradiquer d'un tournoiement de baguette magique, et aucun sort pour guérir ce qui ne peut pas l'être. L'innocence est fragile, sa carapace déjà fissurée par un monde en proie à la violence, à la colère, aux maladies nouvelles et incurables.

Alors, que pouvons-nous bien faire ? Nous ne sommes ni des héros, ni des princes en armure et les dragons que nous voulons occire ont une peau bien plus dure que celle d'un Léviathan. Que faire face à ces enfants touchés par les leucodystrophies, que dire à leurs familles alors qu'un autre virus accapare toute l'attention et les plonge dans la solitude ? La réponse semble être de s'avouer notre impuissance. Pourtant, nous avons un autre choix. Le choix d'être, en nous-mêmes, des chevaliers. Le choix de parler et d'agir avec notre cœur, d'être l'épée et le bouclier.

Avec ce recueil, nous avons fait le choix de dire à ces familles : « Il était une fois… » D'utiliser le pouvoir de ces mots pour leur avouer tant de choses : nous pensons à vous, nous sommes là pour vous soutenir, nous allons nous battre, avec nos armes, avec nos mots, pour vous. Nous allons partir, armés et solidaires, avec une seule mission : raconter une histoire, comme vous le faites à vos enfants, de tout votre courage. Grâce à une magie inconnue, ces récits seront découverts par d'autres et, en lisant ces mots comme on invoque une formule magique, l'impossible se produira : ces lecteurs et lectrices penseront également à vous.

Grâce à ces quatre et simples mots, vous ne serez plus seuls.

Vos chevaliers se nommeront ici Roy, Damien, Victor, Jérôme, Mo, Thomas, Nicolas & Nicolas, Ivan, Ludovic, Christophe, Vincent, Jacques. Des guerrières amazones chevaucheront à leurs côtés, et répondront aux doux prénoms de Johana, Armelle, Lorraine et Alice.

Laissons maintenant les mots opérer, les auteurs vous prendre par la main et, chacun à leur tour, vous raconter leur histoire, leur « Il était une fois… ».

Damien Eleonori

La fille aux allumettes

ROY BRAVERMAN & IAN MANOOK

Il était un froid très froid qui glaçait le ciel et prenait la cathédrale dans une gangue de glace. Un froid si froid que les chrétiens briochés dans leurs manteaux couraient à la messe. D'un pas si pressé qu'ils semblaient ne pas voir la fille aux allumettes. Sauf le père aux paupières congelées de concupiscence. Sauf le fils, boutonneux comme un cake aux fruits, les yeux torves et sous-jacents. Sauf les femmes aux regards verglacés de jalousies pudibondes. Parce qu'en fait, tous ne lorgnaient que ça, ses jambes maigrelettes, longues et fines comme des allumettes justement, sous sa jupette de petite vertu. Des tiges de radiateur. Des tuteurs à bégonias. Et les mâles, taraudés par le péché de stupre et de fornication, Dieu leur pardonne, d'imaginer le chaud et froid de ces cuisses bleues de glace et de leur petit Jésus tout blond, tout chaud tout en haut. *Mea culpa, mea culpa, mea culpa !* S'ils avaient eu de l'ail sur eux, ils s'en seraient accroché des gousses aux oreilles comme on fait des cerises au printemps, pour repousser la tentation. *Vade retro putanas !* Ils s'en seraient frotté l'âme façon bruschetta. Et pourtant, Dieu que cette *maxima culpa*-là serait bonne à prendre à la hussarde, à la cardinale, dans la paille d'une étable. Sans compter qu'à la voir se mourir de froid comme ça, la fille aux allumettes ne leur coûterait sûrement pas plus qu'un petit verre de vin chaud. Mais le froid dans le ciel et dans l'œil de leur femme ou de leur mère, frustrées par la religion, leur rabougrit vite fait le désir, et ils engoncent leurs têtes chapkatées dans les animaux morts de leurs cols fourrés, les épaules jusqu'aux oreilles, et se pressent vers la cathédrale. Sans plus oser regarder la fille aux allumettes qui leur tend ses doigts du bout de ses mitaines. Déjà qu'ils vont donner un denier de Noël à la sainte Église, ils ne peuvent pas en plus subventionner toutes les paumées du monde. Surtout que Dieu a enfanté sur cette Terre de bien plus pauvres enfants que cette fille. En Afrique, tiens, ou au Vietnam, et même chez ces malheureux Haïtiens. Bien sûr, ils n'ont pas d'hiver à fendre les pierres, mais ils n'ont pas non plus de vin chaud ou de mannalas comme elle a, elle. Sans compter qu'elle pourrait se trouver un travail. Quand on veut, on peut. Aide-toi et le ciel t'aidera. Tire la chevillette, etc. Et ainsi de suite. Alors ils passent et font mine de ne pas la voir, trop pris qu'ils sont à s'amuser des nuages blancs qu'ils soufflent dans l'air glacé. Le même air glacé qui brûle les jambes bleues de la fille aux allumettes.

Qui n'est même pas Française, si ça se trouve, avec sa dégaine de Bulgare famélique. Ou de pute russe même, peut-être ! Et en plus elle a un portable glissé dans la poche arrière de sa jupe. Non mais c'est abusé, quand même !

Pas loin, le bistrotier écoule ses bassines de vin chaud aux croyants en retard ou aux athées dispensés, et regarde en coin les gambettes de la fille aux allumettes. Elle n'a pas seize ans. Les pieds dans le froid de simples espadrilles, les jambes si nues qu'elles pourraient casser comme du verre, une jupette de faux cuir pas plus large qu'une ceinture, et un petit pull en laine qui laisse voir le tatouage d'un angelot enroulé autour de son nombril. Un peu garçonne de visage et de coiffure. Il lui a déjà offert un vin chaud en essayant de deviner ses seins sous la laine. Il lui en offrirait bien un autre pour aller plus loin, mais sa femme le surveille d'un œil en biais. Elle harangue le chrétien de la bouche et enivre les païens à la louche, mais sans quitter son lascar du regard. Lui se demande comment la gamine peut résister à un tel froid juste en serrant ses maigres bras sur ses côtes. Et si elle a une culotte aussi. Le marchand de mannalas et de pains d'épices, de l'autre côté de l'allée, dit que oui. Le forain qui vend des butterbredele, des kipferla, des rhum bredele, des schowebredele, des spritzbredele et des linele n'en est pas si sûr. De toute façon elle a un cul de garçon et ça ne l'intéresse pas, alors ils trinquent tous les trois avec le bistrotier et retournent à leur commerce. Dès la sortie de l'église, le gueuleton de Noël et sa débauche de cadeaux attendus videra la place de ses badauds. Il ne leur reste que le temps de la messe pour assurer leur chiffre d'affaires. Et battre celui de l'an dernier, qui leur avait permis deux semaines autour de Saint-Domingue à bord d'un paquebot-croisière de douze étages. En *all inclusive*, vin compris !

La fille aux allumettes voit bien tout ça, leurs regards qui la pelotent et la déshabillent de loin, leurs yeux comme des mains, mais elle s'en moque. Elle hume au passage les vapeurs d'anis étoilé, de cannelle et de cardamome des vins chauds et ça ne lui coûte rien. Elle tend bien la main par réflexe, mais elle n'a plus aucune illusion sur la générosité de ce monde. Elle n'est plus dans la même existence que ces gens-là. Ce n'est pas que leur richesse les rend aveugles, c'est que sa misère à elle la fait transparente.

Seul le vieil Arménien qui vend des fruits secs ou confits et des pralines sait qu'elle existe. Aussi maigre qu'elle, dans son costume d'été trop ample et les pieds nus dans des mocassins, il a rempli une assiette de noix, d'amandes et d'autres gourmandises et la pose sur le rebord de son chalet. De loin, il lui fait signe que c'est pour elle. Elle regarde ce vieil homme qui lui sourit et n'ose pas. Est-ce qu'il cherche à savoir, lui aussi, si elle n'a pas de culotte ?

– Je m'appelle Mardirossian, mais tu peux dire Mardiros. Chez moi on dit : quand on te donne, tu prends, quand on te prend, tu cries. Alors vas-y. Prends. C'est une tradition en Orient. Une assiette pour l'étranger qui passe. On appelle ça un mendiant.

– Je ne suis pas une mendiante ! proteste la fille aux allumettes en picorant de l'angélique et du gingembre confits.

– Je sais, mais c'est comme ça que ça s'appelle. Normalement, les quatre mendiants sont les figues, les avelines, les amandes et les raisins secs, mais l'Arménien est excessif, alors j'y ajoute des fruits confits, des pâtes de fruit et des pralines.

Elle le remercie d'un sourire, prend une poignée de gourmandises et s'éloigne. Il s'inquiète en voyant ses allumettes.

– Tu n'as pas froid avec tes allumettes à l'air ?

– J'ai l'habitude.

– Allez, viens par ici, viens te réchauffer sous les convecteurs dans mon stand.

– Merci, Monsieur, mais ça va…

– Non ça ne va pas, tu as les lèvres aussi bleues que tes guiboles et les oreilles en pâte de verre. Viens là et ne discute pas.

La fille aux allumettes hésite, puis se glisse dans le stand au côté de l'Arménien qui ôte sa veste et la pose sur ses épaules.

– C'est vous qui allez attraper la mort, proteste-t-elle.

– Depuis le temps qu'elle me court après, j'ai le souffle pour la garder à distance. Et puis l'Arménien est dur au mal. Alors, qu'est-ce que tu fais là toute seule, à te geler les allumettes ?

– J'attends ceux de ma famille. On va réveillonner ensemble.

– T'es sûre de ce mensonge ? Ils sont où, ceux de ta famille ?

Elle lui désigne la cathédrale d'un mouvement du menton.

– Moi j'y crois plus. J'y mets plus les pieds. Je préfère les attendre dehors.

– Allons bon, qu'est-ce qu'il t'a fait le Bon Dieu ?

– Rien, justement. Rien de rien. De toute ma vie, il n'a rien fait pour moi.

– De toute ta vie ? Comment peut-on parler de toute sa vie, quand on la commence à peine ?

– Parce que la seule vie qu'on a, c'est celle qu'on a vécue. La vie à venir, c'est que de la foutaise. C'est que du baratin de forain, ça sert à rien. Ou alors juste à encaisser ce que tu as déjà supporté en échange d'un espoir de moins pire.

– Et moi qui étais prêt à te souhaiter un joyeux Noël !

– Il le sera, ne vous en faites pas, ça fait des semaines que je le prépare.

Ils passent l'heure suivante à parler de choses et d'autres. L'Arménien est bavard. Elle lui raconte qu'elle a un père, une mère et une petite sœur. Et un petit copain aussi.

– Deux fois trois ? demande-t-il à brûle-pourpoint.

– Six ! répond-elle étonnée.

– Et dix moins quatre ?

– Six aussi !

– C'est bon, tu sais compter, alors tu tiens la boutique pendant cinq minutes, j'ai des emplettes à faire. Tu t'arranges pour les prix. Tu fais comme tu veux.

Elle veut protester, mais il est déjà parti. Elle se débrouille comme elle peut. Elle aime bien ça, jouer à la marchande. Même si deux garçons, des frères de bonne famille, sapés comme des bourgeois déjà vieux dans leurs Loden, leur écharpe en cachemire Burberry sur le nez, l'embrouillent et lui volent plusieurs sachets. Quand revient l'Arménien, il lui a acheté un bonnet en laine aux couleurs de Noël, une paire de gants tricotés avec des rennes dessus, des chaussons fourrés assez grands pour qu'elle puisse les enfiler par-dessus ses espadrilles, et un grand châle rouge imprimé de couples de petits Alsaciens qui se font la bise.

– Je n'ai rien trouvé pour tes allumettes, se désole l'Arménien.

Puis les fidèles sortent de la messe et se ruent sur les stands pour leurs ultimes achats. Pris par la fièvre acheteuse de la foule, l'Arménien n'a pas le temps de retenir la fille aux allumettes qui en profite pour filer.

– Où tu vas ?

– Ma famille !

Il cherche des yeux dans la foule, mais ne voit personne. L'instant d'après, elle a disparu. Puis les fidèles, ivres du réconfort de Dieu, regagnent le confort de leurs maisons chaleureuses, le chapon au four et les guirlandes dans le sapin. Les commerçants rangent leur chalet, le ferment à clé, puis s'en vont un par un en se mentant les uns les autres sur leur fabuleuse recette. La place se vide. Les vigiles se montrent, patrouillant avec leur chien. L'Arménien part en dernier, cherchant longtemps des yeux la fille aux allumettes. Il marche jusque dans les ruelles alentour, puis regagne sa voiture et rentre chez lui, à cent kilomètres de là. Et pendant tout le trajet, il se demande ce qu'est devenue la fille aux allumettes.

Elle s'est blottie dans l'ombre d'un porche, à l'écart de la ronde des vigiles et de leurs chiens, et croque les dernières pralines de l'Arménien. Son téléphone est comme une flamme entre ses mains. Elle l'a rechargé quand il l'a laissée seule dans le chalet. Quand elle compose le numéro, le porche s'éclaire d'une vision heureuse. Leur maison. Au temps du bonheur. Ça sonne. Plusieurs fois. Peut-être qu'ils réveillonnent ailleurs. Peut-être que…

– Maman ? C'est moi, comment ça va ? Vous êtes tous à la maison ? Tout le monde va bien ? Oui, oui, moi aussi je vais bien, ne t'inquiète pas.

Je voulais juste avoir de vos nouvelles. Comment va ton cœur ? Tu te soignes, j'espère. Il faut être sérieuse avec ces choses-là... Écoute maman, je voulais juste te souhaiter un bon Noël et te dire que je t'aime. Même si je suis partie, tu sais que je t'aime maman, n'est-ce pas ? Tu n'y étais pour rien. Je voulais t'envoyer un cadeau, mais je n'ai pas pu. C'est un peu difficile en ce moment, avec le déménagement, le nouvel appart et tout ça. Mais j'espère que mon appel te fait plaisir quand même. Oui, moi aussi bien sûr, tu me manques. Je t'embrasse très fort, maman. Tu crois que je peux parler à papa ? Ah bon, il n'est pas là ? Il n'est plus là ! Et Sandy, ma chipie de petite sœur, elle est là ? Quoi, sortie à son âge ? Quatorze ans et elle fête Noël avec des copines en te laissant toute seule ? Attends que je l'appelle, je vais lui remonter les bretelles, tu vas voir. Mais non, bien sûr, je plaisante. Bon écoute, maman, je vais être à court de batterie alors je t'embrasse très fort et je vais raccrocher. Ah oui, juste une chose : bonne année aussi, parce que je ne pourrai pas t'appeler pour le Nouvel An. Mais rappelle-toi que je t'aime, ma petite maman. Rappelle-toi toujours de ça. Quoi qu'on te dise. Quoi que j'aie fait.

Quand elle raccroche, le porche s'éteint et redevient l'entrée sombre d'un vieil immeuble en pierre. Elle va composer un autre numéro quand un homme s'arrête devant elle.

– Ça te dérangerait de dégager de ce porche, tu vois bien que tu gênes le passage !

Il est emmitouflé dans un manteau matelassé, le visage abrasé par le froid et les bras surchargés de victuailles. Saumon, vin, champagne, bûche. La fille aux allumettes se redresse et lui tient la porte qu'il déclenche avec un passe. Quand il est entré, il reste jusqu'à ce que la porte se verrouille à nouveau pour s'assurer qu'elle n'entre pas squatter le hall.

– Et tu as intérêt à ne plus être là quand je redescends !

Elle le laisse disparaître dans l'ascenseur, s'assied à nouveau sur la pierre glacée et se pelotonne dans l'encoignure du porche. Elle compose un autre numéro et le porche devient une chambre de filles avec deux lits et des posters de beaux gosses sur tous les murs.

– Qu'est-ce que j'apprends, Sandy, tu ne fêtes pas Noël avec maman ? Bien sûr que c'est moi, qui veux-tu que ce soit ? Non, je suis en Alsace. Qu'est-ce que tu crois que je fais, je fais ma vie, Sandy ! J'emménage avec mon copain. Oui, parfaitement, un appartement à moi, et alors, je ne l'ai pas mérité peut-être ? Je n'ai pas été une grande sœur géniale ? Non ? Et pourquoi non ? Sandy, si je suis partie, c'est que j'avais mes raisons, et crois-moi, ça m'a déchiré le cœur de te laisser. Oui, je l'ai fait quand même, et tu as le droit de m'en vouloir, Sandy, mais je ne ferai plus d'histoires dans la famille, c'est promis. Plus jamais, tu verras, c'est fini tout ça. Bon, si tu es avec des amis, je ne veux pas casser l'ambiance, alors je vais te laisser. Prends bien soin de toi, petite sœur, et dis-toi que tu auras toujours quelque part une grande sœur qui veillera sur toi. Toujours, même si c'est de très loin. Allez, amuse-toi, et occupe-toi bien de maman pour nous deux, d'accord ? Ciao. Bises.

Elle raccroche, et à nouveau le porche redevient triste et sombre. Une bise s'est levée, qui tourbillonne des cristaux de neige acérés. Il gèle à fendre pierre. La fille aux allumettes grelotte, mais compose quand même un autre numéro. Cette fois le décor est une cave dans la chaleur d'un été caniculaire. Seul un rai de lumière oblique perce l'obscurité depuis un soupirail.

– Papa ? C'est toi ? … Écoute, ne dis rien si tu veux, mais ne raccroche pas s'il te plaît. Écoute-moi, je voudrais que nous fassions la paix, juste pour ce soir. C'est Noël, papa. Tu veux bien ? Tu m'écoutes, papa ? … Je n'oublie pas, et je ne te pardonne rien, tu t'en doutes bien, mais avant ça, tu as été mon papa, et ça non plus je ne veux pas l'oublier. Tu étais mon petit papa, mon héros. C'est pour ça que je suis partie. Je ne voulais pas que maman et Sandy aient à choisir entre toi et moi. Même si aujourd'hui, elles n'ont ni toi ni moi pour fêter Noël. Ce n'est pas moi que tu as détruite, papa, c'est toute notre famille, tu comprends ? Tu te rends compte dans quel piège tu m'as enfermée ? Si je restais, j'étais la preuve vivante, à leurs yeux, de ce que tu as fait. Et si je partais, mon absence leur rappelait la même chose. C'est pour ça que je ne reviendrai pas, papa, jamais. Plus jamais. Mais je voulais entendre ta voix, celle qui me racontait des comptines et qui me lisait des légendes avant que tu ne me fasses si mal. J'ai un peu froid dans mon nouvel appart, alors je vais me glisser tout habillée sous la couette et me les raconter en souvenir du petit papa que tu étais avant… Tu ne dis toujours rien ? D'accord papa, comme tu veux. Au moins tu n'as pas raccroché, c'est déjà ça. Bon Noël quand même, papa…

Elle reste un long moment à attendre qu'il raccroche, heureuse qu'il ne le fasse pas tout de suite, puis coupe la communication. La bise a givré le côté de son corps exposé à la rue. Elle se serre contre la vitre de la porte. Ses épaules tremblent malgré elle. Elle a du mal à composer le dernier numéro. C'est un petit troquet de son ancien quartier, à deux pas du lycée qu'elle fréquentait.

– Zoé ? Coucou, c'est moi ! Devine d'où je t'appelle ? De mon appart à Strasbourg, tu crois ça, toi ? Ouais, il est à moi. Je le loue avec mon copain. Qui c'est ? Il s'appelle Mardiros. C'est un Arménien. Mais non, pas Algérien : Arménien ! Bien sûr que ce n'est pas la même chose. On a un business ensemble, on vend des bonbons sur les marchés. On fait un carton pour Noël, on va être pleins aux as ! Et toi alors ? Toujours avec Kevin ?

Non ? Tu l'as plaqué ? T'as bien eu raison, je ne l'ai jamais calculé, Kevin, il louchait trop sur mes nichons quand tu tournais le dos. Si, si, c'est vrai, je te jure. Quoi, c'était une blague ? Vous êtes toujours ensemble ? Oh merde, la gaffe. Désolée Zoé, j'espère que… Quoi, c'est la blague qui était une blague ? J'y comprends plus rien, ma Zozo. Tu fais quoi là, tu as un peu de temps pour papoter j'espère, parce que j'ai une tonne de choses à te raconter et que je veux tout savoir de ta vie. À propos, avec l'argent des bonbons, Mardiros et moi on va passer le Nouvel An sur un paquebot de croisière de douze étages autour de Saint-Domingue. En *full inclusive* en plus. Tu crois ça, toi ? Il est beau, il est balèze, et il est raide dingue de moi. Ce soir, pour Noël, il m'a couverte de cadeaux. Il m'a habillée de la tête aux pieds. Et puis il est plus vieux que moi et il a de l'expérience. Au pieu, si tu savais, c'est carrément le Cirque du Soleil. Je te jure. C'est la première fois que j'oublie ce que m'a fait mon père dans les bras d'un mec. Bon, et toi, il baise comment, Kevin ?

Elles parlent une bonne partie de la nuit, pendant que dehors un blizzard glace la neige sur les pavés. La fille aux allumettes claque des dents, mais son cœur se réchauffe aux souvenirs de son enfance. Elle se pelotonne, se rencroquemitouffle. Elle ne sent plus rien de son corps. Que la chaleur de son cœur qui spirale jusqu'à son âme. Elle pose sa tête contre la vitre de la porte, un sourire heureux aux lèvres, et s'endort.

C'est l'homme aux victuailles qui la découvre morte en redescendant de son réveillon au petit matin. Le froid a momifié la fille aux allumettes et il peste de devoir l'enjamber. Il programme son portable pour masquer son numéro et appelle les secours avant de disparaître. Bien avant qu'ils n'arrivent, les deux fils de bonne famille en Loden et Burberry passent dans la rue et voient la fille aux allumettes.

– Hey, Henri-Claude, regarde, c'est la fille aux bonbecs. Elle dort dehors par ce froid, cette conne !

– Tu sais quoi, Jean-Bat, je serais bien allé lui réchauffer son p'tit cul moi, mais là elle doit avoir les doigts trop froids pour que je la laisse s'occuper de mes bonbons.

– Attends, regarde, elle s'est endormie avec son téléphone à la main. Chiche qu'on lui choure.

Celui qui s'appelle Jean-Bat s'agenouille près de la fille aux allumettes et tire doucement le téléphone de ses mains bleues. L'autre, le Henri-Claude, se tient prêt à l'assommer d'un coup de poing si elle se réveille.

– Champion du monde de mikado ! fanfaronne Jean-Bat.

Puis ils déguerpissent en riant comme les sales gosses de petits cons de bourges qu'ils sont, leurs Weston glissant sur les pavés gelés. Quand ils se jugent assez loin, ils se réfugient sous un porche et regardent leur prise. Putain, un foutu iPhone 6 de merde, eux qui viennent de recevoir chacun un 12 pour leur Noël. Pour se venger de cette pauvre conne, ils cherchent à appeler des meufs de son répertoire pour les traiter de pétasses, mais ça ne marche pas. Alors ils ouvrent l'appareil et n'en croient pas leurs yeux.

– La conne, elle n'avait même pas de carte SIM !

Nico le petit saint
DAMIEN ELEONORI

Peu importe où son regard se posait, il ne voyait que du jaune. À perte de vue, éblouissant. Des champs de blé s'étendaient de part et d'autre, jusqu'à l'horizon. Nicolas se rappela cette complainte chantée à tous les enfants de la région :

Il était une fois trois petits enfants qui s'en allaient glaner aux champs.

Le mois de juillet battait son plein, chaud à en crever en cette année 1989, et les épis le dépassaient déjà de plusieurs centimètres. S'il leur prenait l'idée de s'enfoncer dans ce dédale, jamais ils n'en sortiraient. Comme les glaneurs de la légende, piégés par la tombée de la nuit.

– Nico, tu traînes ! Accélère !

Loin devant lui, les frères Krulik le narguaient. Leurs vélos flambants neufs scintillaient sous les rayons du soleil. Le sien, à côté, faisait peine à voir. Des pédales rouillées, un cadre à la peinture écaillée, même les freins hurlaient dans un grincement strident à chaque appui. Là où ses deux comparses se jouaient des aspérités, il tentait tant bien que mal d'éviter les nombreuses crevasses de cette route de campagne, histoire de ménager sa monture.

– Nous on y va, tant pis pour toi !

Jérémy et Stéphane se mirent en danseuse et, se frôlant l'un l'autre, entamèrent une course effrénée. Nicolas aurait pu rire de ce spectacle affligeant, mais il n'en avait pas le cœur. Son meilleur ami, Laurent, était aux abonnés absents depuis la veille. Sur le même chemin, ils l'avaient semé, persuadés qu'il les rattraperait en sueur, comme à son habitude, avant de les insulter copieusement tous les trois. Mais Laurent ne les avait jamais rejoints, sans doute vexé d'être à nouveau tourné en ridicule par les frères Krulik et leur humour acide.

Nicolas leva les yeux au ciel. L'atmosphère était en train de se charger d'électricité, un épais nuage noir couvrait l'horizon. L'idée de faire le chemin du retour seul leva une boule d'angoisse en lui. Tant pis, au pire il rentrerait trempé à la maison. Si son père ne s'était pas de nouveau endormi sur le canapé, il en prendrait pour quelques jours de privation. Ce n'est pas comme s'il n'était pas habitué.

Il se leva sur son vélo et força sur ses jambes. La chaîne, elle aussi rouillée, s'enclencha dans les pignons et lança les roues qui tournèrent de plus en plus vite. Nicolas accéléra, jusqu'à parvenir au niveau de ses deux camarades, arrêtés sur le bas-côté.

– Va pas plus loin, Nico.

– Hein ? Pourquoi ?

Nicolas ne reconnaissait pas la longue ligne droite devant eux. À la seule bifurcation de ce chemin serpentant entre les champs, il avait toujours tourné à droite. Sans qu'il s'en soit rendu compte, Jérémy et Stéphane l'avaient cette fois emmené de l'autre côté. Au loin, un coup de tonnerre gronda. L'orage approchait, de plus en plus menaçant.

– Pourquoi vous avez tourné à gauche ? On va jamais à gauche, vous le savez !

– T'as la trouille, McFly[1] ?

– Non…Y a quoi là-bas ?

– Venez, on se planque dans le fossé. Sinon, ils vont nous voir.

Les trois gamins, à peine plus de dix ans chacun, rampèrent entre les ronces. Nicolas sentit d'épaisses gouttes tomber sur ses joues.

– Baisse-toi, ducon, tu vas nous faire repérer !

D'un geste brusque, Stéphane, l'aîné des Krulik, appuya sur la tête de son frère jusqu'à l'enfoncer dans les hautes herbes. Nicolas glissa son regard au travers de cette jungle. À quelques mètres d'eux, nichées sur un terrain vague, des caravanes s'étalaient. Habits étendus sur des fils, barbecues crachant des flammes, voix fortes, rien ne semblait dangereux dans ce décor.

---

1. Référence au héros du film *Retour vers le futur,* Marty McFly, sorti sur les écrans en 1985.

Stéphane murmura :

– C'est des gitans. Mon père m'a raconté plein de trucs sur eux. Tu vois le petit là-bas, à gauche ? Il a été arrêté pour meurtre. Et le grand baraqué au fond ? Il a tabassé des gamins qui ne faisaient que passer devant leurs caravanes. On l'appelle le Boucher.

– Le Boucher ? D'où tu sors ça ? demanda Nicolas, habitué aux bobards des Krulik.

– Tu me crois pas, c'est ça ?

– Bien sûr que non, je te crois pas ! Tu racontes que des conneries !

Un large sourire éclaira le visage fin de son camarade.

– Suis-moi, je vais te montrer.

Joignant le geste à la parole, Stéphane se leva et enfourcha son vélo, prêt à démarrer.

– Grouillez-vous, bordel !

Le jeune frère sauta hors des ronces, suivi par Nicolas. Courbés sur leurs deux-roues, les trois compères passèrent au ralenti devant les caravanes bruyantes et s'engagèrent sur une pente abrupte adjacente au campement.

– On continue à pied, chuchota Stéphane.

L'aîné des Krulik donnait l'impression de mener une mission secrète, dont dépendait la survie de la planète. Nicolas se prenait au jeu, même s'il n'était pas dupe. Épaules rentrées, genoux pliés, les trois espions en herbe avancèrent jusqu'au sommet du promontoire. D'un signe, Stéphane leur intima de poser leur monture dans un buisson sur leur droite, à l'abri des regards. Les garçons rampèrent, ventre au sol, sur quelques mètres. La pluie prit de l'ampleur et commença à mouiller leurs t-shirts salis de terre.

Nicolas parvint à hauteur des deux frères et contempla le décor. Au fond d'un creux de plusieurs mètres, caché à la vue de tous par des coteaux courts mais abrupts, d'énormes bâches noires formaient un large étang de plastique noir. L'effet était trompeur ; Nicolas avait l'impression de surplomber un lac de vallée sombre aux profondeurs insondables. Sur la berge, une cabane faite de tôles rouillées gisait, comme abandonnée. À côté d'elle, trois tonneaux bleus trônaient, semblables à ceux que son grand-père utilisait pour confectionner sa liqueur de mirabelle.

– Y a quoi là-dessous ? demanda Nicolas, intrigué par ces plastiques noirs.

– Personne ne sait. Saïd m'a dit qu'un jour, un hélicoptère s'est crashé ici, et que la carcasse est toujours là, ensevelie sous des mètres d'eau.

– Saïd dit encore plus de conneries que toi. C'est pas possible !

– Ah ouais ? Et c'est quoi cette barre de métal qui ressort là-bas au fond ? Ça ressemble pas à une hélice ?

Nicolas scruta l'horizon, troublé par les gouttes d'eau tombant désormais en averse. Ses yeux virent enfin l'objet décrit par Stéphane. L'espace d'un instant, il crut à la théorie fantaisiste de son ami. Avant qu'un clapotis sourd ne vienne briser son imagination d'enfant. La pluie tombait avec fracas sur les tonneaux ouverts, brisant la quiétude des eaux sombres qu'ils semblaient contenir.

– Les tonneaux, c'est le plus glauque, poursuivit l'aîné devant le regard insistant de Nicolas.

– Vas-y, annonce.

– La cabane, c'est celle du Boucher. C'est pour ça qu'on l'appelle comme ça, à cause de la légende.

– La légende ? De saint Nicolas ?

– Ouais. Il aurait découpé des gamins et aurait caché les corps dans ces tonneaux. Mon père a su ça par un pote flic qui a bossé sur l'affaire. C'est un paysan qui l'a dénoncé, mais quand les poulets se sont pointés, les tonneaux étaient vides. Ils ont rien pu faire contre lui.

Le long de sa colonne vertébrale, Nicolas sentit un frisson de peur l'électriser. Le tonnerre gronda brusquement juste au-dessus d'eux. Un éclair déchira le ciel et projeta sur la scène une lumière aveuglante. Dans cet instant fugace, Nicolas distingua une forme longue remonter à la surface du premier tonneau. Il plissa les yeux, sourd aux paroles des frères Krulik.

Cette forme… Nicolas comprit ce qu'il distinguait. Une main. Aux doigts encore plus petits que les siens. La main d'un enfant.

Malgré les mises en garde de Stéphane, il se releva et courut jusqu'à son vélo, l'enfourcha et pédala. Du plus vite qu'il le put, sans regarder en arrière, sans attendre ses comparses. Trempé par la pluie, suivi par le grondement incessant de l'orage, il ne s'arrêta qu'une fois arrivé chez lui. Nicolas franchit alors la porte et se réfugia dans sa chambre, sous ses draps. Là où aucun Boucher ne viendrait le chercher.

***

Il était une fois trois petits enfants qui s'en allaient glaner aux champs. Tant sont allés, tant sont venus, que vers le soir se sont perdus. S'en sont allés chez le boucher : « Boucher, voudrais-tu nous loger ? »

« Entrez, entrez, petits enfants, y'a de la place assurément. »

Le nez dans son bol de céréales, Nicolas ne parvenait pas à se défaire de cette comptine entêtante. Ses lèvres remuaient silencieusement, comme pour extraire cette ritournelle de son esprit. Les images de la veille tournaient, elles aussi, en boucle sous son crâne.

– Tu as prévu quoi, aujourd'hui, mon cœur ?

Déjà affairée aux fourneaux malgré l'heure matinale, sa mère n'était plus que l'ombre de celle qui, dans ses souvenirs d'enfant, le couvrait de son amour inconditionnel. Usée par les problèmes d'argent, par un mari alcoolique et absent, c'est à peine si elle s'intéressait encore à son unique fils.

– Je sais pas, je verrai, mentit-il.

– On est vendredi, tu sais…

– T'inquiète pas, je serai pas là quand il arrivera.

Nicolas débarrassa son bol et franchit la porte d'entrée, sans un regard ni un mot pour sa mère. En voulant le protéger, elle l'excluait chaque jour un peu plus de sa vie. Malgré ses dix ans révolus, il savait très bien quel mélodrame se déroulait entre ces murs décrépits chaque vendredi. Son père avait beau tourner cette visite en dérision, Nicolas savait que leur situation précaire était sur le point d'exploser. Ses parents ne parvenaient plus à joindre les deux bouts et, un jour ou l'autre, ce ne serait plus un café que viendrait prendre l'huissier chargé de s'assurer du bon remboursement de leurs dettes.

Mais, pour l'heure, Nicolas avait d'autres soucis en tête, bien plus importants à ses yeux qu'une expulsion. Les pieds calés dans les pédales en fer, il franchit la centaine de mètres le séparant du quartier résidentiel où vivait son ami Laurent. Tous les volets en bois avaient été ouverts et, dans l'allée pavée, la voiture grise attendait, silencieuse. Malgré leurs années d'amitié, Nicolas n'avait jamais eu le privilège de monter dans la berline dernier cri du père de Laurent. Il le savait : lui, le « pauvre », n'était pas le bienvenu ici.

Comme à son habitude, Nicolas cala son vélo derrière l'arbre jouxtant le terrain des Hoffmann. À quatre pattes derrière leur haie fraîchement taillée, le jeune garçon se saisit d'un minuscule caillou et le lança contre l'unique vitre s'extirpant des tuiles rouges. C'était leur code, leur signal. La seule façon qu'avaient trouvée les deux garçons pour ne pas se faire repérer. Mais, ce matin, contrairement à tous les autres matins de cet été, rien ne se passa. Nicolas se baissa de nouveau.

La porte d'entrée s'ouvrit alors avec fracas.

– Qu'est-ce que tu viens foutre ici, petit con ?

Sur le seuil apparut Lionel Hoffmann, rouge de colère. Nicolas figea son geste et lâcha le maigre caillou qu'il tenait dans sa main.

– Monsieur Hoffmann, je…

– Dégage. Je te le dirai pas deux fois.

Dans l'embrasure de la porte, une silhouette se laissa deviner dans l'ombre de ce père colérique. Marie, la mère de Laurent, posa une main affectueuse sur l'épaule de son mari. De toute sa tendresse, elle le ramena à l'intérieur et ferma la porte.

Seul sur ce trottoir déserté, Nicolas comprit que quelque chose était arrivé à son ami. Derrière la colère de Lionel Hoffmann, il avait vu les yeux rougis de ce père aimant, les larmes à peine séchées de sa mère. Comme tout garçon de son âge, il chercha alors à comprendre. La dernière fois qu'il avait vu Laurent, c'était sur ce chemin de campagne, il y a deux jours. Sous un soleil de plomb, bercé par l'odeur enivrante du blé.

Au milieu de tous ses souvenirs, une seule image lui revint sans cesse, plus nette, plus imposante que n'importe quelle autre. Celle de cette main blafarde, flottant dans les eaux noires d'un tonneau frappé par la pluie.

Laurent avait-il lui aussi pris la mauvaise route ? S'était-il perdu dans les tortueux virages, pour finir entre les mains du Boucher ?

Nicolas se le jura pour conspuer la culpabilité qui, déjà, le rongeait : il trouverait son ami et le sortirait, quoi qu'il lui en coûte, des mains calleuses de cet ogre.

***

– T'es taré, McFly !

Assis dans la cour intérieure des frères Krulik, Nicolas laissa Stéphane faire son numéro. L'aîné aimait singer les acteurs qui les faisaient rêver. Il reprenait leurs mimiques, leurs gestes, l'intonation de leur voix et parfois même leurs répliques à l'identique. Le garçon faisait de sa vie un film. Certains de leurs camarades le taxaient de mythomane, de menteur, et cherchaient à tout prix à imposer à ce rêveur patenté ce qu'ils nommaient « la vraie vie ».

Pas Nicolas, ni Laurent, et encore moins Jérémy, son frère pourtant très terre à terre.

Tous trois savaient que Stéphane faisait ça pour lui, pour eux. Il transformait, par ses mots, leur vie en conte de fées, en film d'action ou même parfois en comédie romantique. Nicolas devait admettre qu'il aimait ça. Il adorait rentrer dans le jeu de leur leader et s'inventer autant de parenthèses imaginaires que l'esprit de Stéphane Krulik était capable d'en produire. Car, pour eux, la vraie vie craignait.

– OK, on va le faire !

– Quoi ? Mais ça va pas ? protesta son frère cadet.

– L'un des nôtres est en danger, on doit le sauver ! Moi et mon abruti de frère, on va faire diversion, pendant que toi, Nico, tu vas vider ces putains de tonneaux et fouiller jusqu'au dernier recoin de sa cabane de merde. On va retrouver notre pote, mort ou vif ! Synchronisation des montres !

Le cœur battant, Nicolas joignit son poignet à ceux, écorchés et bourrés d'hématomes, des frères Krulik. En silence, les trois garçons montèrent sur leurs vélos et se jetèrent entre les champs de blé.

Il était une fois trois petits enfants qui s'en allaient glaner aux champs. Tant sont allés, tant sont venus, que vers le soir se sont perdus. S'en sont allés chez le boucher : « Boucher, voudrais-tu nous loger ? »

« Entrez, entrez, petits enfants, y'a de la place assurément. »

Ils n'étaient pas sitôt entrés, que le boucher les a tués, les a coupés en p'tits morceaux, mis au saloir comme pourceaux.

– Putain de chanson de merde… murmura Nicolas, faisant fi des consignes strictes imposées par sa mère sur son langage.

Au-dessus de ses cheveux ébouriffés, fins comme de la paille mais noirs comme du charbon, le soleil brûlant avait repris sa place. Devant lui, Jérémy et Stéphane ralentirent, sans doute conscients que cet embranchement devant eux revêtait une toute autre signification. Deux routes, si banales, aujourd'hui aussi différentes que la vie et la mort. Les garçons arrêtèrent de respirer et se regardèrent. D'un signe de tête, ils signèrent le pacte qui les unissait et tournèrent à gauche.

Le campement luisait déjà à l'horizon de ses dizaines de caravanes rutilantes. Des bruits leur parvenaient, de plus en plus distincts.

– Jerem' et moi, on les occupe, pendant que tu files à la cabane du Boucher, d'accord ?

– OK, répondit simplement Nicolas, incapable de prononcer un mot de plus.

De chaque côté, le blé semblait avoir pris plusieurs centimètres depuis la veille. Les épis formaient un couloir étroit aux murs virevoltant sous la légère brise. Les trois compères profitèrent de cette cachette naturelle pour se glisser à quelques mètres de leur destination. Depuis les fourrés, ils pouvaient voir le chemin de terre pentu qu'ils avaient emprunté, encore marqué de leurs pas pressés.

– On y va, murmura l'aîné des deux frères. Nico, tu cours, on te couvre. Go !

Nicolas bondit hors des hautes herbes et se rua en avant. Ses yeux se fixèrent sur son objectif. Ses baskets soulevèrent de la poussière à chaque foulée et projetèrent des graviers dans un bruit assourdissant. La montée abrupte se présenta à lui. Profitant de son élan, il tenta de la gravir, mais son pied droit trébucha dans une épaisse racine. Nicolas se rattrapa in extremis, ses paumes en avant. À quatre pattes, il s'agrippa à ce qu'il pouvait, avant de se jeter derrière un épais rocher, à l'abri des regards. Dans son dos, des cris lui parvinrent. Les frères Krulik semaient la pagaille dans le campement, créant une diversion parfaite.

L'immense bâche noire était toujours là, en contrebas, parsemée de flaques de pluie. Nicolas avait l'impression qu'elle couvrait des eaux aussi noires que sa surface et que, en dessous de ce plastique, se cachaient de terrifiants monstres aquatiques. Sur le bord, la cabane du Boucher l'attendait, silencieuse. Le garçon ne perdit pas une seconde et se laissa glisser au cœur du bassin. Son corps prit de la vitesse et il lui fallut toute la volonté du monde pour ne pas basculer en avant, une fois arrivé en bas. Il poussa un soupir de soulagement et courut, tête baissée, vers l'abri.

Nicolas se plaqua contre le mur extérieur, fait d'une simple tôle, et attendit. De l'autre côté du monticule, l'agitation était à son apogée. Un mot, crié par des voix rauques, lui parvint.

Gadjo !

C'est ainsi que les gitans nommaient les hommes n'appartenant pas à leur communauté. Les frères Krulik étaient à l'œuvre, il n'avait que peu de temps. Nicolas se faufila le long de la cabane, l'espérant vide, et parvint devant les trois tonneaux bleus.

La vision de cette main, flottant dans les eaux noires, ne le quittait pas. Il se hissa sur la pointe des pieds et se pencha au-dessus de la première barrique. Une odeur nauséabonde lui sauta au visage, aussi pestilentielle que violente. Nicolas recula d'un pas. De là, les tonneaux lui parurent encore plus grands, lourds de leurs eaux sombres.

Il devait trouver un moyen de les faire basculer. Nicolas baissa les yeux et remarqua un robinet rouillé, en bas de chacun d'eux. Le garçon se baissa vers le premier et l'ouvrit. Un liquide épais suinta du goulot, avant de se répandre sur le sol en un flot continu. À l'air libre, la fragrance de pourriture s'échappa et envahit l'air alentour, vite irrespirable. Une main sur la bouche, Nicolas se faufila derrière le baril bleu et, s'aidant de la paroi de terre, poussa dessus de ses deux pieds.

Encore à demi plein, le tonneau tangua, mais refusa de lâcher. De toutes ses forces, il projeta ses jambes contre le plastique, encore et encore. Dans un bruit sourd, le fût bascula et s'écrasa contre le sol, répandant un mélange visqueux.

Nicolas se pencha. Au milieu du liquide noir qui, déjà, s'écoulait sous la bâche, vers l'inconnu, des masses blanches apparurent. Le jeune garçon cessa de respirer et comprit. Cette forme blanche, qu'il avait prise pour une main derrière l'épais rideau de pluie, était tout autre chose.

Sur la terre, une dizaine de carpes frétillaient, libérées de leur prison purulente.

– Des poissons… murmura Nicolas, les jambes coupées par le choc.

Ils n'étaient pas sitôt entrés, que le boucher les a tués, les a coupés en p'tits morceaux, mis au saloir comme pourceaux.

Des heures qu'il ressassait cette comptine, la laissant pénétrer son imagination et l'alimenter de possibilités farfelues. Son ami Laurent, découpé en petits morceaux par le Boucher et mis à saler dans l'un de ses tonneaux. Quel idiot il faisait ! Abattu, Nicolas se leva et marcha, hagard. Son regard dévia vers la cabane sans âge, assemblage de matériaux de récupération, entre métaux, bois et plastiques usagés. Un semblant de porte la clôturait, laissant passer un jour important. Elle n'était pas fermée.

Nicolas poussa le battant du bout des doigts et jeta un coup d'œil à l'intérieur. Au milieu d'une pièce encombrée d'outils divers, des palettes avaient été empilées pour former un établi, véritable îlot central de ce mince abri. Maculé de taches, le bois était marqué de grandes rainures, sans doute faites à l'aide d'un objet coupant. Son cœur battait à tout rompre dans sa poitrine. Son regard fut soudain attiré par une large cape, pendue à un crochet. Noire, élimée, longue jusqu'à traîner sur le sol. Qui était donc cet homme ? Le Boucher, un pêcheur, le père Fouettard ou un simple gitan ?

– Qu'est-ce que tu fous là, *gadjo* ?

La voix, rauque et caverneuse, s'insinua dans ses entrailles. Une main noire de crasse se posa sur son épaule et le fit tressaillir. Un électrochoc le percuta. Nicolas se défit de l'emprise de ces doigts épais et, telle une anguille, se faufila entre les jambes du géant. Son corps fut brusquement ramené en arrière, tiré par son t-shirt qui se déchira. Le garçon en profita. De l'agilité de ses dix ans, il s'extirpa de son vêtement et courut. Sans se retourner, sans s'arrêter.

Parvenu en haut de la pente, il se laissa glisser sur l'autre versant, passa en trombe devant le campement redevenu calme, enfourcha son vélo planqué dans les fourrés et pédala de toutes ses forces. Du plus vite qu'il le put, il s'éloigna de cet endroit, jusqu'à parvenir, à bout de souffle, aux premières habitations. Là, il se laissa tomber sur le bitume bouillant et pleura. Jamais il n'avait eu aussi peur de toute sa courte vie.

***

Assis sur le trottoir opposé, torse nu, Nicolas regardait sous le soleil couchant la maison des Hoffmann. La fenêtre de la chambre de l'étage était frappée des rayons orangés et reflétait le décor alentour. Qu'était-il arrivé ? Où son meilleur ami était-il passé ? Le garçon n'avait plus conscience des minutes qui défilaient, immobile dans cette rue désertée par les grandes vacances.

Sur le seuil, la porte s'ouvrit soudainement. Une silhouette frêle sortit sur le perron et avança de quelques pas, avant de tourner la tête dans sa direction. Marie Hoffmann, la mère de Laurent, le regardait fixement. Elle s'écarta alors et, d'un signe de la tête, sembla l'inviter à entrer. Déboussolé, Nicolas hésita, avant de se lever et de traverser la rue. Au fur et à mesure qu'il approchait, il distingua le visage de cette femme. Il émanait de son regard une bienveillance qui le rassura.

– Entre, Nicolas, lui dit-elle alors qu'il arrivait à sa hauteur. Je vais t'expliquer.

À court de mots, le jeune garçon obéit et entra dans le pavillon. Malgré leurs années d'amitié, il n'était que très rarement entré par la porte principale. Laurent et lui se retrouvaient toujours à l'extérieur, ou dans une pièce aménagée de son sous-sol, ou bien encore dans sa chambre, qu'ils atteignaient en empruntant la porte de derrière. Nicolas se sentait presque honteux de souiller de ses baskets sales et éreintées ce plancher verni.

– Enlève tes chaussures, lui demanda d'une voix fluette Marie Hoffmann, en écho à ses pensées. Et suis-moi.

Nicolas obtempéra et, à la suite de la mère de son ami, monta un escalier en bois menant au premier étage. La porte de la chambre de Laurent était entrouverte, baignée d'une lumière chaude.

– Laurent est là, tu… tu peux y aller.

Ce simple bégaiement, provenant de cette femme qui l'intimidait tant, suffit à le rendre certain que quelque chose clochait. Hésitant, il avança, ses chaussettes glissant sur le parquet dans un murmure feutré. Il s'immobilisa un instant sur le seuil, avant de pousser enfin cette porte qu'il avait si souvent franchie.

Sa respiration s'arrêta sur-le-champ, comme si la surprise bloquait l'air de ses poumons. Laurent était étendu dans son lit, les yeux fermés. À ses bras pendaient des fils, beaucoup trop de fils, reliés à des machines dont Nicolas ne connaissait rien.

– Laurent a fait un malaise avant-hier en rentrant à la maison. Il est… tombé dans le coma.

– Qu'est-ce qui lui est arrivé ? Il va mourir ? paniqua Nicolas.

– On ne sait pas, les médecins ont besoin de faire plus d'examens.

– Mais… pourquoi est-ce qu'il est ici ? Il ne devrait pas être à l'hôpital ?

Parvenue à ses côtés, la mère de son ami baissa la tête et soupira.

– Lionel a des idées très arrêtées sur la médecine, et sur pas mal d'autres choses d'ailleurs. Je n'ai pas pu le faire changer d'avis, personne n'a réussi. Il veut que Laurent reste à la maison, avec une surveillance médicale à domicile.

Nicolas gardait ses yeux rivés sur le visage de son ami. Il paraissait si paisible, presque joyeux. Ses lèvres avaient ce sourire espiègle qu'il lui connaissait si bien.

– C'est ma faute… murmura-t-il brusquement.

– Quoi ? Mais non, voyons…

– Si ! On l'a semé avec Jérémy et Stéphane, on s'est moqués de lui, je ne voulais pas…

La mère de son ami posa sa main dans ses cheveux.

– Tu n'y es pour rien, Nicolas. Laurent a fait un malaise à cause d'un virus, ou plutôt d'une maladie, d'après les premiers résultats. Je dirais même que tu l'as sauvé, et encore plus que tu ne le crois.

– Comment ça ?

– Si vous ne l'aviez pas semé, il ne serait pas rentré et aurait fait ce malaise je ne sais où. Et puis, il y a autre chose, tu sais. Quand tu as lancé ce caillou contre la vitre de sa chambre…

– Pardon, je ne voulais pas, Madame, je…

– Ne t'excuse pas. Quand tu as fait ça, Laurent a souri.

Nicolas se retourna brusquement vers Marie Hoffmann.

– Il a quoi ?

– C'est pour cela que je t'ai fait entrer. Vous êtes amis, Nicolas, peut-être que tu peux, je ne sais pas, lui parler. Il paraît que les personnes dans le coma entendent ce qu'on leur dit. Ça lui fera du bien d'entendre ta voix, de savoir que tu es là.

Le jeune garçon regarda de nouveau son ami, allongé, inerte, et sentit des larmes monter. Il s'approcha, bravant sa peur et sa tristesse, et s'assit à ses côtés.

– Salut, Lau'. C'est moi, Nico.

Dans la lumière tombante, les paupières de son ami tressaillirent. Nicolas se leva d'un bond.

– Vous avez vu ça ?! Ses yeux ! Ils ont… bougé !

– J'ai vu, lui répondit simplement Marie Hoffmann d'une voix tremblante. Tu peux continuer ?

– Ou... oui.

Nicolas se rassit.

– Faut que je te raconte un truc, on a fait une expédition aujourd'hui avec les Krulik. Ça a commencé par ce foutu embranchement, tu sais, là où on tourne toujours à droite…

Au chevet de Laurent, le garçon lui narra alors son aventure au campement gitan. Au fur et à mesure de son récit, il voyait son ami réagir. Mais chaque espoir s'effaçait à peine apparu, comme si ces mouvements, pourtant minimes et anodins, lui demandaient un effort surhumain. Ses doigts commencèrent par frémir, avant de retomber aussi lourdement qu'une enclume sur le drap fin.

– Nicolas… murmura Marie Hoffmann en posant une main sur son épaule. Tu ferais mieux de retourner chez toi, Lionel ne va pas tarder.

– Mais… et Laurent ?

Les pupilles humides de Marie Hoffmann se posèrent sur son fils. Le jeune homme qu'il était ne pouvait imaginer ce qui se passait sous cette chevelure autrefois flamboyante. Pourquoi voulait-elle le séparer de son ami ? N'avait-elle donc pas vu cette main frémir ? C'était pourtant simple et évident : si Nicolas continuait à parler à Laurent, il se réveillerait, il en était persuadé. Tout le reste n'était que des excuses d'adulte, pour ne pas affronter leurs peurs.

– Tu peux revenir demain ? À la même heure ?

Sa bouche forma un ovale figé par la surprise. Il ne sut quoi répondre et se contenta de quitter la chambre de son ami, galvanisé par ce rendez-vous secret mais tiraillé par une boule au ventre à l'idée de le laisser.

Laurent, je te promets, je ne te laisserai plus tomber.

***

Jour après jour, Nicolas passa son été 1989 aux côtés de son ami et désormais confident silencieux. Jamais il n'aurait pu penser dévoiler autant de lui à l'un de ses camarades, allant parfois même au-delà de sa gêne ou de sa honte. Plus il se livrait, corps et âme, à Laurent, et plus ses réactions gagnaient en longueur et en intensité. Jusqu'à ce dernier jour de vacances, le 3 septembre 1989.

Le soleil se couchait presque et diffusait sa lumière orangée dans la chambre de son ami. Demain, cet été si particulier prendrait fin. Et avec lui, leurs moments de complicité. De légères larmes naquirent au coin de ses yeux.

– Je vais devoir y aller, Laurent. Je ne pourrai plus venir avant… pas mal de temps. D'après ce que dit ta mère, ton père est décidé à t'emmener dans un centre spécialisé. Un endroit où il n'y aura que des belles et beaux au bois dormant. Le pied, hein ?

Sa voix tremblotait, sans qu'il ne parvienne à contrôler ses trémolos.

– Putain, tu vas me manquer, mon pote, lâcha enfin le jeune garçon.

Les vannes s'ouvrirent, laissant déferler un flot d'émotions que venaient mouiller de lourdes larmes.

– Je ne sais pas comment je vais faire sans toi, je crois que je serais capable de tout pour te voir. Pour que tu ouvres enfin tes saloperies de paupières fermées. Tu m'entends, Laurent ? Et là-haut, Dieu, où je sais pas qui, vous m'entendez aussi ? Ramenez-le ! Vous m'entendez ? Ramenez-le !

Les mots, criés de toute sa douleur, moururent dans le silence. Nicolas baissa la tête vers son ami, et sursauta. Un mince sourire aux lèvres, Laurent le dévisageait de ses yeux grands ouverts. Avant qu'un seul mot n'ait pu être prononcé par l'un des deux amis, Marie Hoffmann fit irruption dans la pièce.

– Nicolas, qu'est-ce qui se… Oh, mon dieu ! Mon chéri, tu… tu es réveillé !

Des torrents de larmes coulèrent de ses yeux tandis qu'elle enlaçait son enfant. Nicolas, lui, ne parvenait plus à bouger. Marie Hoffmann le prit alors dans ses bras, aussi affectueusement qu'on embrasse son propre fils.

– Merci, Nicolas, merci. Tu es un amour.

– Je l'ai toujours dit, m'man, saint Nicolas, ironisa Laurent de sa voix faiblarde.

– Restez là, les garçons, je vais appeler Lionel à son bureau. S'il se passe quoi que ce soit, tu m'appelles tout de suite, Nicolas.

Marie Hoffmann sécha ses larmes et les laissa seuls. Deux amis, dans une situation presque inconfortable. Laurent se laissa retomber sur son lit, le regard perdu dans le vague.

– J'étais dans le noir, Nico. Complet. À un moment, j'ai repensé au saint Nicolas, c'est bizarre, hein ? Je me suis dit que j'étais peut-être dans un tonneau, découpé par le Boucher.

– T'es con…

– J'te jure, j'y ai cru, je sentais l'odeur du bois pourri, du sel. Ce coma, c'était mon tonneau. Et toi, saint Nicolas, tu m'as sauvé. Comme dans la légende. Pas besoin d'aller se frotter à des gitans pour ça !

Les deux amis éclatèrent de rire de concert. Deux rires francs, sincères, qui éclaboussèrent de leur joie cette chambre d'enfant.

***

Exténué, Nicolas marchait à côté de son vélo, le cœur léger. Libéré de toutes ces histoires fantastiques, il se laissa aller à fredonner cet air entêtant qui l'obsédait depuis des jours.

Il était une fois trois petits enfants qui s'en allaient glaner aux champs. Tant sont allés, tant sont venus, que vers le soir se sont perdus. S'en sont allés chez le boucher : « Boucher, voudrais-tu nous loger ? »

« Entrez, entrez, petits enfants, y'a de la place assurément. »

Saint Nicolas au bout d'sept ans, vint à passer dedans ce champ, alla frapper chez le boucher :

« Boucher, voudrais-tu me loger ? »

« Entrez, entrez, saint Nicolas, de la place, il n'en manque pas. »

Il n'était pas sitôt entré, qu'il a demandé à souper.

« Voulez-vous un morceau d' jambon ? »

« Je n'en veux pas, il n'est pas bon. »

« Voulez-vous un peu de rôti ? »

« Je n'en veux pas, il n'est pas cuit.

Du p'tit salé, je veux avoir, qu'il y a sept ans qu'est au saloir. »

Quand le boucher entendit ça, hors de la porte il s'enfuya.

« Boucher, boucher, ne t'enfuis pas, repens-toi, Dieu te pardonnera. »

Saint Nicolas alla s'asseoir, dessus le bord de son saloir :

« Petits enfants qui dormez là, je suis le grand saint Nicolas. »

Et le saint étendit trois doigts, les petits se levèrent tous trois.

Le premier dit : « J'ai bien dormi. »

Le second dit : « Et moi aussi. »

Et le troisième répondit

« Je croyais être au Paradis. »

Ils étaient trois petits enfants qui s'en allaient glaner aux champs.

Sans s'en apercevoir, il était arrivé à quelques mètres de la maison des frères Krulik. Le soleil d'été n'était pas totalement couché, Nicolas en profita pour aller voir les deux frères kamikazes. Les volets ouverts diffusaient la lumière des lampes intérieures. Mais aucune agitation ne semblait perturber le silence des lieux. Seul le son ténu d'un poste de télévision se laissait deviner. Hésitant, Nicolas toqua contre le bois de la porte et attendit quelques secondes. Une fenêtre s'ouvrit alors sur sa droite et le visage inquiet de Jeanne Krulik apparut.

– Ah, c'est toi, Nicolas.

L'intonation le transperça. Son cœur se mit à tambouriner dans sa poitrine.

– Est-ce que… Jérémy et Stéphane sont là ?

La réponse fusa, et fit voler en éclats ses certitudes.

– Ils ne sont pas rentrés depuis que vous êtes partis ensemble… Je m'inquiète. J'espère qu'il ne leur est rien arrivé, ou qu'ils ne se sont pas perdus.

Le jeune garçon recula, sonné. Dans sa tête, une mélodie entêtante fit son retour.

Il était une fois trois petits enfants qui s'en allaient glaner aux champs. Tant sont allés, tant sont venus, que vers le soir se sont perdus.

La peau que j'habite

JOHANA GUSTAWSSON

Couleur du Temps

– Tu es sûre que tu ne veux pas venir, samedi ?

La pluie se remet à battre contre la fenêtre de ma chambre, comme pour répondre à ma place.

– Ça te changerait les idées, non ?

Ma Lilas continue comme si elle n'avait pas entendu le tonnerre gronder. Elle doit penser que j'ai envie qu'elle insiste ; qu'au fond je veux me laisser convaincre. Peut-être me faire prier.

– Tu pourrais mettre ta robe bleu électrique et… ça ? suggère-t-elle en sortant de leur boîte une paire d'escarpins. Sauf si tu veux les garder pour une occasion spéciale…

Elle suspend sa phrase dans une sorte de rictus.

Je ferme les yeux en entendant le froissement du papier de soie. Lilas enfonce les chaussures dans l'édredon pour les maintenir droites. Elles tanguent comme si elles étaient ivres.

– Re-gar-de-moi-ces-beau-tés !

Elle caresse la courbure du talon.

Je déglutis : j'ai la gorge en feu.

– Mesdames et messieurs, voici des stilettos *bespoke* couleur du… Temps ! Regarde, c'est même écrit là, déclare-t-elle avec une excitation un brin démesurée, en tapotant de son ongle fuchsia l'étiquette sur la semelle. Comme si tu pouvais oublier de quelle couleur elles sont, ajoute-t-elle en levant les yeux au ciel.

Je détourne les miens vers la fenêtre, toujours maltraitée par la pluie.

– Et puis, tu sais qui il y aura, samedi, hein ?

J'acquiesce d'un signe de tête sans quitter des yeux le ciel malmené. Et le reflet de mes chaussures dans la vitre.

– Il se demande pourquoi tu ne réponds pas à ses messages. Même si, bon… avec ce qui se passe, il sait que c'est… pas évident, quoi… et que ça n'a rien à voir avec lui… Ce que les mecs sont cons, quand même, comme si leur cerveau faisait constamment des bulles. D'après ma mère, ça ne s'arrange pas avec l'âge.

Son doigt caresse la pointe du talon ; son regard se perd dans les ondulations du tissu.

– Mais bon, le plus important, c'est que tu viennes à *THE* fête. La mienne. Dans deux mois. D'ici là, tout ira mieux, tu verras. Faut juste… donner le temps au temps, scande-t-elle en soulevant chaque talon l'un après l'autre.

Elle s'interrompt, fronce les sourcils, pose deux doigts sur mon menton, retire un cheveu et s'en débarrasse sur le lit.

– Bon sang, tu les perds en masse. Tu dois manquer de zinc, de fer ou d'un truc du genre. Heureusement qu'ils sont blonds, sinon votre bonne passerait ses journées à les aspirer.

Elle prend une profonde inspiration, garde un instant l'air prisonnier dans sa poitrine gonflée, puis le relâche d'un coup.

– Moi, je pense qu'il faut qu'on en parle, encore et encore. Pour que tu reprennes un peu goût à la vie. Tu sais que je suis là, hein ? Que je serai toujours là. Et que ta mère serait fière de toi. Et de tes choix.

Un frisson me traverse, de la nuque jusqu'aux mollets. J'ai toujours l'impression que maman va frapper à la porte de ma chambre, ouvrir sans attendre que je lui en donne l'autorisation et glisser sa tête dans l'embrasure. Ou, plutôt, son sourire. Demander si nous n'avons besoin de rien. Envie de rien. Insister. Proposer une série de choses, du smoothie au sandwich au fromage, en passant par des branches de céleri à tremper dans du houmous, en s'assurant, tout en déroulant son menu, que nous n'avons ni trop chaud ni trop froid, puis quitter la pièce à contrecœur.

Lilas passe sa langue sur ses lèvres, essuie une larme au coin de son œil. J'ai envie de la serrer dans mes bras.

– Peut-être qu'il te faudrait une bonne gueule de bois pour que tu te mettes à pleurer et que tu te vides le cœur.

Elle force un rire, brosse mes cheveux de ses doigts et cale quelques mèches derrière mes oreilles.

– Bon, tu vas me les essayer, ces *shoes* ? Si c'était ma pointure, je te les aurais déjà piquées.

Je me glisse hors du lit.

Il est 13 heures passées, mais je suis toujours en chemise de nuit. Pas celle que j'ai enfilée hier après ma douche. Celle-là, je l'ai mise au sale.

Je grimpe dans ces escarpins comme à une échelle. Le tissu épouse mes pieds. Je me surprends à trembler.

Maman m'aurait demandé si j'ai froid. Si j'ai faim.

– Alors ? me questionne Lilas.

Je ne réponds pas. J'inspecte juste mon reflet dans la psyché. Ces talons provocants détonnent avec ma nuisette déformée par le temps, justement. Que dirait maman, si elle me voyait perchée sur ces échasses, neuf jours après sa mort ? Comme si je préparais ma tenue pour célébrer la suite de ma vie ; l'après-elle, l'après-nous.

– Elles te vont super bien. Ça te fait des jambes d'enfer. Tu devrais essayer avec ta robe bleu électrique, vraiment. Ou alors… Tiens, ça me donne une idée.

Je me déchausse et me rassois sur le lit.

– Tu veux qu'on fasse quoi, ce soir ? Je sais que tu n'as pas envie de sortir.

Je hausse les épaules.

– Je me disais qu'on pourrait commander des sushis et se mater une série. On pourrait aussi préparer des cupcakes à l'américaine, avec une montagne d'*icing* et des *sprinkles* dessus, tu sais ? Ou les trois. Les trois, ce serait parfait.

Elle passe la langue sur ses lèvres comme si elle s'apprêtait à se lécher les doigts couverts de glaçage.

J'ai envie qu'elle me prenne dans ses bras.

– Y a cette série, tu sais, sur des histoires de cul, enfin, sur le sexe en général, avec une sexo… comment on dit déjà ? Ah oui, sexo*logue*. Il paraît que c'est à mourir de rire et que ça démystifie le truc. Ça te dirait ? Ou peut-être pas. Peut-être que c'est trop tôt pour ça. Y en a une autre qui serait pas mal, mais j'ai oublié le titre. Un truc sur un hold-up. C'est mieux, non ?

Je fais signe que oui, de plusieurs petits mouvements de tête, en me demandant dans quel abysse je plongerais sans elle.

– Il rentre demain, ton père ?

Un seul hochement de tête.

Je pense au repas à préparer pour papa. Aux courses à faire. À ce dîner silencieux. En tête à tête avec sa tristesse à lui, sans place pour la mienne. Puis la soirée sans paroles, peuplée de murmures. Les regards qui s'évitent parce qu'il n'y a rien à voir. Ou que ce qu'on verra chez l'autre nous fait une peur bleue. La table à débarrasser, la lessive à faire, maman qui me suit comme un fantôme. Enfin, un fantôme, c'est tout ce qu'elle est maintenant : une pensée, un souffle, celui de son prénom prononcé par ceux qui pensent à elle, ceux qui la regrettent, ceux qui la font revivre un instant, le temps d'un souvenir partagé.

– Tu veux que je demande à Vincent de passer ? Il pourrait nous apporter des trucs pour se détendre.

Je secoue la tête.

Vincent me poserait des questions, des tas de questions, sans arrêt. Avec ce même œil inquisiteur que papa, ou celui de maman lorsqu'elle était encore là, prête à passer sa tête entre la porte et son cadre, encore une fois, pour nous informer de son départ imminent pour le centre-ville et nous demander si nous n'avons besoin de rien, envie de rien, alors qu'elle sait très bien que tout ce que nous souhaitons, nous adolescentes, c'est qu'elle nous laisse en paix.

On répète que l'absence crée le manque. Pourtant, il n'y a que la perte qui le crée vraiment. La perte, cette répétition quotidienne du manque qui creuse et abîme.

– Tu sais ce que je me dis ?

Le ton malicieux de Lilas fait vibrer quelque chose en moi. Elle caresse le contrefort de mes talons hauts.

– Que je sais ce qui irait parfaitement avec ces chaussures.

***

Le bruit de la clé dans la serrure, celui de la porte qui s'ouvre, puis se referme. Tout cela m'échappe, à chaque fois. Ce que j'entends, par contre, c'est son trousseau qu'il jette dans le plateau en argent de l'entrée. Le cliquetis strident me fait toujours sursauter. Je ne comprends pas ce geste, il contredit le pas traînant de mon père. Son indécision. Sa tristesse.

Il sait que je suis dans la cuisine, en train de m'affairer à préparer notre dîner, pourtant il ne vient pas me voir, ni m'embrasser ou seulement me dire bonsoir. Il pourrait aussi lancer quelques mots depuis le couloir pour lier sa présence à la mienne, mais il ne le fait pas. Certainement parce qu'il entend encore la voix de maman. Ses baisers criés depuis la pièce où elle se trouve, d'une voix qui décroche un sourire quelle que soit l'humeur du soir, car on l'imagine renoncer à ce qu'elle fait pour courir nous rejoindre et nous serrer dans ses bras.

Il jette donc ses clés sur le plateau, dépose sa sacoche, enlève son manteau, puis monte dans sa chambre sans se déchausser ; ça, il le fera dans son dressing.

J'entends l'eau de sa douche.

Je baisse le gaz, l'huile crépite autour des champignons, des oignons et du poulet, puis j'attrape mon gilet abandonné sur une des chaises de la cuisine.

La vague de frissons qui me parcourt le corps s'apaise au contact de la laine.

Papa entre dans la cuisine alors que j'égoutte les pommes de terre. Le bruit mat de ses pieds nus sur le carrelage précède les premiers mots qu'il m'adresse.

– Merci d'avoir préparé le repas.

Il me contourne sans m'embrasser ni établir le moindre contact physique. Il ouvre le placard à côté de l'évier, sort la salière, le poivrier et nos deux serviettes en coton, puis il dépose le tout sur la table et s'assoit. Il a pris cette habitude-là, depuis la mort de sa femme : se faire servir par moi, comme s'il fallait que j'assume le rôle de maman. Comme si je devais en quelque sorte payer pour son départ. Comme si c'était ma faute. Ou peut-être que c'est moi qui lui ai donné cette habitude ? Peut-être que j'essaye de la faire exister en reprenant ses gestes, ses rituels, ses manies ; en me glissant dans sa peau.

Je sens le souffle de ma mère derrière moi, ramené par un souvenir. Celui de son corps tordu de douleur, ses mains accrochées à l'évier comme des serres et ses vomissements qui lui courbent le dos. Ses cris, quand j'arrive en courant dans la cuisine, m'exhortant à repartir, à la laisser seule. Sa bouche maculée de bave et de bile, ses cheveux qui balafrent son visage mouillé de larmes. Je la reconnais à peine avec ce masque de souffrance ; elle a plus de l'animal que de l'humain.

Je sers mon père. J'arrose ses pommes de terre de poulet à la moutarde. Je sais qu'il s'apprête à plonger le petit doigt dans la sauce crémeuse pour la goûter, puis il acquiescera, satisfait des prouesses de sa fille adolescente. « Bonne à marier », plaisanterait Lilas avec un clin d'œil, appuyé d'un hochement de tête exagéré.

Il s'essuie le petit doigt sur sa serviette dépliée et entame son repas sans m'attendre, sans m'adresser un regard, sans me demander pourquoi je n'ai pas plus faim que les quelques morceaux de pommes de terre qui errent dans mon assiette ; sans m'inviter à manger plus, non plus.

Finalement, peut-être que c'est moi, le fantôme.

Il termine son repas en mâchonnant une tranche de pain avec effort. Il avale une gorgée d'eau puis se lève, assiette, couverts et verre en mains.

– Est-ce que les chaussures sont à ta taille ? me demande-t-il en plaçant le tout dans le lave-vaisselle.

J'attends qu'il me regarde pour hocher la tête.

– Trouver des chaussures « couleur du Temps »… Je ne sais pas où tu es allée chercher cette idée.

« Aussi loin que possible », j'ai envie de lui répondre.

– Je ne sais pas combien de magasins j'ai faits pour mettre la main sur ces choses.

Toi, vraiment ?

– Enfin, j'ai envoyé Célia, se corrige-t-il, comme si j'avais partagé mon commentaire à voix haute. Elle y a passé une journée entière, la pauvre femme.

Acheter une récompense pour sa fille unique, sa fille docile et résiliente, dans le monde de mon père, c'est un travail de secrétaire.

– Sans parler de leur prix tout bonnement indécent. Il y a des gens qui gagnent ça par mois, tu le sais, ça ?

Ce que je sais, c'est qu'il s'agit d'une question rhétorique, alors je ne réponds pas et je continue à jouer avec les pommes de terre que j'ai à peine touchées. Depuis que je cuisine son dîner, je passe le repas à le regarder manger. Préparer chaque bouchée avec un soin obsessionnel, entrouvrir les lèvres pour l'y enfourner. Mâcher. Bouche fermée. Avec les micromouvements propres à notre caste. Une préciosité de chaque instant.

– Tu vas les mettre, au moins, ces chaussures ? Je ne t'ai jamais vu porter des choses pareilles.

Je me force à avaler quelques débris de patates pour éviter d'avoir à répondre. Le temps que je mâche et que j'avale, il aura oublié sa question.

– Viens avec moi dans le salon, me dit-il en se lavant les mains. Je voudrais t'entendre jouer.

Je me fige.

Je savais pourtant qu'il me le demanderait ce soir, maintenant que j'ai mes chaussures couleur du Temps.

– Ta mère aimait t'entendre jouer après le repas.

« Elle n'est plus là ! », j'ai envie de crier pour lui cracher son hypocrisie au visage. De lui vociférer en pleine gueule pendant qu'il bouffe comme si rien ne s'était passé, comme si rien n'avait changé. Mais moi non plus, je ne suis plus là. Je suis une carapace vide. Une peau inhabitée. Chaque jour qui passe rend l'absence de maman encore plus étouffante et intolérable, comme si je remontais les phases du deuil à l'envers. Elle est partout, encore plus présente.

Je me lève et débarrasse à mon tour les restes du dîner.

Je sais que je ne jouerai pas longtemps, que je n'arriverai certainement pas à terminer le menuet ou la nocturne que j'allais interpréter, mais je ne pense qu'à ça : au contact des touches sous mes doigts, à mon pied nu sur la pédale, aux premières notes qui rempliront la pièce, étofferont les murs ; à la voix du piano qui parlera pour moi. À ce que je lui demanderai, cette fois. À lui. À mon père.

Je vais lui demander d'aller me décrocher la lune.

***

Couleur du Soleil

Il a fallu retourner au lycée.

Ce matin, j'ai donc quitté la maison en laissant le silence derrière moi. En fermant la porte, j'ai eu l'impression de poser un couvercle sur une boîte vide. Natalia, notre bonne, n'était pas encore arrivée. Mais bon, ce n'est pas comme si elle allait faire du bruit ou semer la vie dans cet endroit où on ne vit plus et où on ne fait que passer le temps, ou plutôt attendre qu'il passe.

Elle aussi, Natalia, c'est un fantôme. Elle ne parle qu'à mi-voix et quand c'est nécessaire, c'est-à-dire très rarement. Je l'entendais par contre souvent rire avec maman. Mais à papa et moi, elle ne nous décroche jamais un sourire. Elle baisse les yeux chaque fois qu'elle nous croise et fuit notre présence. Je suis certaine qu'elle préfère être seule à la maison, maintenant que maman n'est plus là.

C'est une très belle fille, notre bonne, et pourtant papa ne l'a jamais regardée. Pour lui, elle ne semble même pas appartenir au sexe faible. Il ne voit pas ses seins pointer et bouger sous son uniforme, ni le galbe de ses mollets, ni les muscles fins de ses bras qui se dessinent à chaque geste.

– *Hey you!* me surprend Lilas en m'enveloppant dans une brève étreinte.

Ses joues et son cou sentent la brioche au beurre. Ses cheveux, le café.

– Je suis tellement contente que tu aies décidé de venir à ma fête.

Elle se détache de moi et glisse son bras sous le mien en m'entraînant vers l'entrée de notre lycée.

– Tu ne peux pas savoir ce que ça représente pour moi. J'ai l'impression que c'est un peu pour toi qu'on la fait, cette fête, tu sais.

Elle m'adresse un regard entendu.

Le mien balaye le sol.

– Tu es de retour maintenant. Bonheur, bonheur, bonheur ! s'exclame-t-elle en levant les bras en l'air en un geste théâtral. Si tu savais comme tu m'as manqué, au milieu de tous ces fous, me déclare-t-elle en resserrant son étreinte. Tu as manqué à beaucoup de monde, d'ailleurs, ajoute-t-elle en m'adressant son fameux clin d'œil, bouche entrouverte, ses longs cils touchant presque sa pommette rosie de blush.

Je jette un regard alentour ; personne ne fait grand cas de mon passage. Le brouhaha ne s'arrête pas quand je croise un visage connu ou un groupe. Chacun vaque à ses occupations, obnubilé par ses problèmes comme je le suis par les miens. La mort de ma mère n'a pas pris plus de place qu'un tweet éphémère.

– Tu pourrais venir dormir à la maison, le vendredi soir. Comme ça, tu pourrais m'aider à tout installer. Le DJ arrivera assez tôt, le samedi. Ça va être énorme. Tu pourras porter tes talons couleur du Temps et ta nouvelle robe gris anthracite… pardon, « couleur de Lune » !

Je lui adresse un bref regard auquel elle répond aussitôt.

– La lune est jaune, ma fille. Il n'y a que toi pour penser qu'elle est grise et bourrée de cratères comme la gueule de Paul le boutonneux. Je te jure, parfois je me demande comment tu es câblée. D'accord, c'est vrai, je m'incline : dans l'absolu, tu as raison. Mais tu viens de tuer d'un coup de sabre laser toutes les idées fleur bleue des romantiques, dont je fais partie.

Lilas sait ce que je pense du romantisme dégoulinant.

– D'ailleurs, à propos de ma fête, quand je te dis que ça va être énorme : Vincent fournira des trucs, ça c'est sûr, mais mon frère fait venir du Dom Pérignon. Vintage. Évidemment, ma mère n'en sait rien. On ne fête pas ses seize ans sans un bain de vrai champagne !

Lilas, immergée dans une baignoire remplie de bulles, ses cheveux remontés en un chignon désordonné, ses joues rougies par l'alcool. L'image me fait sourire.

– Mais c'est qu'elle sourit !

Lilas me pince la joue avant de l'embrasser.

– C'est l'effet champagne. J moins un mois. Tu te rends compte ? Dans un mois, j'aurai seize ans. Dans un mois, à cette heure-ci, ce sera une nouvelle vie.

Nous entrons dans la salle de classe. La plupart de mes camarades y sont déjà assis. Et là, contre toute attente, je reçois une douche d'amour ; en tous cas, c'est l'impression que ça me fait. C'est étrange. Chacun me serre dans ses bras avec tant de… d'authenticité. Chaque étreinte est vraie. Elle vient du cœur. Pour la première fois depuis la mort de maman, une effrayante envie de pleurer me monte dans la gorge jusqu'à m'étouffer. Il ne faut pas qu'une seule larme coule, sinon je ne m'arrêterai pas. Pas avant d'avoir déversé tout ce que je garde depuis… depuis que j'ai changé de peau.

Ma prof d'histoire coupe court aux effusions, en renvoyant tout le monde à sa place. Elle m'adresse elle aussi un sourire débordant de compassion, tête penchée sur le côté, mains jointes en prière contre son cœur. Je me demande si elle, par contre, ne va pas carrément se mettre à pleurer. Elle remercie mes camarades pour leur accueil chaleureux et m'adresse quelques mots touchants, surprenants même, de la part d'une femme à qui j'ai toujours trouvé un air revêche de mal baisée.

La journée se passe bien. Très bien, même. Si bien, que je n'ai pas envie de rentrer chez moi. Dans cette maison plus animée par ses fantômes que par ceux qui y vivent. Je n'ai pas envie de préparer le dîner. De m'asseoir en face de lui pendant qu'il mange, bouchée après bouchée, sans un regard pour moi, ses yeux trempant comme sa fourchette dans son assiette. Jusqu'à ce qu'il débarrasse et me demande de jouer.

J'espère que, ce soir, il présidera le conseil d'administration et rentrera tard. Je laisserai le dîner dans son assiette, recouvert de cellophane. Un ragoût de lentilles avec saucisses, herbes, et le reste. Je dresserai la table pour lui. À 20 heures, s'il n'est toujours pas rentré, je m'autoriserai à manger. Pas à table. Je ne peux plus la voir en peinture, cette table. J'ai envie d'y planter mon couteau. Pas non plus dans le salon, où le piano à queue est visible de tous les angles. Ni dans cette horrible salle de cinéma, au sous-sol. Je mangerai dans ma chambre. Devant cette série qu'on a commencé à regarder avec Lilas, il y a quelque temps. Pas celle avec la sexologue où il est question d'érection et d'orgasmes toutes les deux minutes.

Une série espagnole, sur un braquage. En version originale sous-titrée. Entre les images, la musique de la langue castillane et la nourriture, tous mes sens seront occupés, et mon esprit n'aura plus d'endroit ni d'espace où vagabonder.

J'arrive à la maison et lance la série sur mon ordinateur à tue-tête pendant que je prends une douche et me prépare un encas ; pendant que je mange, pendant que je prépare le dîner de papa, pendant que je lis. Et malgré le bruit, malgré cette série d'actions qui devraient occuper mon esprit, je pense à ma prochaine demande. Il faut que je me rapproche de l'impossible. Passer de la lune aux étoiles. De la lune au… soleil. Je vais lui demander de voler si près du soleil que ses ailes fondront. Comme Icare.

Par une relation de cause à effet, j'entends les clés sonner en tombant dans le plateau en argent de l'entrée.

Il est 23 h 02.

Je n'entends que des bruissements, mais je sais qu'il dépose sa sacoche à côté de la desserte, ôte son manteau, le pend, puis gravit les marches qui conduisent à sa chambre. Se déchausse. Se déshabille. L'eau de la douche s'apprête à couler dans cinq secondes.

Cinq, quatre, trois, deux, un…

Voilà.

J'enfile ma robe de chambre et descends rapidement dans la cuisine. Je réchauffe son repas au micro-ondes et m'assois à table en entendant le bruit mat de ses pieds nus sur les dalles froides de la cuisine. Il prend place en face de moi.

– Merci, glisse-t-il à son assiette, en déployant sa serviette sur ses cuisses.

Il termine son repas après avoir mâchonné et savouré comme il le fait toujours, même s'il est presque minuit.

– Viens. Je voudrais que tu joues. Maintenant.

Et alors qu'il m'entraîne hors de notre cuisine, je me dis que je sais ce que, moi, je vais lui demander.

***

Nouvelle peau

Un diamant jaune, éclatant comme le soleil, est maintenant perché sur mon doigt. Sur le majeur droit qui danse sur le piano. Mes mains ne projettent plus seulement du son, mais aussi de la lumière. Une lumière qui accroche celle du lustre et la projette contre les murs de notre salon.

Je sais que, bientôt, papa m'interrompra.

Il dégagera les mèches qui s'accrochent à mon épaule pour y poser sa main.

Là.

La voilà, sa main.

Elle est là.

Plus chaude que d'habitude. Moite comme toujours.

Peut-être que c'est à ce moment-là qu'il pense à sa femme, ma mère. Peut-être que c'est à moment-là que son désir et sa raison se livrent la plus féroce des batailles. Une guerre intérieure qu'il perd toujours, ou qu'il gagne, en fonction du point de vue.

Ce moment où sa main se pose sur mon épaule.

Il pourrait s'agir du geste d'un père aimant et fier. Pour sa fille qui vient de perdre sa mère, à tout juste seize ans. Pour sa fille qui continue d'exceller sans sombrer dans la douleur, pour sa fille qui le supporte.

Sa main descend sur mon sein.

Je tressaille, mais je ne m'arrête pas de jouer. Je regarde le feu que mes doigts propagent dans la pièce et j'oublie le désir de mon père. Puis, lorsque ses mains m'empêchent complètement de jouer, je fixe du regard ce diamant qui porte en lui toute cette lumière que je n'ai plus.

Je l'ai toujours laissé quitter la pièce avant de me rhabiller.

Mais cette fois, je ramasse mes affaires et pars la première.

Nue.

Je monte à l'étage.

Me fais couler un bain.

J'ai informé Lilas que j'arriverais plus tard que prévu.

Ma robe couleur de Lune et mes chaussures couleur du Temps sont déjà dans mon sac pour la fête de demain. Mon diamant Soleil, lui, ne me quitte pas. Même pas ce soir pour préparer le dîner de papa.

Je me glisse dans la baignoire et j'attends. J'attends en me disant que, pour une fois, cette horrible maison n'est pas peuplée de silences, de non-dits, de mensonges. C'est la vérité qui crie.

Alors, j'écoute. J'écoute les yeux fermés.

Et le temps s'évapore, car je reste dans mon bain jusqu'à ce que l'eau soit glacée. Je sors en grelottant, me sèche sommairement, m'habille, attrape mon sac et descends l'escalier.

Je m'arrête un instant à la porte du salon.

Puis je sors de chez moi.

Je longe l'allée bordée de platanes en écoutant le bruit de mes baskets qui écrasent les graviers, en songeant aux cris de mon père qui a avalé sa dernière dose de poison et a hurlé à la mort. Il n'a jamais été aussi bavard que ce soir, pendant ses dernières heures de vie.

J'actionne le portail et attends qu'il se referme derrière moi avant de poursuivre mon chemin.

Lilas m'attend sur son perron. Elle est enveloppée dans une de ces horribles robes de chambre en polaire bardée de Mickeys qu'elle n'ose porter qu'avec moi. Debout, droite comme un I, elle maltraite ses doigts, qu'elle noue et dénoue sans arrêt.

– Alors ? me demande-t-elle en me scrutant d'un regard inquiet.

– Alors, je lui réponds sans parvenir à sourire, je ne jouerai plus de piano : j'ai enfin récupéré ma peau.

Dur à cuire

VICTOR GUILBERT

L'as-tu vu, ce drôle de bonhomme ?
Il s'appelle Pain d'épice,
Du four il est sorti et il court très vite.

La porte cède au deuxième coup de pied et je manque de m'étaler sur le perron, propulsé par l'élan. Je retrouve l'équilibre en sautant dans l'herbe deux marches plus bas et je me mets à courir de toutes mes forces vers la forêt.

Dans une centaine de mètres, j'aurai quitté la clairière et serai hors de vue du chalet. Je préfère ne pas penser à tout ce qui peut advenir durant cette interminable distance. Je tiens mon bras droit désarticulé contre ma poitrine et je serre la mâchoire pour ne pas hurler de douleur. Je dois d'abord m'éloigner le plus loin possible de la rage de l'autre, du fusil surtout. La souffrance, ce sera pour plus tard.

La première balle siffle à quelques centimètres au-dessus de ma tête. Je bifurque d'un bond et reprends ma course vers les immenses sapins en ponctuant ma fuite de sauts latéraux aléatoires pour me rendre moins facile à abattre.

L'autre jure dans mon dos, il m'ordonne de m'arrêter. Une deuxième détonation résonne dans la clairière. Plus qu'une vingtaine de mètres avant d'atteindre les premiers arbres. La tentation est grande mais je suis une cible trop évidente en ligne droite. Je bondis à gauche, puis à droite et une nouvelle balle me frôle, éventrant plus loin le tronc d'un sapin. C'est une arme conçue pour la chasse à l'ours, ses munitions sont capables de couper un homme en deux.

Quand la quatrième détonation claque, je me jette entre deux conifères. Je hurle de douleur, un cri suraigu qui m'effraie moi-même. Mon bras droit entièrement brûlé s'est écrasé sous mon poids dans le parterre d'aiguilles de sapins. Un voile blanc envahit mon unique œil encore vaillant. Je ne peux pas m'évanouir ici, en bordure de forêt. Il faut courir encore, sans m'arrêter, fuir le plus loin possible de l'autre, de son fusil, de sa haine.

***

Assise à son bureau, la tête enfouie entre ses bras croisés, l'agent spécial Lisa Fuchs serre les paupières à s'en broyer les yeux. Elle a pris l'habitude de s'isoler dans cette posture pour se couper du monde, de ses collègues, de son connard de chef. Et pour calmer la douleur qui la scie en deux. Elle tente l'autohypnose, comme le lui a conseillé le docteur Machin. Elle ne se souvient plus de son nom, elle a consulté tellement de blouses blanches dans sa vie. Des compatissantes, des désolées, des méprisantes aussi. Elle a lu dans leur regard ce qu'ils pensent souvent, que toutes les femmes ont leurs règles, qu'il faut redresser la tête, prendre sur soi et cesser de geindre. Alors qu'elle sait que n'importe qui à sa place ne parviendrait même pas à se lever de son lit.

L'autohypnose fonctionne un peu. Elle se réfugie dans les bras de sa grand-mère, ça l'apaise. Elle retrouve son parfum de laine et de fleur sauvage. Sa voix douce, quand elle lui racontait ces histoires qu'elle aimait tant. Blanche-Neige, Cendrillon ou la princesse au petit pois, sans doute la pire de toutes. Elles n'avaient jamais leurs règles, cette bande de connasses. Elle essaie de retourner dans les bras de sa grand-mère, trop tard, la colère a pris le dessus.

Alors elle la dirige sur James Wolf, son abruti de chef. Un vieux machiste à moitié obèse qui s'approprie ses réussites et lui met volontiers ses échecs sur le dos. Il déteste qu'elle ait raison, il le lui reproche quand elle a tort. Si elle n'avait pas cette obsession pour les cinglés, cette volonté insatiable de mettre les psychopathes sous les verrous, elle aurait balancé sa démission à la tête de Wolf depuis longtemps. Mais elle a besoin de ces malades, ils canalisent sa rage autant qu'ils lui donnent une raison de s'exprimer.

Elle n'aime pas y penser, elle ne veut pas avoir choisi de consacrer sa vie aux tarés à cause des douleurs insupportables de ses règles, c'est une destinée de merde. Elle refuse qu'elles dictent à ce point sa vie. Elle doit admettre pourtant que quand elle court après un taré particulièrement dégueulasse, elle oublie la douleur. Quelques minutes, quelques heures parfois.

Elle entend le rire gras de James Wolf, aussi gras que lui. Il a dû faire une blague sexiste devant un auditoire amateur. Ce porc méprise les femmes à cause du dégoût qu'il lit dans leurs yeux. Si elle n'avait pas ses putains de règles, elle lui aurait dit sa façon de penser ce matin, pendant la réunion d'équipe. Il avait partagé sa petite opinion minable de mec minable à propos des meurtres.

On venait de trouver le deuxième corps derrière une station-service en périphérie de Boulder. La même mise en scène que la première victime découverte dix jours plus tôt. Un homme âgé d'une quarantaine d'années, nu, bras et jambes écartés, recouvert d'un mélange de caramel et d'épices sur tout le corps. Une marinade, il n'y a pas d'autre terme, dans laquelle l'homme avait été littéralement rôti. C'était le plus dérangeant, que les victimes ne dégagent pas l'odeur insupportable de la décomposition, mais au contraire un agréable parfum aigre-doux de viande grillée. Ces macchabées qui fleuraient bon le barbecue estival avaient donné la nausée à Lisa.

Les deux corps avaient été retrouvés dans les environs de Boulder, chaque fois largement entamés par les chiens errants ou les coyotes. Le légiste n'avait pas pu déterminer si un humain avait prélevé des morceaux de viande avant que les canidés ne se servent. Les chances étaient grandes, en revanche, qu'il s'agisse du même tueur dans les deux cas. Du genre complètement azimuté, songe Lisa alors que les fourmis envahissent ses bras. Non pas qu'il existe des tueurs en série sains d'esprit, mais certains fignolent les détails les plus sordides. Comme celui-là, qui se donne un mal inouï pour rôtir ses victimes à la perfection en s'assurant, d'après le légiste, qu'elles soient vivantes en début de cuisson… Il faut préparer des litres de marinade, avoir un four immense à disposition, du temps, un savoir-faire, un esprit vrillé. C'est à ce moment-là du constat que son chef a brillé ce matin en réunion.

– Étant donné les connaissances culinaires de notre assassin, nous ne pouvons pas exclure que ce soit une femme.

Elle avait cru à une énième plaisanterie sexiste de mauvais goût, mais son boss était tout ce qu'il y avait de plus sérieux. Ses collègues avaient opiné du chef, l'air grave et concentré. Elle n'en revenait pas. L'incompétence mâtinée de sexisme. Elle avait quitté la salle de réunion en claquant la porte et pliée en deux de douleur.

Elle est hors d'elle. Elle ne peut plus se concentrer sur sa grand-mère, c'est foutu. Elle se redresse et attrape deux antidouleurs dans le tiroir de son bureau. Elle va se remettre au travail et compter les jours qui restent avant que les salves de spasmes ne se fassent oublier.

Les deux victimes ont été aperçues pour la dernière fois dans des boîtes de nuit gays. Il est vraisemblable que le tueur ait séduit les deux hommes pour les emmener là où il voulait sans avoir recours à la force. Une hypothèse qui infirme la théorie de son chef, même s'il s'en défend. Toutes les attentions sont désormais portées sur un nouvel élément communiqué par la police locale : on les a informés de la disparition d'un homme deux jours plus tôt.

Il a passé la soirée à boire des bières avec des collègues et n'a plus donné signe de vie à partir de deux heures du matin alors qu'ils se trouvaient dans le quartier des boîtes de nuit. Sa femme a alerté la police et on lui a conseillé d'attendre, en sous-entendant que son mari reviendrait une fois lassé de son escapade avec sa maîtresse. Mais sa disparition proche d'une discothèque gay rend son évanouissement dans la nature plus suspect dans le contexte. On a retrouvé sa voiture, son portable n'émet plus depuis qu'il s'est évaporé, il n'a effectué aucun retrait d'argent… Et en se penchant sur le contenu de son ordinateur, on a découvert qu'il menait une double vie. Marié avec enfant d'un côté, des aventures homosexuelles régulières de l'autre. Retrouver Mike Ginger, c'est son nom, est la priorité.

***

J'entends ses pas derrière moi, il ne va pas me lâcher. Je slalome entre les sapins, mon bras heurte parfois une branche et la douleur irradie jusqu'à l'os. La tête me tourne, j'avance au hasard. Si je m'arrête, je m'évanouis, il me trouvera et me tuera. Je puise ma force dans cette terreur de crever là, sous ces sapins, au milieu de nulle part. Mes jambes avancent par réflexe, je ne les commande plus. Je flotte au-dessus de moi-même. Je m'observe, pantin désarticulé, misérable.

Il a versé le sucre en ébullition sur tout mon bras. Je crois que mon cœur s'est arrêté de battre plusieurs secondes. L'hésitation à vivre plutôt que de devoir endurer la douleur. Ou alors le choc, l'incrédulité. Je me suis débattu et j'ai reçu des éclaboussures sur le visage. Elles ont lacéré ma peau, mon œil droit ne s'ouvre plus. Il est mort, je crois.

Je me survole, je m'éloigne de moi-même, mon âme disparaît entre les cimes, abandonnant ma carcasse cramée à sa course éperdue et vaine. Jusqu'à ce que je me prenne les pieds dans une racine en pleine descente.

Je me mets en boule, protecteur de mon bras en lambeau, et je me laisse rouler. J'accélère, je dévale, je me cogne parfois comme une bille dans un flipper, je m'attends à percuter un arbre, un rocher, je suis ralenti en douceur par une termitière abandonnée. Je n'entends que ma respiration et les battements désordonnés de mon cœur. Je guette la détonation, je l'attends presque, pour en finir avec cette fureur insupportable dans le bras. Tout est silencieux. Il n'y a que le grincement de la forêt, le souffle de l'air dans l'immensité. Les oiseaux se sont tus, effrayés par cette masse informe qui a roulé sous les cimes.

J'ouvre les yeux, je me déploie lentement, le soir tombe. Je suis resté inconscient plus longtemps que ce que j'avais imaginé. Je me redresse et m'adosse contre le tronc d'un arbre, mon bras brûlé replié contre mon corps.

J'entends un murmure lointain, familier. C'est une rivière. Elle me rappelle que j'ai soif. Elle me ramène à la vie.

Je me lève lentement et avance à tâtons entre les arbres en suivant le ronronnement de l'eau. Je dois l'atteindre avant la nuit, boire, me soigner et trouver un abri. Même si l'autre ne m'a pas encore repéré, je suis une proie parfaite pour les ours, les pumas, les chacals ou les coyotes qui rôdent dans le parc. Certains sont peut-être déjà en route, attirés par l'odeur appétissante de la viande grillée.

***

Lisa espère que les caméras de surveillance des boîtes de nuit vont les mettre sur une piste. Elle n'en peut plus d'attendre, d'avoir la sensation de ne servir à rien. C'est dans l'action que ses entrailles cessent momentanément de la broyer de l'intérieur.

Mike Ginger et les deux hommes assassinés n'ont a priori aucun lien. Même les profils ne correspondent pas. Ils n'ont rien en commun, excepté un penchant pour les hommes. Mike Ginger a une fille de quatorze ans. Lisa essaie de ne pas y penser. Elle ne veut pas que Mike ait plus de valeur à ses yeux que les deux autres sous prétexte qu'il est père.

Elle tente de chasser l'idée qui effleure son esprit. Trop tard. Elle revoit la dernière blouse blanche qu'elle a consultée, il y a un mois. Celle qui lui a suggéré l'opération. Plus de règles, plus de douleurs… plus d'enfant. Elle sera libérée une fois pour toutes de cette mise à mort mensuelle. Mais elle ne peut pas déjà renoncer à être mère, elle aura quarante ans l'année prochaine, tout n'est pas perdu. Si elle n'avait pas si mal, elle rirait d'elle-même. *Tout n'est pas perdu*. Une formule vaine qui a les accents du désespoir.

Elle aimerait pouvoir jurer à la femme de Mike Ginger et à sa fille qu'elle va le retrouver et le leur ramener en bonne santé. Elle ne peut pas. Il a disparu depuis deux jours. Une éternité entre les mains d'un psychopathe. Dieu sait ce qu'il a pu endurer tout ce temps. Mike Ginger est sportif, amateur de montagne et de sensations fortes, il participe à des stages de survie chaque année avec des amis, lui a glissé sa femme dans un sourire plein d'espoir. Avec un taré pareil, savoir fabriquer une canne à pêche à l'aide d'une fermeture éclair ne va pas lui être d'une grande utilité, soupire Lisa. Ils n'ont aucune piste, pas même une voiture suspecte ou une silhouette floue, et les caméras ne donnent rien.

– Agent Fuchs, Kate Ginger au téléphone. Elle veut vous parler de toute urgence.

Lisa arrache le téléphone des mains de l'agent de police sans même lui accorder un regard.

– Mrs Ginger ? Agent Lisa Fuchs, vous avez des nouvelles de votre mari ?

– J'espérais que ce serait vous qui m'en donneriez…

Lisa a envie de se gifler. Elle respire profondément et rassemble le peu de diplomatie dont elle est parfois capable.

– Je vous assure que nous faisons tout notre possible, Mrs Ginger. Vous vouliez me parler ?

– C'est à propos du jour de la disparition de Mike. Notre fille était sortie sans nous demander notre autorisation… Mon mari l'a punie. Et ce matin, vos collègues m'ont parlé du téléphone de Mike qu'ils ne parvenaient pas à localiser parce qu'il était éteint. Bref, ce que je veux dire, c'est que ma fille vient de me rappeler qu'il avait confisqué son portable et je me disais…

– Attendez, Mrs Ginger, vous voulez dire que votre mari a le téléphone de votre fille avec lui ?

– Probablement, oui. Ma fille était chez sa grand-mère ces deux derniers jours, elle vient de rentrer et on ne le trouve nulle part à la maison.

Une dizaine de minutes plus tard, les premières voitures de police filent en direction de Hidden Lake, au milieu du parc national des Montagnes Rocheuses. Un des plus beaux sites du pays, un des plus sauvages aussi. Et c'est le dernier endroit où le téléphone de la fille de Mike Ginger a émis avant de s'éteindre.

Lisa a laissé le volant à son collègue qui slalome sirène hurlante sur la route 72. Elle entre les coordonnées GPS dans son téléphone, à la recherche de tous les abris, gîtes, chalets dans les environs. Un endroit idéal pour griller des hommes sans être dérangé. À en croire le téléphone de sa fille, Mike Ginger se trouve quelque part en pleine forêt.

***

Allongé sur la berge, la tête immergée dans la rivière pour soulager la brûlure, je sens les lambeaux de chair sur mon visage vibrer sous la caresse du courant. Le froid réveille la douleur en même temps qu'il la soulage. Je hurle de toutes mes forces, le bruit de ma fureur étouffé dans les ondes agitées du torrent. Il fait presque nuit, je ne peux pas m'éterniser. Je dois me mettre à l'abri.

Je m'agenouille et observe les gouttes qui perlent de mon visage sur les graviers. Dans l'obscurité naissante, je ne parviens pas à voir si elles sont mêlées de sang. Je prends une profonde inspiration et plonge ce qui reste de mon bras dans le courant. Je suis pris aussitôt d'une crise de sanglots incontrôlable. Je pleure à en perdre le souffle, hoquetant et tremblant. Mon bras ressemble à une branche morte ondulant dans le courant. J'aimerais l'arracher, qu'il dérive loin de moi en emportant la douleur. J'enlève la terre et les aiguilles de sapin incrustées dans les croûtes de chair grillée. Je détourne la tête pour ne pas vomir. C'est à cet instant que je le remarque.

Un puma galope à pleine vitesse le long de la berge dans ma direction. Je n'ai aucun doute sur ses intentions. Je cherche autour de moi un bâton, une pierre, une arme quelconque… Un espoir dérisoire. Je n'ai aucune chance face à ce puissant félin qui fonce sur moi, déterminé. Il s'approche à une vitesse vertigineuse, je suis pétrifié, hypnotisé par l'ondulation de son corps. Je ne pense à rien, ma vie ne défile pas, mon esprit est vide, j'espère que ma mort sera rapide.

À une trentaine de mètres, il ralentit sa course. Il ne comprend pas mon flegme, il se méfie, il décélère encore, montre les crocs. Il hésite, je ne ressemble pas aux proies habituelles. Il s'arrête presque, rampant vers moi comme pour mieux me sentir, m'évaluer avant de bondir. J'en profite pour reculer doucement dans la rivière. L'eau pénètre dans mes chaussures, mon jean se trempe. Je recule encore, sans le quitter des yeux, pour le défier. Il s'aplatit contre le sol. Il est en train de prendre son élan. Son corps se détend d'un mouvement bref et il se jette d'un bond sur moi.

Je brandis mon bras mourant, lambeau de viande brûlée qu'il est venu chercher. Il le saisit dans sa mâchoire et je bascule en arrière, propulsé par la violence du choc. Tandis que je sens l'os de mon avant-bras se briser sous la puissance de ses crocs, la rivière nous emporte tous les deux dans un remous violent et glacial. J'ai à peine le temps d'avaler une bouffée d'air avant de couler sous le poids de l'animal qui tente de nager sans lâcher sa proie. Il agite ses pattes énormes, ses griffes me déchirent le ventre, les cuisses… Je ne lutte pas, coincé contre son corps tiède aux mouvements de plus en plus désordonnés. Il desserre la mâchoire, il a compris qu'il doit choisir. Abandonner et rejoindre la rive ou risquer de mourir noyé pour un étrange repas. Je n'en vaux pas la peine.

Il se détache de moi pour regagner la terre ferme. Je ne sens plus le poids de ses muscles m'écrasant contre le fond de l'eau. Je remonte à la surface et gave mes poumons d'oxygène. Je tousse violemment, crachant les gerbes d'eau que j'avale dans le même temps. Je parviens à garder la tête hors du bouillon d'écume et retrouve peu à peu une respiration régulière. Je me laisse dériver, sans force, abandonné au hasard des tourbillons. La rivière est de moins en moins profonde et j'échoue sur une petite plage de galets. Il fait nuit mais le ciel sans nuage laisse la lueur grise de la lune éclairer faiblement les alentours. Je rampe vers un petit talus herbeux à quelques mètres. Je suis frigorifié. Je me recroqueville contre le maigre buisson, tremblant de froid. Mes habits sont trempés, mon tee-shirt est déchiré. Il n'y a rien pour me réchauffer. Je ferme les yeux, je songe que c'est peut-être pour la dernière fois.

***

Les recherches sont stoppées au bout d'à peine deux heures. La nuit est tombée, on n'y voit plus rien et les bêtes sauvages rôdent. James Wolf ne veut faire courir aucun risque à ses équipes. Ils continueront à l'aube.

Lisa Fuchs est assise sur le capot de la voiture de son collègue. La chaleur du moteur apaise la douleur irradiante. Elle continue de scruter la carte des environs sur son portable. Le téléphone de la fille de Mike Ginger a pu s'éteindre plusieurs kilomètres avant la destination finale. Les équipes n'ont rien trouvé, aucune trace de présence humaine récente. Elle fait glisser sous ses doigts une large portion de la carte des environs en mode satellite, à la recherche d'un bâtiment isolé. Il y a plus de constructions que ce qu'elle imaginait. Entre les abris pour randonneurs, les gîtes des rangers, les points d'informations touristiques, les restaurants…

Il faut un élément nouveau, un indice qui permette de réduire encore le cercle de recherches. Ils avancent à l'aveugle. Et les rangers n'ont rien remarqué d'anormal, aucune présence suspecte.

Lisa songe que tous ces flics arpentant la forêt, ça ne va pas passer inaperçu longtemps. S'ils effraient leur tueur, il s'évaporera et Mike Ginger avec lui. Elle scrute la masse noire opaque des arbres à peine éclairés par la lune. Elle sait que les chances de retrouver Mike vivant sont de plus en plus minces.

Les voitures repartent en sens inverse. La forêt défile par la fenêtre, sombre. Lisa se concentre sur les indices dont ils disposent, elle cherche l'élément qui leur a échappé. Elle passe tout en revue encore et encore pour oublier son bas-ventre en feu.

Elle remercie son collègue qui l'a déposée au pied de son immeuble. Elle attend que la voiture ait disparu avant de traverser et d'entrer dans le pub animé de l'autre côté de la rue. Elle avance, chaque pas comme des centaines d'aiguilles qui lui rentrent dans le ventre. Un jour, elle crèvera de douleur. Elle se le dit chaque mois, elle l'espère parfois.

Le barman lui adresse un sourire. Un verre de whisky et une pinte de bière l'attendent déjà sur le comptoir, le temps qu'elle se traîne jusque-là. L'alcool reste le meilleur des antidouleurs. Le seul qui apaise et console à la fois.

Elle se hisse sur le tabouret comme un vieillard et descend le whisky d'un trait. Elle sent la douce brûlure de l'alcool se propager. Elle respire lentement pour profiter du bien-être éphémère et sirote ensuite sa bière les yeux perdus dans le néant. Elle essaye de chasser Mike Ginger de son esprit.

Elle se demande ce que lui trouve le type qui la dévore des yeux de l'autre côté du bar. Elle aurait pu être jolie. Elle n'arrive pas à se figurer son visage comme les hommes le voient. Elle se perçoit grimaçant toujours de douleur ou affichant un rictus anxieux. Et quand elle remarque quelquefois qu'on zyeute du côté de ses fesses ou de ses seins, elle a envie de les avertir. Ce corps que vous voyez, c'est une fausse promesse, derrière ces formes qui savent amadouer se cache un monstre qui torture à petit feu…

À quand remonte sa dernière aventure ? Lorsqu'on cherche à oublier son corps, le sexe est le premier sacrifié. Elle repense à la blouse blanche, à son utérus qu'on pourrait lui retirer pour stopper les douleurs et à l'enfant qu'elle n'aurait jamais. Comment pourrait-elle tomber enceinte si son corps reste une coquille fermée ?

Son prétendant du bout du bar est plutôt beau gosse. Mais la simple idée qu'on s'approche de son vagin ravive la douleur. Elle préfère encore penser à Mike Ginger. L'horreur des autres relativise la sienne. Sa femme a répété à Lisa au téléphone que son mari était un battant, qu'il ne se laisserait pas faire, qu'il n'était pas du genre à abandonner. Lisa soupire. Le père de famille à la double vie est sans doute déjà mort. Grillé par un psychopathe au fond d'une forêt de conifères.

Il doit bien y avoir une raison à cette obsession culinaire. Ils ont cherché dans leurs fichiers la liste des cuisiniers avec un casier judiciaire, ça n'a rien donné. Le paradoxe, c'est que ces psychopathes sont trop intelligents pour se faire attraper. C'est l'excitation, la fureur, l'avidité qui finissent par les trahir. Le besoin, un jour, d'accélérer leur cadence meurtrière.

– Je vous offre un verre ?

Lisa sourit à l'inconnu qui l'a rejointe, elle réfléchit à une réponse équilibrée. Un refus modéré qui lui permette de retenter sa chance dans quelques jours, quand ses règles l'auront momentanément lâchée.

Le barman pose un bol de travers de porc au caramel devant l'inconnu. Il lui sourit. Il a un beau sourire.

– Je vous laisse réfléchir pour le verre. En attendant, je partage volontiers avec vous les meilleurs *pork ribs* de Boulder.

Lisa a envie de répondre quelque chose d'intelligent, de donner un indice qui montre son intérêt pour le bonhomme à moyen terme. Le parfum des travers de porc l'en empêche. Il lui rappelle les deux corps rôtis. L'odeur de viande grillée… Une idée fait son chemin.

Elle prend son téléphone à la recherche du numéro du chef des rangers. Pendant que retentissent les sonneries, elle attrape quelques billets qu'elle pose sur le comptoir. Sur l'un d'eux, elle griffonne son numéro et le pousse vers l'inconnu. Il répond de ce beau sourire qui illumine son visage.

Quand le chef des rangers décroche enfin, elle est en train de traverser la rue vers son immeuble.

– Agent spécial Lisa Fuchs, désolée de vous déranger si tard, j'ai une question qui va vous paraître étrange... Est-ce qu'au cours des dernières semaines, un de vos hommes aurait remarqué une odeur de barbecue dans le parc ?

***

La sensation insupportable de la brûlure a disparu. Je ne sens plus que la piqûre aiguë du froid. Je n'ose pas regarder l'état de mon bras. Je me frictionne le corps d'une main, la chaleur ne vient pas. Le jour se lève, il est peut-être dans les cinq heures du matin. Il faut que je me remette en mouvement. Si je reste là, je vais crever de froid. Il doit bien y avoir une maison, une route quelque part derrière ces murs de sapins. Je me lève douloureusement et constate au bout de quelques pas que j'ai perdu une chaussure. Elle est probablement en train de dériver quelque part dans la rivière. Je garde ma chaussette, maigre rempart contre les aiguilles de sapins et les racines. Je poursuis l'inspection. Les griffures du puma sur mon ventre et mes cuisses sont superficielles. Elles m'inquièteraient en temps normal, mais j'ai bien pire à craindre pour l'instant.

Les genoux dans le sable, j'avale quelques lampées d'eau pour remplir mon estomac affamé. La faim qui me tiraille, c'est bon signe. Mon corps réclame de vivre. Je sursaute en apercevant mon visage dans une flaque d'eau. Il a beaucoup plus morflé que ce que j'imaginais. J'ai plus de la moitié de la figure cramée et un œil desséché, flétri dans son orbite comme un morceau de bacon racorni. Ma gorge se serre. J'aurais préféré ne pas savoir.

Je m'enfonce dans la forêt en quête de civilisation. Je marche au hasard et guette les traces de peinture d'un chemin balisé, mon bras moribond et désarticulé recroquevillé contre ma poitrine. Il dégage une odeur nouvelle, moins appétissante. Le dénouement est inévitable en ce qui le concerne. Dans mon esprit, il n'existe déjà plus.

J'avance prudemment pour ménager mon pied sans semelle. La chaleur de mon corps augmente doucement, je marche sans penser à rien. Un arbre après l'autre, je progresse en ligne droite. Les routes et chemins de randonnée sillonnent le parc national. Je devrais finir par croiser l'un d'eux. Combien de promeneurs égarés ont été retrouvés mort à moins de cent mètres d'une route… Je traîne mes jambes comme un poids lourd, déambulant entre les sapins par automatisme. J'essaie de ne pas penser à mon visage.

Je suis sorti de ma somnolence par un son étrange. Un grattement à peine perceptible qui s'intensifie. Un sursaut d'optimisme me fait espérer un bûcheron ou un promeneur. Je m'approche de la source du bruit, le cœur battant. En entendant le grognement, je comprends trop tard ma méprise. Entre les arbres, à quelques mètres, une masse sombre se déhanche. Il n'y a pas de hasard. Le puma hier, l'ours aujourd'hui. Je fleure bon la viande facile.

Je recule sur la pointe des pieds, il ne m'a pas encore repéré. Je suis trop loin de la rivière, je ne peux pas fuir de ce côté. De toute façon, les ours n'ont pas peur de l'eau, il me suivra et je serai une proie encore plus simple à achever. Il grogne à nouveau, le museau pointé vers le ciel. Il sent ma présence, il me cherche. C'est l'affaire de quelques secondes avant que mon bras grillé ne me trahisse. Alors je tourne les talons et je commence à courir.

Je fonce entre les arbres, je compte sur les troncs serrés plantés aléatoirement pour freiner l'animal massif à ma poursuite. La plante de mon pied est lacérée par les racines pointues. L'adrénaline m'offre un ultime répit. Je l'entends s'approcher dans mon dos. Les branches qui craquent, les grognements redoublés, son galop plus rapide que prévu. Les sapins ne le ralentissent pas. J'aperçois sa silhouette imposante me doubler par la droite, à quelques dizaines de mètres. Je m'arrête, haletant. Pourquoi ne pas m'avoir chargé ? Un frisson me traverse. Est-ce qu'il est en train de jouer avec sa proie ?

Je ne le vois plus. Je ne l'entends plus. Je tourne sur moi-même, je me retiens d'appeler à l'aide. Il rôde quelque part. Je frotte mon œil embué par les gouttes de sueur qui coulent le long de la paupière. Et soudain, l'ours est là, à cinq ou six mètres à peine. Il observe cette bête curieuse à moitié brûlée, comme le puma la veille, avec une pointe de méfiance. Il se lèche les babines, il évalue son repas. Je tends mon bras meurtri dans sa direction. Comme une offrande. Qu'il prenne ce morceau et qu'il me laisse le reste. La moitié de l'avant-bras brisé en deux par les crocs du puma pend dans le vide, retenu encore par quelques lambeaux de chair et des tendons fatigués. L'ours se dresse sur ses pattes arrière, menaçant. Pas de concession. Il ne laissera rien.

***

L'agent Lisa Fuchs guette le feu vert de son chef. Elle trépigne devant la petite foule d'agents de police qui attend les nouvelles consignes de recherche, les visages marqués par la nuit trop courte. Le soleil se lève à peine et tous se demandent pourquoi ce rendez-vous dix kilomètres après Hidden Park qu'ils ont à peine exploré la veille. John Wolf fait un signe de tête à Lisa. C'est sa découverte, c'est elle qui présente. Elle sait que ce n'est qu'une illusion de loyauté. Si elle se plante, elle va en entendre parler longtemps. Si son intuition est la bonne, la tête de

John Wolf en héros de la police fédérale sera dans tous les journaux. Elle s'en fout, elle n'a jamais couru après la gloire.

– Un ranger s'est souvenu avoir senti une odeur de viande grillée il y a quelques jours. Il a constaté que ça provenait d'un chalet privé et non d'un barbecue sauvage, et il a oublié l'incident. Mais après vérification, il se trouve que le propriétaire du chalet en question habite à Salt Lake City. On l'a contacté, il y a bien un immense four à bois dans son sous-sol, héritage du temps où l'endroit était un restaurant… En revanche, il nous a assuré que personne n'était censé avoir mis les pieds dans son chalet depuis plus d'un an.

Des chuchotements s'élèvent parmi les policiers. Les visages endormis s'illuminent. L'espoir d'arrêter le tueur et de sauver sa dernière victime les réveille. L'énergie qui se dégage est communicative et Lisa Fuchs poursuit, plus déterminée encore.

– Le chalet se trouve en contrebas, à environ cinq cents mètres de notre position. On laisse les voitures ici. On espère tous que Mike Ginger est encore en vie, il ne faut prendre aucun risque. Notre arrivée doit être une surprise.

James Wolf reprend son rôle de leader et énonce ses dernières consignes avant que la foule de policiers ne se mette en route. La petite armée avance prudemment sur le chemin. De longues minutes s'écoulent avant qu'ils n'aperçoivent au loin, dissimulée derrière les barrières de sapins, une jolie clairière au milieu de laquelle se dessine un somptueux chalet.

Sur l'ordre de James Wolf, les agents se positionnent en lisière de forêt, là où ils sont encore dissimulés. Il attend que tous ses hommes soient prêts, puis il lance l'assaut. Une dizaine de policiers trottinent vers la maison, arme au poing. Lisa Fuchs est restée en arrière, elle contemple la clairière, il y a un détail qui la gêne. Son cerveau a enregistré un élément étrange mais elle ne parvient pas à se concentrer. La marche dans la forêt a ravivé les douleurs utérines. Elle se tient à un arbre et prend de profondes inspirations pour soulager le mal.

L'équipe qui a mené l'assaut est entrée dans la maison. Les policiers en lisière de forêt attendent, prêts à intervenir. Au bout de cinq longues minutes, un sergent en uniforme ressort du chalet. Il court faire son rapport à James Wolf.

– Il n'y a personne. C'est vide. Mais on dirait que c'est la bonne maison. Dans la cave, on a trouvé une planche avec des attaches, une marmite industrielle avec le système de chauffage adapté, elle est remplie d'une espèce de sauce… Il y a aussi le four à bois dont parlait l'agent Fuchs, il semble avoir servi récemment. Et à l'étage, on a découvert un portefeuille avec le permis de conduire de Mike Ginger. Par contre…

– Qu'est-ce qui vous préoccupe, sergent ?

– Il y a des empreintes de pas dans l'escalier de la cave, comme si quelqu'un avait marché dans la marinade… une chaise renversée dans l'entrée… J'ai l'impression que les lieux ont été quittés précipitamment.

Lisa regarde à nouveau autour d'elle, une main pressée contre son ventre qu'elle masse doucement. Elle finit par trouver ce qu'elle cherchait. Elle avait bien vu quelque chose.

– Chef, regardez le sapin là-bas.

James Wolf se dirige vers l'arbre désigné, accompagné du sergent. Lisa les suit en soufflant. Ils observent le tronc épais lacéré par l'impact de balle. Le policier qui a mené l'assaut parvient à retirer le projectile à l'aide de son couteau.

– C'est pas vieux, murmure le sergent.

Les trois policiers pensent à la même chose. Ils observent la forêt qui s'étend à l'infini derrière le sapin abîmé. Lisa évalue la distance entre le chalet et la lisière de la forêt où ils se trouvent. Ils sont au point d'entrée dans l'immensité du parc le plus proche de la maison.

– Mike Ginger a réussi à s'échapper… Et notre tueur est parti à sa poursuite.

James Wolf réfléchit aux implications de cette nouvelle donnée. Il s'apprête à rassembler ses hommes pour organiser une battue quand tous les policiers s'activant dans la clairière se figent. Un coup de feu a retenti quelque part dans la forêt.

***

Mes doigts explosent dans un bruit assourdissant, pulvérisés au bout de mon bras toujours tendu vers l'ours. L'énorme animal tressaille avant de détaler dans la direction opposée. Mon poignet a été arraché, la main emportée avec lui. Je tourne la tête. L'autre est là, son fusil pointé dans ma direction. Mes jambes ne répondent plus, je ne parviens pas à courir. Je regarde la mort en face. Comme le puma et l'ours avant lui, mon calme le fait hésiter.

Une nouvelle détonation nous fait sursauter tous les deux. Des voix s'élèvent à travers les arbres. La police. C'est ma dernière chance. Je sprinte vers l'agitation qu'on devine au loin. L'autre tire et la balle brise un sapin en deux quelques mètres devant moi. Il me poursuit et tire au hasard dans ma direction, je le sens dans mon dos, tout proche. Je hurle, j'appelle à l'aide. Je devine des silhouettes en uniforme à une centaine de mètres.

Je reconnais la clairière et le chalet. J'ai tourné en rond. Je suis revenu à la case départ. Un rire nerveux de désespoir me secoue tandis que j'accélère ma course, le visage fouetté par les branches. Je supplie les policiers de ne pas tirer, je crie que je ne suis pas armé mais ma voix se perd dans les arbres. L'autre est sur mes pas. Il continue de tirer, il veut m'abattre avant qu'il ne soit trop tard. J'y suis presque. Je refuse de crever si près du but. L'herbe verte ensoleillée n'est plus qu'à une trentaine de mètres ; j'y aperçois des policiers allongés. Un homme hurle ses ordres dans un mégaphone. Je ne parviens pas à comprendre ce qu'il raconte. L'autre est juste derrière moi. Dès que je serai dans la clairière, il n'y aura plus d'arbres pour me protéger. Les flics sont ma dernière chance.

D'un bond, je quitte la forêt sombre pour l'herbe lumineuse. Je fonce vers une femme, mon bras noir ballant cognant contre ma cuisse. Elle me regarde, effrayée, contemplant ce qui reste de moi. Il y a de nouveau des cris, l'autre doit être arrivé à la lisière, la femme tire. Une double détonation et son corps s'envole sur plusieurs mètres comme une poupée de chiffon. L'autre l'a eue.

***

Lisa est étendue sur l'herbe, le souffle coupé. Son gilet pare-balles n'est pas prévu pour ce type de calibre. Elle n'arrive pas à respirer, son ventre ne se gonfle pas, ses poumons sont tétanisés. James Wolf et le sergent sont penchés au-dessus d'elle. Elle ferme les yeux. Elle sent un liquide froid couler sur son ventre. Il se propage comme une douce caresse. Elle n'a plus mal. On bouscule son corps. Son chef lui parle.

– Tenez bon, Lisa. Cet enfoiré n'a pas pu aller loin. Je crois que vous l'avez touché. Restez avec nous.

Elle perd conscience à l'injonction de son chef. Elle n'a jamais aimé obéir aux ordres.

***

Deux policiers m'aident à gravir la butte de sapins jusqu'à la route où m'attend une ambulance. Ils évacuent la femme flic en hélicoptère. J'ai vu un flot de policiers partir à la recherche de l'autre, dans les bois.

Même le médecin qui m'accueille dans le véhicule a du mal à dissimuler son dégoût en découvrant le morceau de bras qui pend au bout de mon corps déchiré. Il m'injecte une forte dose d'antibiotiques puis commence à nettoyer mes plaies tandis que l'ambulance démarre en faisant retentir sa sirène. Il ne touche pas à mon bras. Il sait mieux que moi qu'on ne peut plus rien pour lui. Il nettoie les coupures sur la plante de mes pieds, les griffures du puma sur mon ventre et ma cuisse. Il évite soigneusement de croiser mon regard de cyclope.

***

Lisa Fuchs ouvre les yeux dans sa chambre d'hôpital. Elle se redresse et sent la douleur dans son ventre. Ce n'est plus le même tiraillement, c'est un mal plus sourd, plus diffus. Elle jette un œil autour d'elle. Il y a un gros bouquet de fleurs avec une carte. Elle est trop loin, elle n'arrive pas à lire. Elle glisse ses doigts sur son abdomen et découvre les bandages.

Le médecin entre dans sa chambre à cet instant, un sourire optimiste travaillé illuminant son visage.

– Content de vous revoir parmi nous.

– Je suis ici depuis combien de temps ?

– On vous a amenée hier. Vous allez bien, on a retiré la balle sans problème. Votre gilet pare-balles vous a épargné une blessure bien plus grave. Vous n'aurez qu'une jolie cicatrice en souvenir…

– Je pourrai encore avoir des enfants ?

La question est venue toute seule, Lisa n'en revient pas. Elle plaque la main contre sa bouche pour se faire taire. Le médecin lui sourit à nouveau.

– La balle s'est logée au niveau des intestins sans faire trop de dégâts, il n'y a aucune raison que cette blessure vous ait rendue stérile.

Lisa fond en larmes. Toute cette colère qui bout en elle depuis trop longtemps s'échappe en un torrent de sanglots libérateur. Elle remercie le médecin tant bien que mal. Il lui tapote amicalement l'épaule et s'éclipse discrètement. Quand elle se calme enfin, James Wolf est assis à côté du lit. Elle ne l'a pas entendu entrer.

– Comment vous vous sentez, Lisa ?

Son chef a posé la question par politesse, il n'est pas là pour ça. Lisa le sent à son air préoccupé.

– Je me suis permis de répondre à votre téléphone. Le type s'est présenté comme « l'inconnu aux travers de porc »… Je lui ai dit que vous aviez fait une chute en randonnée, alors il vous a envoyé ces fleurs.

James Wolf indique le bouquet du menton, mais Lisa ne quitte pas son chef des yeux. Elle essuie les dernières larmes sur ses joues.

– Qu'est-ce qui se passe ? Il a réussi à s'enfuir ?

– Oui…

– Merde, c'est pas vrai. Comment vous avez pu le laisser se barrer ? J'étais certaine de l'avoir touché. Et Mike Ginger ?

– Il a succombé à ses blessures.

Lisa ferme les yeux. Échec sur toute la ligne. Qu'est-ce qui a merdé à ce point ? Ils sont arrivés trop tard…

– Lisa, il va y avoir une enquête. Vous aurez évidemment tout mon soutien, il y avait beaucoup de témoins…

– Qu'est-ce que vous racontez ? Quelle enquête ?

James Wolf tortille son corps obèse sur la chaise qui grince sous son poids. Il tente une approche en douceur.

– « L'inconnu aux travers de porc », il a laissé son numéro. Vous devriez le rappeler, prendre du bon temps en attendant que les choses se tassent…

– Merde, chef, arrêtez de tourner autour du pot, c'est quoi cette connerie d'enquête ?

– Ils veulent comprendre pourquoi vous avez tiré sur Mike Ginger.

– Quoi ? Mais je n'ai jamais… Mike Ginger s'est jeté à côté de moi, j'ai tiré sur le tueur pour le défendre, je suis certaine que je n'ai pas touché Mike.

– Lisa… On s'est tous plantés.

Le choc réveille la douleur comme un coup de poignard. Elle comprend ce que son chef essaye de lui dire. Elle grimace en même temps que la scène se rejoue devant ses yeux avec une netteté nouvelle. L'homme à moitié brûlé qui sort de la forêt, poursuivi par un autre, fou de rage… Pas une seule seconde elle n'a imaginé que la traque avait pu basculer. Elle pose la question du bout des lèvres.

– Si c'était Mike Ginger qui tenait le fusil, qu'est-ce qu'il est devenu… l'autre ?

***

Le médecin me regarde, terrorisé, le corps recouvert d'un mélange de sucre et d'épices, une marinade au fumet incomparable. Il m'a été d'une grande aide. Un habile équilibre entre menaces et promesses l'a convaincu de me remettre d'aplomb. Il espère encore, mais la police n'ira pas nous chercher au fond de cette forêt. Personne ne se doute que nous avons traversé la frontière canadienne. Un nouveau destin m'attend ici, au pays du sirop d'érable… Je ne ferai plus d'erreur. Je veillerai, désormais, à toujours bien refermer la porte du four.

Blanche et les sept assassins

JÉRÔME LOUBRY

Extrait du quotidien *Amsterdam News* du 10 février 2020 :

Une nouvelle victime a été découverte morte dans une ruelle du quartier rouge de la capitale. Peu après minuit, le corps d'une jeune femme a été retrouvé par un client de l'établissement « Fairy tale », la gorge tranchée et la jupe relevée. Il s'agit de Cassandra Velun, une professionnelle hongroise qui travaillait depuis peu dans la célèbre maison de charme. Les enquêteurs se sont rapidement portés sur les lieux et n'ont pour l'instant ni confirmé ni démenti qu'il s'agissait là de la cinquième victime de celui que l'on surnomme à présent « l'égorgeur du quartier rouge ».

***

Blanche traversa le pont enjambant le canal Grimburgwal, voûtant les épaules sous les assauts de l’hiver, sa chevelure brune soigneusement emmitouflée sous une chapka en fausse fourrure. Bientôt dix-huit heures. Les cloches de l’église Westerkerk ne tarderaient pas à carillonner. La jeune femme hâta le pas. Les lumières tamisées de la ville s’éclairèrent, apportant au quartier la sensualité de sa renommée. Elle apercevait déjà, au loin, des vitrines dont les rideaux s’ouvraient avec plus ou moins d’envie, suivis par le crépitement fugace des néons rouges.

« *Roxanne, you don’t have to put on the red light*, chantonna-t-elle en approchant de son lieu de travail, *you don’t have to sell your body to the night…* »

Blanche, de son vrai prénom Méline, travaillait dans le quartier rouge depuis un an. La jeune femme originaire de la campagne hollandaise était tout d’abord venue dans la capitale pour suivre des études d’arts. Seulement, malgré ses efforts et son enthousiasme des premiers mois, elle se rendit rapidement compte qu’elle ne deviendrait jamais la nouvelle Rembrandt, et que ses cours l’ennuyaient plus qu’ils ne la fascinaient.

C’est en buvant un verre avec des amis dans un coffee-shop qu’un homme s’approcha d’elle et entama la conversation. Il se présenta comme un entrepreneur fortuné, vanta sa beauté et son teint diaphane, ses lèvres pulpeuses et sanguines, allant jusqu’à la surnommer Blanche-Neige tant sa ressemblance avec le personnage de Walt Disney lui paraissait évidente. Il lui proposa un travail qui l'aiderait à s'installer définitivement dans la vieille ville. La jeune femme accepta de le rencontrer le lendemain pour en parler plus en détail.

Blanche arriva devant sa vitrine, ouvrit la porte latérale et se dirigea dans l'unique pièce. Elle sortit de son sac des sous-vêtements puis, assise sur le lit, se dévêtit. Une fois en tenue, elle tira le rideau et alluma la lumière rouge. L'étrange contraste entre la neige qui tombait au-dehors et la chaleur qui régnait dans la pièce la fit sourire. Quelques touristes frigorifiés osèrent un regard puis, indécis ou timides, repartirent en s'arc-boutant sous le vent glacial.

Elle n'eut pas à attendre longtemps. Nous étions vendredi, le week-end était toujours chargé. Seulement, Blanche fut surprise quand elle ouvrit la porte contre laquelle le client venait de toquer. Il ne s'agissait pas de l'un de ses habitués, encore moins d'un étudiant aux paroles hésitantes et au regard fuyant.

L'homme qui se présenta devant elle était d'une beauté à couper le souffle.

– Entrez, l'invita-t-elle, troublée par la puissance de son regard.

– Bonsoir, Madame.

Le *Madame* déclencha automatiquement un rictus amusé au coin des lèvres de Blanche. C'était rare qu'on l'appelle ainsi. À vrai dire, il n'y avait qu'un de ses clients qui se bornait à tant de bienséance, le plus timide d'entre tous, un horloger du quartier chic. Elle se dirigea vers la vitrine et tira les rideaux pour indiquer son indisponibilité.

– Euh… non, Madame, ce n'est pas la peine…

– Comment ?

– Je ne suis pas là pour… ça, tenta maladroitement d'expliquer le visiteur.

– Que voulez-vous alors ? minauda Blanche en se rapprochant de lui, masquant difficilement sa surprise.

L'homme fouilla dans sa poche arrière et en sortit un porte-cartes. Il l'ouvrit et présenta sa carte de police.

– Je suis inspecteur, je viens juste vous poser quelques questions.

– Oh… je vois, répondit-elle, honteuse, c'est au sujet des… des assassinats ? Il vaut quand même mieux que je tire les rideaux, sinon nous risquons d'être dérangés.

Blanche s'assit ensuite sur un coin du lit et invita le policier à faire de même.

Elle tenta de garder bonne figure, mais la déception se lut sur son visage. Cet inspecteur l'avait attirée dès que la porte s'était ouverte. Elle n'était pas habituée à rencontrer un si bel homme, avec tant de charisme. Le policier avait tout du prince charmant : des traits bien dessinés, des épaules solides et une assurance sans doute due à son statut d'inspecteur.

Ses clients réguliers, eux, possédaient tous un défaut de « fabrication », comme elle disait, psychologique pour la plupart.

Il y avait ce prof d'université qui aimait faire l'amour en récitant des vers de Virgile. Ce pharmacien, toujours enrhumé et hypocondriaque, qui lui demandait de prendre deux douches avant de commencer. Cet autre qui s'endormait à chaque fois sans pouvoir finir ; ce marin français qui critiquait la terre entière pendant un quart d'heure avant de se laisser toucher ; ce clown professionnel qui lui racontait des blagues tout en la chevauchant ; cet horloger timide, incapable de la caresser si ce n'était pas elle qui guidait ses mains ; ce colosse à l'esprit diminué qui semblait ne pas comprendre d'où venait le plaisir…

Tous avec un problème de fabrication.

Mais tous demeuraient corrects avec elle.

Ils lui envoyaient une carte pour le Nouvel An, lui déposaient des fleurs le jour de son anniversaire, venaient parfois simplement pour discuter en la payant comme si le rideau avait été tiré…

– Vous avez entendu parler des récents crimes ? lui demanda l'inspecteur.

– Oui, en effet, les journaux en parlent beaucoup, remarqua Blanche en ne pouvant détacher son regard des yeux pers de son vis-à-vis.

– Selon l'enquête, il s'agirait d'un habitué du quartier… sans aucun doute un client.

– Vraiment ?

– Nous pensons que cet homme attend ses victimes à la fin de leur… journée et qu'il les surprend à ce moment-là.

– Mon Dieu… Vous avez des suspects ? osa Blanche.

– Pour l'instant, rien de précis, c'est pour cela que nous continuons d'interroger le quartier, avoua le policier.

– Je… je ne vois pas… Mes clients sont gentils, attentifs, aucun d'entre eux n'a jamais osé un geste déplacé… souffla Blanche avec respect.

– Je n'en doute pas, sourit-il, mais souvent on ne devine jamais le poison qui est caché dans la pomme… Des apparences joviales peuvent masquer une extrême violence, croyez-moi. Pourriez-vous me donner quelques indications ? Je me doute que vous ne possédez pas leurs coordonnées, mais des prénoms, ce serait déjà un bon début…

Blanche réfléchit un instant et tenta de se remémorer si elle avait déjà connu le prénom de l'un de ses clients. Mais aucun ne lui vint en tête. Elle constata avec une certaine gêne qu'elle n'avait jamais essayé de connaître un peu plus ces hommes. Même durant leurs conversations, elle se contentait de les écouter sans jamais leur poser de questions. *C'est peut-être cela qu'ils aiment chez moi*, songea-t-elle, *ma discrétion, ma retenue, Blanche, l'immaculée et discrète Blanche...*

« Je... peux peut-être vous les décrire ? »

***

L'immaculée et discrète Blanche...

Voilà comment les clients te percevront !

Un an auparavant, Méline était arrivée un peu en avance au rendez-vous avec l'entrepreneur rencontré la veille.

Lorsque l'homme s'installa en face d'elle et commanda une bière, elle remarqua des cernes épais colorer le dessous de ses paupières.

– Je suis ravi que tu sois venue, lança-t-il, car j'ai une très belle opportunité à te proposer !

– Vous m'intriguez ! avoua la jeune femme.

– On peut se tutoyer, je t'en prie... Je m'appelle Vincent.

– D'accord.

– Connais-tu le quartier rouge ? lui demanda-t-il, comme s'il parlait d'une simple rue.

– Euh, oui... un peu, admit Méline, gênée, ses joues pâles se colorant d'un rose honteux.

– Sais-tu combien une femme de compagnie gagne en une nuit ?

– Non... ça, je l'ignore...

– Presque mille billets, lâcha fièrement l'entrepreneur, la fixant pour jauger son effet.

– C'est... c'est beaucoup...

– Avec ton visage d'ange, Blanche, tu pourrais te faire beaucoup plus, ajouta Vincent avant d'avaler une gorgée de bière. Et tu choisirais tes clients, pas de vieux dégueulasses ou de touristes complètement stones. Les filles qui travaillent pour moi, je les soigne et les protège, tu comprends ?

Aussi simplement que ça. Une banale discussion, à peine un entretien.

Méline rentra chez elle, abasourdie par la proposition. Oui, elle connaissait le quartier rouge. Elle savait que cet endroit représentait le parfait opposé des divers systèmes de prostitution étrangers où les filles n'étaient que de la simple marchandise, rémunérées à la quantité de rapports.

Mais quand bien même… se dit-elle.

Durant deux jours, elle tenta d'occulter cette discussion, mais n'y parvint jamais complètement. Régulièrement, les paroles de Vincent résonnaient dans son esprit tels les murmures ensorceleurs de sirènes homériques.

Bien sûr, elle recherchait un emploi. Bien sûr, son épargne s'était réduite à peau de chagrin et à l'interruption de ses études, elle avait dû déménager et louer un deux-pièces minable et hors de prix qu'elle avait de plus en plus de mal à payer.

Mais quand bien même…

Deux semaines après ce rendez-vous, Méline reçut son relevé bancaire. Elle comprit qu'avec l'argent qui lui restait, elle devrait bientôt trouver une autre location, plus excentrée, si elle ne voulait pas être obligée de retourner chez ses parents. Tous les entretiens passés depuis des jours n'apportaient pas plus d'espoir : aucun d'entre eux n'avait été suffisamment concluant pour qu'un employeur ne la recrute.

Pas de diplôme, pas d'expérience, aucune référence, la spirale classique…

Un jour, sa meilleure amie lui proposa de la suivre en soirée, lui promettant qu'elles se limiteraient à un verre ou deux, rien de dispendieux.

– Ça te changera les idées, la motiva-t-elle, voir du monde, sourire, oublier tes soucis !

– Ok, mais on ne rentre pas tard, demain j'ai un entretien dans un fast-food, consentit Méline.

Les deux amies retournèrent à leur endroit favori, et très vite la discussion se dirigea sur l'entretien du lendemain.

– Un fast-food, tu es certaine ?

– Je n'ai pas le choix, regretta Méline en ne cessant d'observer Vincent qui, adossé au comptoir, partageait des coupes de champagne avec une troupe de jeunes femmes.

– Tu vas puer la graisse toute la journée, et tout cela pour un salaire minable, tu mérites mieux !

Vers deux heures du matin, Méline avait perdu toute volonté de se présenter à l'entretien. Son amie avait raison, elle méritait mieux que ce job avilissant. Elle profita de se retrouver seule pour rejoindre l'entrepreneur qui, orphelin de toute présence, observait sa coupe de champagne avec nonchalance.

– Méline ! Comment vas-tu ?

– Bien… à peu près… confia-t-elle.

– Que se passe-t-il, rien de grave j'espère ?

– Non… c'est juste que…

– Quoi ?

– Cette offre d'emploi, murmura-t-elle avec gêne, elle est toujours d'actualité ?

Vincent observa le visage blême de la jeune femme. Il admit que Méline possédait sa propre beauté, une beauté intrigante, spectrale, douce, enfantine, loin des canons vulgaires de l'époque. Elle lui fit penser à une beauté aussi immaculée que la plus pure des neiges, discrète au point de ne pas la cerner au premier regard.

« Bien sûr qu'elle est toujours valable, et crois-moi, je veillerai sur toi, Blanche. »

Puis, tout en lui souriant, il commanda deux coupes de champagne et ajouta : « L'immaculée et discrète Blanche… Voilà comment les clients te percevront ! »

***

Blanche décrivit ses clients avec affection. L'inspecteur nota le tout sur un carnet puis se releva en lui tendant la main.

– J'espère que je n'ai pas usé trop de votre temps, déclara-t-il en se dirigeant vers la porte.

– Non, ne vous inquiétez pas, le vendredi est un jour très calme, mentit-elle en regrettant que le policier parte déjà.

Enlève-moi... Enlève-moi maintenant, fais de moi ta femme, ton esclave, mais enlève-moi et laisse-moi admirer ta beauté chaque jour, chaque nuit, au fond d'un palais ou d'un taudis, qu'importe...

– Pardon ?

– Euh... non, rien, je murmurais juste des... mots.

– Faites attention à vous, Madame, ce serait mieux si vous étiez accompagnée pour rentrer, lui conseilla-t-il. Un ami peut-il vous attendre à la sortie ?

– Non, inspecteur, je n'ai pas de petit ami qui veille sur moi... s'empressa-t-elle de préciser.

– Bon, dans ce cas restez prudente. Si l'enquête avance, je vous préviendrai.

– Merci, inspecteur.

Blanche observa l'inspecteur quitter la pièce. Elle resta un moment, immobile, à nourrir sa mémoire de ce moment passé. La jeune femme, encore envoûtée par le regard de l'inspecteur, décida de laisser les rideaux fermés. Elle ne souhaita pas que cette soirée fût entachée par la laideur des corps et des râles primitifs.

Elle voulait s'endormir dans le souvenir éternel de son conte de fées...

***

Extrait du quotidien *Amsterdam News* du 18 février 2020 :

Un nouveau drame dans le quartier rouge. Ce matin, un promeneur accompagné de son chien a eu la désagréable surprise de découvrir une jeune femme égorgée. Le corps avait été caché derrière des caisses de livraison et se trouvait en partie enseveli sous l'épaisse neige tombée durant la nuit. Cette macabre découverte porte à six le nombre de femmes tuées par « l'égorgeur du quartier rouge ». La police promet une surveillance accrue, et invite tous les habitants à se montrer prudents la nuit tombée.

***

Méline espéra, chaque jour. Elle espéra que l'inspecteur revienne, qu'il lui parle encore et encore, que son regard bleu la déshabille et qu'il la fixe au point de rougir ses joues.

Mais chaque nuit, en refermant la porte de sa vitrine, une déception amère l'accompagnait jusqu'à son appartement.

La jeune femme songea à ses clients.

Se pouvait-il que l'un d'entre eux soit cet égorgeur ?

Non.

Elle chassa cette idée folle et se fit couler un bain. L'eau chaude l'apaisa et réchauffa le désir qu'elle éprouvait pour cet inspecteur. Avait-il perçu son trouble ? Reviendrait-il la voir ? Méline eut honte d'espérer de nouvelles victimes pour l'attirer et le voir franchir une nouvelle fois la porte de sa vitrine.

La mort pour attiser l'Amour, murmura-t-elle en se caressant délicatement la poitrine, *peut-être pas une si mauvaise idée*...

Le lendemain, Méline se rendit sur son lieu de travail avec la ferme intention d'apprendre le nom de cet inspecteur. Elle s'en voulait de ne pas le lui avoir demandé et questionna ses collègues afin de le découvrir. Mais aucune d'entre elles ne fut capable de la renseigner, la plupart n'ayant eu aucune visite de la police.

Résignée, Blanche alluma les néons rouges et attendit un miracle.

Mais l'inspecteur ne se présenta pas.

Seules des ombres toquèrent à sa porte.

Timides, joyeuses, enrhumées, pédantes, simplettes, somnolentes ou hésitantes… elles l'occupèrent jusqu'à tard, mais ce furent la beauté et le sourire du policier qui l'accompagnèrent dans chaque étreinte, ce fut vers lui que ses murmures de plaisir feint se dirigèrent, les rendant un peu plus réels…

Vers quatre heures du matin, Blanche éteignit les lumières et sortit dans la nuit enneigée. De larges flocons dansaient dans les rues puis s'accumulaient sur le sol jusqu'à recouvrir les pavés du trottoir.

La jeune femme expira lourdement, crachant un nuage de déception lorsqu'elle vit que personne ne l'attendait au-dehors, que son prince charmant avait une fois de plus oublié son existence.

Les contes de fées n'existent pas, se gronda-t-elle en longeant le canal, *il n'y a que la froide et repoussante réalité*.

Alors qu'elle s'apprêtait à rejoindre le pont pour traverser le canal, Méline aperçut une silhouette qui effectuait le trajet inverse et semblait se diriger vers elle. Aussitôt, la mise en garde de l'inspecteur résonna en elle et la fit ralentir. À cette heure de la nuit, les lumières de la ville s'étaient assoupies elles aussi, ne libérant que de faibles halos que la neige et le ciel gris atténuaient davantage, si bien qu'elle ne put distinguer le visage de cette personne qui maintenant se trouvait à une dizaine de mètres d'elle. Que se passerait-il lorsqu'elles se croiseraient ? Sortirait-elle un couteau et l'entraînerait-elle dans une ruelle pour l'égorger ? Ou se contenterait-elle de la saluer et de continuer son chemin, nimbée par la lumière blafarde de cette nuit d'hiver ?

Méline s'immobilisa et attendit que l'inconnu la dépasse, mais, tandis qu'elle feignait de discuter au téléphone, une voix masculine l'interpella et accéléra son rythme cardiaque :

« C'est vous, Madame ? »

Elle releva la tête, interdite par ce don du ciel :

– Inspecteur ! Ça alors, quel merveilleux hasard !

– Vous ne devriez pas vous promener seule à cette heure-ci… N'écoutez-vous donc jamais les mises en garde ? lui rappela le policier, affichant cependant un large sourire.

– Je sais… Mais… pas de taxis dans le coin ! Et vous, que faites-vous ici ?

Dis-moi que tu es venu me voir, pria Méline, *que tu en mourais d'envie depuis des jours, mais que tu n'osais pas… Maintenant, nous voilà réunis, ce n'est pas un conte de fées, non, c'est la réalité, chaleureuse et prometteuse…*

– Je fais ma ronde, je tourne dans le quartier avec plusieurs de mes collègues qui ont décidé de se réchauffer quelques minutes dans la voiture, l'informa le policier.

– Ah… Ce n'est pas trop… ennuyeux, de n'avoir aucune compagnie ? s'inquiéta la jeune femme en plissant les yeux.

– C'est mon travail, j'y suis habitué ! Venez, je vous accompagne, ça me fait plaisir ! lui proposa l'inspecteur en se tournant vers le trottoir qu'il venait de fouler et où la trace de ses pas disparaissait déjà sous le manteau de neige.

– Oh merci, inspecteur ! Je suis honorée ! Faites attention, je pourrais m'y habituer !

L'inspecteur se contenta d'un sourire gêné et accepta le bras que Méline glissait sous le sien.

– C'est une belle soirée, non ?

– Matinée, plutôt.

– Oui, c'est vrai, avec mes horaires je suis un peu en décalage, s'amusa la jeune femme.

– Vous faites ce… métier depuis longtemps ?

– Un an, à peine. Mais je vais bientôt arrêter.

– Vraiment ?

– Oui, je vais reprendre mes études de peinture. J'ai été acceptée pour la prochaine session. Les juges sont allés jusqu'à dire que si je continuais ainsi, je serais la prochaine Rembrandt !

– Dans ce cas, c'est moi qui suis honoré de me retrouver à vos côtés ! Tenez, prenons par ici, le vent s'engouffrera moins par ce passage, l'invita-t-il.

Ils quittèrent le canal pour se diriger dans un tunnel étroit qui interrompit la chute des flocons et les maintint à l'abri des bourrasques glaciales.

Il va m'embrasser, j'en suis certaine. Je l'ai vu dans son regard. Nous nous marierons. Cela aussi, j'en suis persuadée. Terminée, Blanche à la beauté immaculée et discrète. Terminés, les timides, les joyeux, les enrhumés, les pédants, les simplets, les somnolents et les hésitants. Place à l'Amour, éternel et sans sommeil.

Le chemin diminua de largeur. Il forma une sorte de goulet qui les obligea à progresser l'un après l'autre. L'inspecteur, après avoir mimé une révérence, laissa Méline passer la première.

Un vrai prince charmant, se dit-elle, en souriant de la chance qui, enfin, se présentait à elle. Elle avança ainsi sur quelques mètres, se retournant de temps à autre pour lui adresser un sourire aguicheur, mais s'arrêta subitement quand elle sentit la main du policier se poser fermement sur son épaule.

– Ne bougez plus, lui murmura-t-il.

– Que… que se passe-t-il ? s'inquiéta Méline.

– Je crois que j'ai entendu un bruit provenant de devant.

Blanche recula sans se retourner, jusqu'à se blottir contre son prince charmant. Malgré le froid et les vêtements, elle pouvait sentir la chaleur de son souffle dans son cou.

– Vous me faites peur, déclara-t-elle, et si quelqu'un nous suivait ? Vous devriez peut-être venir chez moi pour me tenir…

Le reste de sa phrase disparut dans un hoquet de douleur. Un bras solide venait d'enlacer son cou. La pression exercée sur sa trachée l'obligea à ouvrir la bouche pour happer l'air qui lui manquait sans qu'elle y parvienne vraiment. Ses bras, tendus vers l'arrière, tentèrent de s'accrocher à son bourreau, mais ne firent que battre l'air et amoindrir un peu plus sa réserve d'oxygène.

« Tu n'es qu'une putain, lui souffla l'homme au creux de l'oreille, stupide et égoïste, comme ma mère l'était ! Vous forniquez nuit et jour et quand votre ventre s'arrondit vous ne pensez qu'à abandonner le fruit de votre luxure dans un orphelinat morbide ! Elle fut la première de mes victimes, et ensuite je vous ai vues, toutes là à sourire telles des sorcières partageant son secret ! Je préfère te tuer avant qu'il ne soit trop tard, que tu n'engrosses par maladresse et que tu rejettes cet enfant comme ma mère m'a rejeté… Je t'avais mise plusieurs fois en garde ! Je t'avais dit de ne pas sortir seule ! Je t'avais prévenue que la plupart du temps, personne ne devinait le poison caché à l'intérieur de la pomme… »

Lentement, Blanche s'éteignit. Mais avant de sombrer, elle sentit un étrange froid glisser sur la largeur de son cou. Puis l'étreinte se desserra et elle tomba à genoux, impuissante, les membres gelés par la peur tandis qu'une couverture de chaleur sembla caresser sa poitrine et se diffuser sur son ventre. Méline baissa la tête pour apercevoir cette couverture, et peut-être s'y emmitoufler, s'y cacher et attendre le lendemain pour oublier… *Oui*, se dit-elle, *me laisser bercer, m'endormir comme cette Blanche-Neige des frères Grimm et attendre que ce policier comprenne son erreur et qu'il vienne me réveiller d'un baiser…*

Blanche eut juste le temps de comprendre que cette couverture n'était rien d'autre que son propre sang s'écoulant de sa gorge. Son visage chuta contre le sol et ses yeux se fermèrent, endormis pour l'éternité…

***

Extrait du quotidien *Amsterdam News* du 22 février 2020 :

Une septième victime de « l'égorgeur du quartier rouge » a été retrouvée au petit matin. La jeune femme, de son prénom Méline, ne travaillait dans la capitale que depuis un an. Sa meilleure amie la décrit comme une personne rêveuse, toujours optimiste, « le genre de fille qui chante en allant travailler, alors que bien d'autres restent silencieux et résignés... »

L'arbre de glace

MO MALØ

Au mois de mai 1952, une mission d'exploration polaire mobilisant trois scientifiques scandinaves et leur guide inuit s'engagea dans la vallée isolée de Qinngua, au sud-est du Groenland, à une quinzaine de kilomètres au nord de la petite localité de Tasiusaq.

Depuis des siècles, sans doute depuis l'arrivée des premiers colons danois, cette zone était connue comme la seule véritable forêt à l'état naturel de la gigantesque île blanche, occupée comme chacun sait à plus de quatre-vingt-cinq pour cent par les milliards de mètres cubes de glace de l'Inlandsis. D'autres parcelles boisées avaient bien existé dans des temps reculés, mais toutes s'étaient vues pillées de leurs trésors forestiers, pour les besoins en construction de bateaux ou de maisons. Sans qu'on sache vraiment pourquoi, la vallée de Qinngua était pour sa part restée inviolée.

Pourtant, selon les récits autochtones, on pouvait trouver dans cette oasis verdoyante une diversité végétale et animale infiniment supérieure à ce qui s'observait dans le reste du pays. Nulle part ailleurs le Groenland, *Greenland* en anglais, ne portait mieux son nom de « terre verte » attribué par ses premiers envahisseurs européens, les fameux vikings débarqués sur ses côtes autour de l'an mille.

Commanditée par la Maison du Groenland, sise à Copenhague, cette expédition avait pour but affiché de relever toutes les traces susceptibles d'expliquer l'anomalie que constituait Qinngua, mais aussi de rendre compte des effets de cette singularité sur les habitants de la région. Certes, à cette époque, la population inuite dominait largement en nombre les quelques Danois égarés dans le coin. Mais il se murmurait partout dans le pays que les gens de Qinngua n'étaient pas des inuits comme les autres, sans que personne ne fût capable de mettre un qualificatif ou des attributs précis sur cette différence.

Afin d'établir au plus juste les spécificités étonnantes de la vallée de Qinngua, le groupe d'exploration se composait d'un géologue, d'un biologiste et d'un ethnologue.

Le géologue islandais, Hafdar Binarson, estimait savoir tout ce qu'il y avait à savoir sur la planète Terre, sa formation et son évolution.

Le biologiste norvégien, Gustav Ortenborg, croyait pour sa part maîtriser toutes les connaissances de son temps relatives aux plantes et aux espèces animales couvrant la surface du globe.

Enfin, rien de ce qui avait trait aux sociétés humaines et à leurs rituels ne semblait échapper à l'ethnologue danois Peter Jensen.

À eux trois, ils constituaient une sorte d'encyclopédie vivante de la Création, capable d'appréhender toutes les découvertes, jusqu'aux plus exotiques ou aux plus bizarres. La science infusait en eux comme un sachet de thé qu'on aurait sans cesse rafraîchi. Un bouillon perpétuel d'intelligence et de curiosité.

Apputiku, leur guide, complétait cette somme impressionnante de savoirs par sa connaissance aiguë du terrain. Les touristes étaient fort rares dans les parages. Mais, depuis Tasiusaq, il avait passé son enfance à arpenter les contreforts montagneux ceinturant l'écrin végétal de Qinngua, le plus souvent à la poursuite d'un animal fuyant ses coups de fusil maladroits. Piètre chasseur, mais doté d'une mémoire photographique si affûtée qu'il pouvait presque mentionner de tête chaque rocher et chaque arbre de la vallée.

La première semaine fut un enchantement pour les trois savants. Chaque soir à la veillée, regroupés autour du feu préparé par Apputiku, ils échangeaient avec ferveur sur leurs trouvailles du jour. Aucune explication globale ne se dessinait encore. Qinngua conservait une grande partie de son mystère, et il faudrait sans doute des mois d'analyse a posteriori des échantillons collectés, appliquant une méthode scientifique expérimentale stricte, pour se risquer à échafauder les premières conclusions. Mais régnait cependant entre eux une effervescence comme n'en offre que la conviction d'avoir une découverte majeure à portée de main.

– Le sol, tu le définirais comment ? demanda Ortenborg à Binarson.

– Étonnamment argileux et riche. Mais sans moyens techniques pour procéder à des carottages profonds, il va m'être difficile de t'expliquer le pourquoi. Il va falloir revenir, j'en ai bien peur. Et toi, alors ?

– Eh bien je dirais qu'il y a plus de bouleaux pubescents et de saules gris dans cette vallée que dans tout le reste du Groenland. Quant aux animaux, on ne se croirait pas exactement à Bøkeskogen[2], mais c'est tout de même sans comparaison avec ce que j'ai pu voir ailleurs, y compris dans les autres régions du Sud.

Seul Jensen l'ethnologue s'abstint de tout commentaire ce soir-là, car il apparaissait que, pour une raison inexpliquée, les populations environnantes semblaient bouder ce havre vert. Comme si cette surabondance de biens naturels les effrayait un peu.

La période était au dégel.

Chaque jour qui passait estompait un peu plus la gangue de neige et de givre enveloppant la végétation. La nuit, les températures descendaient encore

2. L'une des plus grandes forêts de Norvège.

allègrement sous les -10 °C. Mais le jour, on dépassait à l'inverse sans peine les +10 °C, ce qui offrait à nos promeneurs, tous sens en éveil, la sensation plaisante d'un printemps constamment renouvelé.

Pour ne rien manquer de Qinngua et de ses merveilles, Apputiku avait proposé aux trois hommes dont il avait la charge de bivouaquer tous les jours en un lieu différent. Certains soirs, ils n'édifiaient leur unique tente qu'à quelques centaines de mètres seulement du campement précédent. D'autres fois, ils avaient parcouru plusieurs kilomètres. Dans tous les cas, ils étaient si concentrés sur leur ouvrage que ces variations leur importaient peu.

Au dixième jour, ils comprirent tout de même, à l'intensité de leurs courbatures et de leurs crampes, qu'ils avaient plus marché qu'aucun autre jour. Appu admit lui-même qu'il connaissait mal ce recoin reculé de la vallée.

– C'est bien, lui dit Peter Jensen devant la flambée. Au moins tu vas découvrir des choses, toi aussi.

Mais, contre toute attente, la perspective ne parut pas réjouir le pisteur inuit. Dans une nature soumise à des conditions aussi extrêmes, méconnaître son environnement était plus souvent synonyme d'accident et de mort que d'apprentissage. Tous les chasseurs savaient ça, même les mauvais – *surtout* les mauvais.

L'aube du onzième jour se leva dans un embrasement rosé des sommets voisins. Le soleil ne dépasserait sans doute jamais les crêtes enneigées, projetant sur la vallée des rayons aussi colorés que rasants.

Alors, leur timbale de café en main, ils le virent. Tous en même temps. Planté à quelques dizaines de mètres seulement de leur bivouac.

– Vous avez vu ça ? lança Binarson.

Comment pouvaient-ils manquer un tel spécimen ? Tronc blanc, branches givrées et feuillage diaphane, presque translucide. Bien qu'absurde, le terme qui convenait le mieux à cette chose était un arbre de glace.

Fasciné, Gustav Ortenborg le biologiste s'approcha de l'arbre en question, environ haut comme deux hommes, loin du gigantisme des bouleaux et des saules voisins.

À moins d'un mètre de ce gros arbuste, il retira son gant fourré, s'arrêta et tendit la main vers la ramure immaculée. Les feuilles et les branches étaient si gelées que ses doigts manquèrent de s'y coller.

– C'est quoi ? s'enquit Jensen après l'avoir rejoint.

Binarson était là, lui aussi. Seul Apputiku restait en retrait.

– Aucune idée. Je n'ai jamais ni vu ni entendu parler d'une chose pareille.

– Regardez sur cette branche !

Jensen désigna un rameau à peine plus épais qu'une brindille. À son extrémité pointait ce qu'on aurait pu prendre pour un bourgeon, mais auquel une observation plus minutieuse rendait son statut véritable. Celui d'un…

– Un fruit !

– On a trouvé un arbre à glaçons ! s'esclaffa Binarson, sous le regard sévère du biologiste norvégien.

Bien que toujours quelques pas derrière eux, leur guide inuit s'était rapproché assez pour être entendu. Il lança dans son danois approximatif :

– Faut pas toucher. Faut surtout pas manger.

– Tu connais cette espèce ? l'interrogea Ortenborg.

– Non. Je sais juste qu'il vaut mieux garder ses distances.

Mais cette anomalie dans l'anomalie leur paraissait si étonnante que les trois scientifiques s'empressèrent de négliger sa mise en garde. Binarson fit la courte échelle à Jensen, de telle sorte que le fruit, étrange bille noire couverte d'une pellicule blanche, ne tarda pas à rouler au creux de la main de l'Islandais.

Le douzième jour, les trois explorateurs décidèrent d'un commun accord qu'ils ne quitteraient pas cette zone si étrange sans en avoir appris plus sur l'arbre de glace.

Le géologue se demandait quelle particularité du sol pouvait produire un tel phénomène.

Le biologiste ne comprenait pas comment un végétal pétrifié par le froid pouvait néanmoins être assez vivant pour produire des fruits. Un autre fait le surprenait également : l'arbre portait bien un fruit, mais aucune fleur, préalable en principe incontournable.

Quant à l'ethnologue, il cuisina tant et plus Apputiku sur les contes et légendes circulant à ce sujet dans la région, sans que le guide inuit ne se montre très disert à ce sujet.

Le treizième jour, au réveil, le fruit noir et blanc avait disparu du fond de la gamelle hermétique où il avait été précieusement conservé.

– Si l'un d'entre vous l'a mangé, je ne lui en voudrai pas, déclara calmement Ortenborg. Mais au nom de la science qui nous unit, je demande à celui qui a fait ça de se dénoncer.

Les deux autres se récrièrent avec force. Apputiku, lui, paraissait trop terrorisé pour qu'on le soupçonnât raisonnablement d'être l'auteur du forfait.

Ce n'est que plus tard dans la journée, quand le soleil se couchait enfin, que le coupable se dénonça malgré lui. Le biologiste et l'ethnologue préparaient le repas quand ils aperçurent la silhouette lointaine de leur camarade géologue se dresser sur un surplomb rocheux, à quelques dizaines de mètres seulement. D'abord immobile, Binarson prit un élan soudain et se jeta dans le vide. La chute ne dura que quelques secondes. Mais le gouffre était assez profond pour ne laisser subsister aucun doute sur son issue.

L'Islandais venait de se donner la mort sous leurs yeux.

Les deux autres ne parvinrent pas à échanger le moindre mot jusqu'au lendemain.

Il s'agissait déjà du quatorzième jour. Deux semaines pleines s'étaient écoulées. Et le ravissement des débuts venait de céder la place à l'horreur.

Quoique d'ordinaire peu propice aux récits, c'est cette heure matinale de la journée que choisit Apputiku pour raconter ce qu'il connaissait de la légende dite de l'« arbre de glace ». Selon celle-ci, les fruits de cet arbre rendaient fou. Ou, plus exactement, ivre d'une connaissance si grande qu'elle en devenait néfaste.

– Je ne comprends pas, réagit Jensen. Qu'est-ce que ce fruit peut bien révéler de si terrible pour en arriver à…

Il préféra ne pas prononcer le mot.

– À quelle connaissance Binarson a-t-il accédé ?

– Quelle connaissance exacte, je ne peux pas vous dire, répondit l'inuit. Ce que dit le conte, c'est qu'à chaque personne qui goûte un de ses fruits, l'arbre dispense une vision de ce qui l'attend après la mort.

– Tu veux dire que cette vision varierait selon l'individu ?

Il esquissa un sourire et haussa les sourcils, comme le font les hommes sous ces latitudes quand quelque chose les dépasse.

– En tout cas, c'est ce que prétend la légende.

Ortenborg, qui était resté silencieux durant tout le temps de la narration, tendit un doigt tremblant vers l'arbre glacé :

– Y en a un autre…

– Un autre quoi ?

– Nom d'un chien, Peter… Ouvre tes yeux : un autre fruit !

Une deuxième bille noir et blanc avait éclos durant la nuit. Et malgré le péril manifeste, malgré la mort d'Hafdar Binarson et malgré l'effroi que ce fruit en apparence si modeste leur inspirait, les deux savants ne purent résister à la tentation. Ils étaient nés pour accumuler le savoir ; il était hors de question qu'une connaissance aussi fondamentale que celle-ci leur échappe.

Au coin du feu, on se jura bien sûr de ne pas toucher au fruit défendu avant de l'avoir dûment fait expertiser au laboratoire de chimie, à l'université de Copenhague. Et chacun s'abîma dans un sommeil hanté de rêves étranges.

Ils n'avaient même pas pensé à inhumer ce pauvre Binarson, bouillie humaine étalée au pied du promontoire.

Ils s'y employèrent dès le matin du quinzième jour.

Hélas, dans ce val coupé du monde, les ondes radio passaient mal. Il n'était question ni d'organiser le rapatriement du corps de l'Islandais, ni même d'avertir les autorités du drame survenu dans leur mission.

Alors ils creusèrent un trou assez grand pour le colosse barbu. Sur la sépulture improvisée, ils bricolèrent une croix avec deux bouts de bois et un peu de ficelle, puis jetèrent quelques brassées de fleurs sauvages tout autour. Le résultat était presque joli. Mais tous ressentirent un malaise à l'idée que, une fois eux repartis, personne ne viendrait sans doute jamais se recueillir sur cette tombe-là. L'éternité d'Hafdar Binarson ne serait qu'un long isolement, sur un bout de terre que nul ne foulait.

Depuis deux semaines qu'ils côtoyaient Apputiku, une confiance amicale s'était établie avec l'inuit. La vague défiance des débuts, relief d'un inconscient colonial trop bien ancré, s'était muée en une fraternité sincère. On dormait avec lui, on mangeait la même chose que lui, on lui confiait ses émerveillements comme ses doutes. La mort du géologue les avait un peu plus rapprochés encore.

Alors qu'ils s'emmitouflaient dans leurs sacs de couchage, cherchant un repos qui les fuyait, Peter Jensen revint à la charge :

– Appu… Tu es sûr que tu ignores le savoir révélé par l'arbre de glace ?

– Si je le savais, je ne serais plus de ce monde pour le raconter, professeur. La vision qu'offre ce fruit est si insupportable que personne ne peut survivre à cette connaissance.

La Genèse !

La référence claqua dans l'esprit du Danois comme un coup de fusil. Il était étrange qu'aucun d'entre eux n'y ait songé plus tôt. Comme l'arbre de la connaissance du bien et du mal, ultime test tentateur auquel Dieu avait soumis Adam et Ève dans le jardin d'Éden, l'arbre de glace de Qinngua renvoyait sans doute l'humain à ce qu'il avait de plus sombre. Et cette épiphanie-là devait être si douloureuse que, dans tous les cas, elle rimait avec la fin de celui qui la recevait.

Depuis 1721 et l'évangélisation du Groenland par les pasteurs luthériens, la religion de la Bible et les croyances vernaculaires avaient largement fusionné. Jensen le savait. Mais rarement il avait observé une appropriation aussi flagrante des mythes occidentaux. À moins… À moins que ce ne fût l'inverse !

Car restait à savoir si le mythe avait produit cet arbre étrange, ou si cet arbre étrange avait donné naissance au mythe.

Tout cela tournait tant et tant dans l'esprit engourdi de Peter Jensen qu'il s'endormit sans se sentir glisser. Ortenborg avait déjà sombré, lui aussi.

Leur sommeil fut cette fois si lourd qu'aucun des deux n'entendit le gentil Apputiku se lever dans la nuit drapée de toile, ouvrir la gamelle recelant le deuxième fruit, croquer la baie congelée puis se saisir du grand coutelas de chasse que le Norvégien ne prenait plus la peine de glisser sous son oreiller.

Les coups que l'inuit porta au corps inerte de Jensen furent aussi fermes que discrets. Trois seulement furent nécessaires pour en chasser la vie. Puis, comme si rien de tout cela n'avait existé, la main encore sanglante, Appu se recoucha pour finir sa nuit.

Au moment d'ouvrir les yeux, Gustav Ortenborg ne hurla pas. Considérant la dépouille de son confrère, il se contenta de verser quelques larmes froides. Brume de tristesse et d'incompréhension.

Il dominait d'une bonne tête leur guide inuit. Sa musculature imposante lui permettrait probablement de maîtriser le petit homme sec. Et pourtant il se sentit incapable d'agir. Il contempla un Apputiku endormi aussi benoîtement qu'un enfant.

Une fois éveillé, celui-ci parut un peu étonné en découvrant le corps de sa victime. Alors, sans un mot, il se chargea seul de son enterrement.

Les survivants atteignaient le seizième jour de l'expédition. Ils passèrent les deux suivants sans se parler, comme l'avaient fait précédemment le même Ortenborg et feu Peter Jensen.

Pour l'inuit, ce furent deux jours passés à accomplir les servitudes quotidiennes comme si de rien n'était.

Pour Ortenborg, deux jours à remâcher la situation. À relire la *Genèse*, à la page où l'ethnologue avait laissé ouverte sa Bible personnelle. À se demander s'il était préférable d'assurer sa survie ou de comprendre le fin mot de cette tragédie.

Ortenborg était la raison même, mais à dire vrai, il se sentait virer un peu zinzin. Il parlait seul pendant des heures. Il s'interrogeait beaucoup :

– À quoi aura servi le sacrifice de mes deux camarades, si je repars d'ici sans avoir élucidé le mystère de l'arbre de glace ?

La nuit, il ruminait encore, autant dans l'espoir de parvenir à une conclusion que pour se préserver d'une éventuelle attaque d'Apputiku.

Le dix-huitième jour en fin d'après-midi, après un thé des bruants un peu enivrant, une spécialité groenlandaise, le biologiste s'approcha une nouvelle fois de l'arbre maudit. Accroché à une branche basse, à portée de main, un troisième fruit le narguait. Il le fixa un long moment, dans les rayons déclinants. Puis enfin, quand la petite bille devint plus noire que blanche, il la décrocha et la colla dans sa bouche sans la mâcher.

Il n'en savait rien, mais quelque chose lui soufflait que s'il voulait accéder à tous les secrets de l'arbre, il valait mieux laisser le fruit distiller lentement ses sucs sur son palais, plutôt que de l'avaler comme un goinfre.

Au début, il ne ressentit pas grand-chose. Il s'agenouilla au pied du tronc, posa les deux mains à plat sur le fût glacé, et alors seulement s'imposèrent à lui quelques évidences.

La première concernait Binarson. Il vit ce qu'avait vu le géologue islandais avant de se jeter du surplomb. Sur un fond noir et immense, désert cosmique, s'agitait une infime particule tout aussi ténébreuse que ce qui l'entourait à perte de vue. Cette poussière, c'était l'homme après sa mort. Un rien minuscule rendu au rien universel. La vérité d'Hafdar, c'est qu'il n'y avait rien *après*. Que la vie n'était qu'une parenthèse vaine et inutile, et qu'il était tout aussi vain et inutile de vouloir la prolonger. Dans ces conditions, le suicide était encore la plus sensée des options possibles.

La deuxième lui proposa de partager la vision d'Apputiku le meurtrier. Dans l'*après* de l'inuit, l'homme n'était pas une poussière insignifiante, mais au contraire une force incommensurable, au pouvoir de destruction aussi puissant que le pouvoir d'expansion de l'univers était infini. L'univers était fait pour s'auto-créer, l'homme pour s'auto-détruire. Alors, avant de s'effacer lui-même, sa mission en ce bas monde était de dispenser le plus de désolation possible. Et il ferait de même dans la mort, semant indéfiniment le chaos, fantôme, spectre ou simple souvenir malheureux.

La troisième évidence n'était adressée qu'à lui seul. Elle ne faisait de lui ni un néant détruit ni un géant destructeur, mais plutôt un fluide neutre et sans fin, sans cesse ballotté d'un bout à l'autre du grand Tout, sans répit ni repos. Contrairement à ce que promettaient la plupart des religions, l'*après* n'était pas félicité. Mais c'était bien la vie sur

Terre qui offrait le meilleur état possible de notre conscience.

Il ne fallait pas tuer, encore moins se tuer. Il fallait au contraire survivre et faire survivre autant qu'on le pouvait. Qu'on le veuille ou non, le paradis était ici-bas. Aussi douloureux et imparfait fût-il. Rien de mieux – ni de pire, d'ailleurs – ne nous attendait.

Avant de quitter l'arbre de glace, Ortenborg interrogea celui-ci une dernière fois :

– Si Jensen avait mangé de tes fruits, quelle vérité lui aurais-tu dispensée ? Celle de Binarson, celle d'Appu, ou la mienne ?

– Aucune, crut-il entendre en retour.

– Comment ça, aucune ?

– Rien qui ait déjà été écrit.

– Je ne comprends pas.

– Il n'y a rien à comprendre, répondit l'arbre qui poussait dans sa tête.

« Aucune vérité. »

« Rien à comprendre. »

Cette absence de réponse l'hébéta plus encore que les effets du fruit. Jensen était-il donc si sage que ce fruit-poison qui rendait fou n'eût pas entamé sa raison ?

Apputiku et lui restèrent une semaine de plus au campement près de l'arbre. La logique sanitaire et administrative eût voulu que Gustav Ortenborg rentrât au plus vite à Tasiusaq puis à Godthab[3], la capitale groenlandaise, avec Appu le meurtrier dans ses bagages. Une simple déclaration d'accident – ils étaient très fréquents dans ces contrées sauvages – corroborée par le témoignage du guide inuit suffirait sans doute à faire passer la pilule auprès de la police locale et de la Maison du Groenland.

Mais le biologiste n'en ressentit ni l'envie ni encore moins l'urgence. Il pressentait que la vallée de Qinngua ne lui avait pas encore livré tous ses enseignements.

Ainsi, il passa les sept derniers jours de son séjour à alterner les observations botaniques ou zoologiques et les recherches sur ses deux amis défunts. Dans le paquetage de Binarson, il trouva un flacon contenant plusieurs dizaines de cachets de barbiturique[4]. L'Islandais était donc un dépressif qui se cachait.

Le sac de Peter Jensen lui dévoila un autre secret bien gardé : le Danois ne croyait en rien. Son journal intime indiquait clairement qu'il avait perdu la foi en même temps qu'il avait gagné sa science. La présence de la Bible dans ses affaires ne trahissait qu'un souci méthodologique – il est connu, en effet, dans la communauté des ethnologues, que le texte sacré compile nombre de

3. Elle n'est devenue Nuuk, son nom inuit, qu'en 1979.

4. Dépresseurs du système nerveux central, les barbituriques ont longtemps été utilisés comme anxiolytiques, avant l'invention de ces derniers, au milieu des années 50.

contes et légendes ancestraux. Ce n'est que pour y confronter les récits rencontrés lors de son périple que Jensen avait embarqué avec lui son Ancien et son Nouveau Testaments.

En observant Apputiku dans ses activités vivrières – leur stock de nourriture parvenant à épuisement, l'inuit les alimentait tous deux des produits de ses traques et collets –, il apparut enfin à Ortenborg que celui-ci était avant toute chose un chasseur. Mauvais chasseur, peut-être, mais chasseur tout de même.

Et de ces trois indications, en apparence anodines, il parvint à cette déduction : à chacun d'entre eux, l'arbre de glace avait révélé un au-delà conforme à ses propres croyances et valeurs. Binarson s'était vu gratifier d'une mort déprimante, Apputiku d'une mort meurtrière et lui-même d'une mort qui renvoyait à l'importance primordiale de la vie et de l'usage pragmatique qu'on en faisait – il n'était pas biologiste pour rien.

S'agissant de Peter Jensen, l'interprétation était plus sujette à débat. De nouveau, il en parla avec lui-même de longues heures.

– Ça renvoie à quoi, cette absence de vérité révélée ?

L'ethnologue se croyait-il si supérieur aux autres que rien ni personne ne pût lui enseigner quoi que ce fût ?

Une seconde inspection des effets du Danois, une lecture plus approfondie de son journal intime, finit par lui apporter la réponse qu'Ortenborg espérait.

Cela survint le matin du vingt et unième jour. Le jour de leur retour à Tasiusaq et à la civilisation.

Si l'arbre n'avait rien à apprendre sur l'au-delà à Jensen, c'est non seulement parce que celui-ci ne croyait en aucun principe supérieur, mais surtout parce qu'il croyait dans l'infini pouvoir démiurge des récits. À ses yeux, ceux-ci n'étaient pas créés par les dieux pour nous délivrer une vérité quelconque, ceux-ci étaient écrits par les hommes afin de façonner les divinités dont ils avaient besoin.

Or, écrivain velléitaire et jusque-là improductif, Peter Jensen n'avait pas, à ce jour, rédigé sa propre légende. L'arbre de glace se serait donc montré bien incapable de faire écho à un texte ou des traditions qui n'existaient pas encore.

L'ethnologue était un homme neuf et qui demeurait à définir. Cela aurait pu le sauver, s'il n'était tombé sous la lame du chasseur.

L'arrivée des deux rescapés à Tasiusaq se déroula exactement comme Ortenborg l'avait prévu. On pleura leurs pertes, mais on ne fit porter sur eux aucun soupçon particulier. Comme le consentement muet d'Apputiku l'avait scellé pour eux deux, l'inuit et le Norvégien conservèrent un absolu silence sur les motifs véritables des deux décès. À la Maison du Groenland, on porta ces disparitions à pertes et profits et on conclut que la verte vallée de Qinngua demeurerait, au moins en l'état de la science, une anomalie sans explication.

Tenté de consigner tous ces événements dans un texte de fiction à la Jules Verne, Ortenborg ne se reconnut pas le même talent que Jensen. Et puis surtout, s'il était totalement sincère, il redoutait un peu ce que pourrait provoquer en lui la mise noir sur blanc d'une telle histoire.

Il espérait juste que personne ne s'aventurerait plus aux confins de Qinngua avant plusieurs décennies. Jusqu'à la prochaine expédition en mal d'illuminations, sans doute.

Jusqu'à ce que d'autres hommes s'interrogent sur l'au-delà des montagnes.

Au bois hurlant

ARMELLE CARBONEL

« Il était une fois un roi et une reine qui étaient si fâchés de n'avoir point d'enfants…

– Aïe ! »

Clara stoppa net sa lecture et balaya du regard le petit clan réuni autour du feu. Les braises crépitaient dans l'obscurité malaisante de la clairière où commençait à s'agiter la ronde des lutins.

« Que se passe-t-il, Nini ? »

Les yeux humides, la petiote enroulait des élastiques autour de ses poings dodus. Habituellement destinés à relever ses fins cheveux dorés en deux adorables couettes, ces bracelets improvisés lui servaient également d'exutoire.

« David n'arrête pas de m'embêter ! » pleurnicha-t-elle en martyrisant un peu plus ses liens.

Clara soupira. Ses dix-neuf ans ne l'avaient pas préparée aux joies de la maternité et plus les heures filaient, plus elle en repoussait le projet. Le job d'été auquel elle avait postulé vantait une fonction d'animatrice assistante au cœur d'une charmante végétation sur le haut plateau d'Aubrac. L'annonce indiquait également la prise en charge en bivouac de sept enfants âgés de cinq à six ans, sans toutefois préciser le degré de pénibilité des marmots.

« David, cesse d'embêter Nini. »

Le garçon en question pouffa de rire derrière une menotte constellée de taches de rousseur. *Une vraie terreur*, songea Clara.

« Assieds-toi à côté de Sacha, ordonna-t-elle d'un ton sévère.

– Mais Madame ! » se plaignit celui-ci.

Cinq minutes plus tard, l'animatrice parvint à bout du jeu des chaises musicales et bien qu'elle redoutât un soulèvement général au sein de la troupe des minots, le calme regagna doucement du terrain.

« Pourquoi le roi et la reine n'avaient-ils pas d'enfant ? » intervint Lily.

Manifestement captivée par le conte que Clara peinait à raconter, la fillette croisa les jambes pour y caler un bol de bonbons multicolores.

« Finalement, ils mirent au monde une princesse et organisèrent un grand banquet à l'occasion de son baptême, raconta-t-elle. On donna pour marraines sept fées et chacune d'elles fit un don à l'enfant. Mais il en est une huitième qu'on n'avait pas conviée… Et, se sentant méprisée, la vieille fée décida de jeter un terrible sort ! »

Sa voix se répercuta en un sinistre écho au point de tétaniser les bambins apeurés. Même David-la-terreur semblait s'enfoncer dans le sol tant il se ratatinait. Jugeant son interprétation un tantinet dramatique, Clara baissa d'un ton. Elle respectait les coutumes et, à l'instar d'une légende urbaine, la tradition autour d'un feu de camp voulait qu'on échange quelque histoire frémissante. Cependant, jamais elle n'aurait imaginé parvenir à ses fins avec un conte revisité par Charles Perrault…

« Quel sort a-t-elle jeté ? » interrogea timidement Emily dont les joues s'empourpraient à la lueur des flammes.

Insistant sur les graves, Clara reprit sa lecture :

« La vieille fée dit en branlant la tête que la princesse se percerait la main d'un fuseau et qu'elle en mourrait ! »

Les petits couinements terrifiés s'étouffèrent derrière les doigts potelés. Au même instant, un cri étouffé monta des fourrés. Parcourue d'un frisson, Clara rajusta le pull noué sur ses épaules. La douceur estivale mêlée à la chaleur réconfortante du feu aurait dû l'envelopper de sensations agréables, mais la noirceur des bois environnants lui donnait la chair de poule. Prête à bondir en cas de danger, elle tendait l'oreille, à l'affût du moindre bruit suspect. Une faune invisible agitait les branchages dans son dos. *Sans doute un lièvre,* pensa-t-elle.

Les yeux ronds, sept enfants la fixaient avec une impatience non dissimulée. En dépit de la crainte que leur inspirait la vieille fée, tous voulaient connaître la suite de l'histoire.

« Alors, la princesse est morte ? » s'inquiéta Rose.

Deux longues nattes ébène encadraient son visage aussi lisse que la porcelaine. Clara sourit à la fillette pour la rassurer.

« Non, ma puce. Car l'une des sept fées, ayant entendu le sort jeté, parvint à défaire une partie de la malédiction. Elle dit qu'au lieu d'en mourir, la princesse tomberait dans un profond sommeil qui durerait cent ans, au bout desquels le fils d'un roi viendrait la réveiller… »

Ébahie, Nini fit claquer ses élastiques avant de s'exclamer :

« Waou ! Cent ans ? C'est trop long !

– Et le fils du roi est venu ? s'inquiéta Lily.

– C'est qu'une histoire de mauviette ! s'insurgea David-la-terreur.

– Madame, ça veut dire quoi "mauviette" ? interrogea Emily.

– On pourrait avoir encore des bonbons ? réclama Rose.

– Oh oui ! Des bonbons ! Des bonbons ! s'écria Sacha.

– Et Luc, il revient quand, Madame ? » s'enquit Nini.

Excellente question… songea Clara. En raison d'une tempête annoncée sur les hautes terres, Luc était parti en ville deux heures auparavant pour approvisionner le bivouac en haubans. De quinze ans son aîné, l'animateur renouvelait ses fonctions d'encadrant pour la troisième saison consécutive et possédait un don incontestable pour adoucir une faune en bas âge. Il ne tarderait plus à revenir au campement et reprendrait sa place attitrée de superviseur. D'ici là, Clara devrait gérer seule les caprices de ses petits protégés.

Elle s'apprêtait à mettre un terme à la cacophonie en menaçant tout le monde de filer au lit quand Fabien s'exprima posément :

« Madame, je crois qu'il y a quelqu'un derrière vous… »

Clara n'était pas certaine d'avoir bien entendu. Sacha commençait à chiper dans les dragées colorées de son voisin dont les protestations couvraient l'agitation ambiante. Rose et Lily se disputaient à propos de la chute inéluctable de l'histoire. Quant à Nini et Emily, toutes deux se chamaillaient pour chaparder quelque pop-corn salé rescapé d'une longue soirée d'été.

Blême, Fabien scrutait les ronces enchevêtrées marquant les limites de la clairière. Sa voix perdait en intensité à mesure qu'il répétait :

« Madame… quelqu'un… derrière… »

Clara perçut un courant d'air frais remonter le long de son échine. Hébétée, elle fit volte-face et sonda la masse compacte formée par une barrière végétale hostile. Les sens en alerte, elle perçut un craquement, observa le déplacement d'un petit animal – a priori inoffensif – mais nulle silhouette humaine. À peine entendit-elle un souffle. Une respiration suffoquée. *La sienne.*

« Il n'y a personne, Fabien », répondit-elle en se retournant vers le cercle enfantin.

Les éclats de rire fusèrent par-delà les flammes. Elle comprit alors qu'on l'avait piégée à son propre jeu. Sa mise en scène destinée à créer un climat mystérieux avait nourri leur innocente malice.

« Vous m'avez bien eue, petits garnements ! Allez, maintenant, tout le monde au lit ! »

Les mines réjouies s'effacèrent subitement derrière les grimaces. Aucun des sept ne semblait disposé à dormir.

« On n'attend pas le retour de Luc ? demanda Lily.

– Moi je veux savoir ce qui est arrivé à la princesse ! » argua Nini.

Tous approuvèrent de concert. Suspendus à ses lèvres, les enfants s'étaient tus comme s'ils redoutaient sa sentence. Clara hésita un instant. Elle aurait tant aimé entendre le ronronnement du moteur annonçant le retour de Luc ! Il n'était pas question de s'inquiéter – encore moins de communiquer son stress aux enfants –, son comparse avait dû être retardé. Les routes escarpées sillonnaient les verts pâturages à des kilomètres à la ronde et la présence d'un troupeau de bovins bloquait certainement l'un des accès. Deuxième option, Luc s'était octroyé une virée solitaire dans un bar au point d'en perdre la notion du temps. Quelle que soit la raison de son absence, il devrait clairement se justifier.

Inflexible, Clara décréta qu'il était l'heure de rejoindre les tentes. Elle promit de leur raconter la fin de l'histoire s'ils faisaient preuve d'obéissance.

« Et on pourra manger des chamallows à la prochaine veillée ? » interrogea Sacha, le regard émerveillé.

À ce rythme-là, les réserves en sucreries s'épuiseraient bien avant la fin du séjour, mais elle n'avait pas le cœur à refuser. Une salve d'exclamations enjouées rompit le silence du lieu isolé. Vingt minutes plus tard, les sept bambins dormaient à poings fermés.

Clara s'isola à son tour et se glissa dans son duvet. Le feu de camp projetait des lueurs orangées sur la toile de tente, comme autant d'ombres mouvantes. Elle consulta son portable. *22 h 40*. Aucun message de Luc. Et pour cause : à cet endroit, le réseau ne bornait pas. Elle pesta intérieurement et braqua sa lampe de poche vers l'ouverture. En s'éloignant un peu du bivouac, peut-être parviendrait-elle à capter ? Clara s'apprêtait à s'enfoncer dans la nuit noire quand les premières gouttes de pluie s'écrasèrent sur les abris.

Elle rebroussa chemin.

La tempête approchait.

Et toujours aucun signe de Luc.

***

Le pépiement des oiseaux se mêlait aux chuchotements dans une paisible mélodie. Clara ouvrit doucement les yeux. Elle mit quelques secondes à se situer dans l'espace et le temps.

La clairière... Le campement... L'isolement... La Belle au bois... Les enfants !

Le cœur battant à tout rompre, l'animatrice s'extirpa du duvet et bondit hors de la tente. Le soleil dardait de pâles rayons à travers l'amoncellement des nuages. Épuisée par le déploiement d'énergie requis pour occuper et contenir la vivacité de ce petit monde, elle s'était endormie sans préambule.

« Bonjour Madame ! s'exclama Nini en tordant un élastique autour d'une mèche hirsute.

– Bonjour Nini. Déjà levée ?

– J'ai entendu du bruit », se plaignit-elle.

Clara balaya les alentours d'un regard circulaire. La clairière s'étendait à perte de vue, mais toujours aucune trace du minibus.

« Tu as vu Luc ? » s'inquiéta-t-elle soudain.

La fillette hocha la tête en signe de négation.

« Tu connais pourtant la règle, Nini ! Personne ne quitte le lit avant notre autorisation ! Où sont les autres ? »

Clara regretta aussitôt de s'être emportée. Passer ses nerfs sur une gamine de cinq ans ne l'aiderait pas à surmonter la désertion de son collègue.

« Ils sont tous partis au bois... » pleurnicha la fillette.

Clara étouffa un cri. *Un cauchemar. Voilà dans quoi elle s'était embarquée ! Un véritable cauchemar !*

« Ok, Virginie. Tout va bien. Allons les chercher. »

Nini opina du chef avant de tendre une main potelée.

En dépit du mauvais temps, la luminosité du jour naissant conférait un sentiment sécurisant. Les pensées sombres s'évanouissaient au profit de réflexions rationnelles. *Une panne mécanique*, songea Clara. À défaut d'être en mesure de la prévenir, Luc devait certainement enchaîner les agences de location dans l'espoir d'obtenir un véhicule de remplacement. Peine perdue un dimanche de mois d'août, où les quelques commerces du secteur avaient baissé le rideau pour l'été. *Pas de panique*, se dit-elle avant d'enjamber une branche tordue. Aspirée par la profondeur des bois, Clara regarda instinctivement par-dessus son épaule. La clairière rétrécissait nettement dans son champ de vision.

« Sacha ! Fabien ! Lily ! Emily ! Rose ! David ! » hurla-t-elle en maintenant une pression sur la main de Nini. Des larmes roulaient sur ses joues roses et sa couette fouettait l'air à chaque foulée.

Un craquement monta sur leur gauche. Suivi de murmures reconnaissables entre tous. Six lutins émergèrent des fourrés en poussant de petits cris enjoués. Campée sur deux jambes flageolantes, Clara les accueillit sans ménagement.

« Ne me refaites plus jamais ça ! Vous avez entendu ?

– Mais Madame ! On a trouvé quelque… commença Sacha.

– Chut… » le coupa Emily en écrasant un index sur sa bouche.

Clara fronça les sourcils. À première vue, les enfants étaient indemnes, exempts d'égratignures mais pas d'espièglerie.

« Et qu'avez-vous trouvé ?

– Rien, Madame, fit Fabien.

– Non, rien du tout, confirma Lily.

– On voulait juste suivre un lapin… Mais il nous a semés. »

Trois d'entre eux arboraient de larges sourires partiellement édentés. Bien qu'elle ne crût pas un instant à la version avancée par David-la-terreur, Clara fit preuve de clémence. Elle avait imaginé le pire – les enlèvements d'enfants n'étaient pas l'apanage de la fiction – et par bonheur, aucun d'eux ne s'était égaré dans ces bois immenses. Alors, comme une mère entourée de ses petits, elle les ramena au campement.

Luc n'était toujours pas revenu.

Le ciel de brique augurait de pénibles heures.

Et pour couronner le tout, Clara n'avait pas la moindre idée de la manière dont elle occuperait utilement les enfants.

Tandis que ceux-ci se remplissaient le ventre de céréales, elle consulta le planning des activités.

Le programme prévoyait une randonnée pédestre sur le thème « Faune et flore ». L'itinéraire indiqué s'enfonçait bien trop loin dans l'arrière-pays pour escompter mener seule la mission.

Luc, où es-tu ?

Clara inspira profondément pour évacuer les tensions. Elle décida de patienter encore une journée sur place avant d'abandonner le bivouac. Si Luc n'était pas rentré à l'aube, le groupe plierait bagage pour rejoindre la civilisation.

Pendant que Clara réfléchissait à la conduite à tenir, les murmures enflaient sous les tentes adjacentes.

« On devrait lui dire… disait l'un.

– Parle moins fort, disait un autre.

– On y retournera demain pour être sûr…

– Et si…

– Chut ! Elle arrive… »

La silhouette de l'animatrice se découpa derrière la toile.

« Les enfants, j'aimerais que vous m'écoutiez attentivement. En raison de la tempête qui approche et de l'absence de Luc, nous allons devoir camper une nuit supplémentaire.

– Ouiiiii !!!! s'exclama Emily.

– Ne te réjouis pas trop vite. Il n'y a pas beaucoup de distractions par ici…

– Vous pourrez nous raconter l'histoire de la princesse ? s'enquit Lily.

– On pourrait ramasser des feuilles pour fabriquer des couronnes ? proposa Nini.

– Et manger des chamallows ? » ajouta Sacha.

Surprise par l'enthousiasme général, Clara acquiesça vivement. L'horizon bardé d'un ruban noir n'entamerait pas son optimisme. Tout se passerait bien. Elle n'avait aucune raison de trembler de la tête aux pieds.

« Parfait, les enfants ! Allons également cueillir des fleurs pour orner ces couronnes ! »

***

Le soir venu, David-la-terreur fut le premier volontaire à amasser des branchages et les jeter au feu. Les six autres s'installèrent en silence autour du brasier naissant, leurs mains remplies de friandises et les yeux fascinés.

« Madame, qu'est-il arrivé à la princesse ? »

Assise en tailleur, Clara observait l'étrange tableau composé d'enfants béats et dociles. La journée s'était déroulée sans accroc et la veillée s'annonçait tout aussi agréable. Seuls bémols : l'absence prolongée de Luc, la noirceur environnante et la sensation constante d'être épiée depuis les bois. *Tu es superstitieuse et paranoïaque, ma pauvre Clara !* maugréa-t-elle intérieurement. Elle ouvrit le livre posé sur ses genoux et reprit son récit fantasmagorique.

« Où en étais-je…

– La sorcière lui a jeté un sort pour qu'elle meure en se coupant !

– Mais la gentille fée a réussi à la faire dormir cent ans ! »

Clara sourit. Leur engouement était un ravissement.

« Oui, enchaîna-t-elle. Quand la princesse eut quinze ou seize ans, elle se perça la main avec un vieux fuseau oublié dans un donjon… Et la prédiction se réalisa. Alors, on enferma la princesse endormie dans la plus belle chambre du palais. »

Une heure durant, Clara narra les aventures de la Belle au bois dormant – ou plutôt celle des fées œuvrant contre une maléfique créature bien décidée à assouvir ses ignobles desseins. Les yeux luisants, le cercle des lutins buvait ses paroles, tantôt câlines, tantôt effrayantes.

« Et c'est ainsi que le fils d'un roi traversa une grande cour pavée de marbre. Il traversa plusieurs chambres avant de pénétrer dans une pièce toute dorée où reposait une jeune princesse dont l'éclat resplendissant avait quelque chose de lumineux et de divin. Il se mit à genoux auprès d'elle. La fin de l'enchantement était venue. Et la princesse s'éveilla. »

Clara referma le livre d'un claquement sec. L'écho se propagea à la manière d'un battement d'ailes. Elle guettait le ronronnement du moteur ou les lueurs des phares projetées sur le sentier menant à la clairière. En vain. Seul le craquement familier de la nature répondait à ses attentes.

« Nous, on l'a vue, la princesse… » lâcha Lily.

Six regards réprobateurs étaient rivés à la blondinette.

« Comment ça ? s'étonna Clara.

– On a trouvé la princesse dans le bois… » continua-t-elle en pointant du doigt la végétation dense.

Clara sentit un picotement diffus paralyser sa nuque. De l'ordre d'une mauvaise intuition.

« Ah oui ?

– Oui. Les couronnes sont pour elle », affirma Lily en désignant les arceaux confectionnés plus tôt.

Clara déglutit péniblement. Une sourde angoisse se greffait à l'inquiétude liée à la disparition de Luc. Cependant, elle se contenta de répondre :

« C'est une gentille attention, les enfants.

– Vous voulez la voir ? demanda Sacha, tout excité.

– Qui ?

– Bah… la princesse endormie au bois ! »

Son cœur manqua un battement. Était-ce encore l'une de leurs farces idiotes ?

« Bien sûr. Mais pas ce soir. Il fait nuit noire. Nous risquerions de nous perdre ou de nous blesser, bredouilla-t-elle.

– Allumons nos lampes ! lança David-la-terreur, un brin condescendant pour son jeune âge.

– Non, attendez ! »

La troupe se levait déjà comme un seul homme. Seule Nini se dissociait du groupe en restant légèrement en retrait.

« Tout va bien, ma puce ? » s'enquit l'animatrice.

La fillette hocha la tête et lui emboîta le pas. Les ingérables marmots s'élançaient déjà en direction d'une jungle inhospitalière.

« Ne courez pas ! Vous entendez ? » hurla Clara, à court de ressources en matière de discipline. Précédée de sa joyeuse compagnie de loupiotes, elle s'enfonça dans le petit bois assombri par un ciel sans lune. Éclairé par le faisceau d'une lampe-torche, un chemin de terre sillonnait à travers les arbres feuillus et leurs branches, semblables à des griffes, envahissaient l'étroit passage forestier. La nature affolée grouillait d'une vie indiscernable à l'œil nu. Un cri bref monta des broussailles, un froissement chiffonna les herbes hautes et le craquement des brindilles résonnait sous la voûte des cimes. Subitement, un souffle caressa sa nuque.

Le vent se lève, se dit-elle.

Dans une heure à peine, la tempête s'abattrait sur les hauts plateaux et la faune, flairant déjà le danger, filait à couvert avant les impacts de foudre.

« Ça suffit, les enfants ! Je crois que nous devrions revenir sur nos pas !

– On est presque arrivés ! protesta Emily.

– Oui, la princesse est juste là… au bout du chemin… » surenchérit Lily.

Clara s'attendait à essuyer une seconde humiliation facétieuse, songeant qu'il lui faudrait démissionner avant la fin de la saison pour conserver un tant soit peu de raison. Mais quand ils débouchèrent dans la zone clairsemée, les sept petites lucioles stoppèrent leur course endiablée et resserrèrent les rangs. Clara les dépassa d'un pas déterminé et, guidée par le ruissellement de l'eau, se dirigea aux abords d'une petite rivière nichée au cœur de la nature.

Le halo de sa lampe balaya la terre molle. Plissant les yeux, elle tenta d'interpréter la présence des orteils maculés de boue, des cuisses dénudées à demi ensevelies sous un tapis de feuilles, du torse émergeant de la mélasse, de ce visage paisible auréolé de cheveux roux flottant à la surface d'une flaque éphémère…

Seigneur !

« Madame, si l'on en croit le conte, elle aurait dû se réveiller, la princesse… »

Le sang bouillonnant dans ses veines, Clara se mit à hurler, si fort que le tonnerre grondant sur les plaines n'osait rivaliser. Surpris par sa réaction, les enfants se mirent à pleurer abondamment. La femme étendue sur le lit humide paraissait sur le point de s'éveiller, mais la plaie dessinée autour de sa gorge attestait le contraire. Paralysée par l'horreur, Clara fixait un point imaginaire dans le décor anxiogène. Puis, réalisant que l'auteur de cette macabre mise en scène pourrait encore errer dans les parages, elle mobilisa toutes ses facultés pour conserver son sang-froid. Se détournant du cadavre, la jeune femme s'adressa calmement à ses petits protégés.

« Rentrons au campement. »

Puis elle ajouta :

« Maintenant ! »

La ribambelle s'en retourna dans les bois sombres, traversant les ronces sans se soucier des égratignures héritées de leur cavalcade. Clara haletait tandis que ses jambes répondaient maladroitement aux ordres émis par son cerveau. Elle se sentait épiée par une force invisible. Un pervers ! Un taré ! Chaque seconde s'éternisait sur l'épouvantable vision d'une femme assassinée, une princesse qui ne ressusciterait jamais…

Des perles de pluie tombaient lourdement des branches et le chuintement des pas précipités accentuait le supplice d'une fuite désespérée. Au loin, le feu crépitait toujours comme une balise rassurante au milieu du chaos.

« On ne peut pas rester ici… » décréta Clara en considérant les abris de fortune tendus si près d'une abomination.

Les sept bambins acquiescèrent entre deux sanglots impossibles à maîtriser.

« Et la princesse ? On ne peut pas la laisser là ! »

Oh si, Fabien ! songea Clara. *On va l'abandonner à son triste sort et prévenir les flics dès que nous aurons trouvé un refuge sûr !*

« Prenez vos sacs à dos. On part en balade, dit-elle avec une assurance feinte.

– En balade ? On n'attend pas Luc ? »

Luc. Disparition inquiétante. Pas le temps d'attendre.

« Non, David. Il nous rejoindra plus tard. »

Les dos voûtés sous des lests à l'effigie de la Reine des neiges ou Flash Gordon, les enfants écoutèrent les instructions de Clara comme des soldats rompus à l'effort. L'orage éclata en chemin, déversant son lot de frayeurs sur les marcheurs nocturnes. En tête du cortège, Clara cadençait leur déplacement avec une ferveur inhérente aux situations d'urgence. *Question de survie*, se répétait-elle inlassablement. La végétation les engloutissait sans révéler la moindre habitation susceptible de les accueillir. Consultant régulièrement son portable, la jeune femme gémissait en constatant l'absence de réseau. Regroupés autour d'elle, les jeunes vacanciers formaient un rempart illusoire face aux éléments déchaînés. Les chemins noyés sous le déluge n'aboutissaient qu'à des culs-de-sac obscurs et les rares routes étirées tels des lacets de bitume s'élevaient vers les hauteurs insondables des monts foudroyés.

« J'ai peur ! » vociféra soudain Rose.

Solidaires, les six autres s'immobilisèrent dans un virage mal éclairé. Clara inspira profondément. À présent, la pluie cinglait leurs visages offerts à la nuit.

« Je sais, ma puce. Mais nous allons trouver un endroit chaud où nous abriter. »

Elle ne mentait pas. Le jour de leur arrivée, Clara avait observé la route pendant que Luc conduisait. Elle était convaincue d'avoir repéré une habitation à quelques centaines de mètres plus au nord.

« Allez, venez. Nous ne sommes plus très loin », affirma-t-elle.

Ils marchèrent durant vingt longues minutes – certainement les plus pénibles de leurs vies –, gravissant des talus boueux menant à l'orée d'un village désert. Son sens de l'orientation pâtissait de ses angoisses. Elle avait abandonné sciemment une femme égorgée en pleine forêt, sous les yeux hagards de sept gamins persuadés d'assister au repos centenaire de la Belle au bois dormant. De fait, il lui faudrait davantage qu'une tempête ou une disparition inquiétante pour entamer sa détermination. Et comme dans la plupart des contes, la finalité triomphante apparut au bout du chemin.

Nini observa une cheminée fumante émergeant derrière un champ de blé et demanda :

« C'est là qu'on va ?

– Oui, c'est ici que s'arrête notre périple, répondit l'animatrice avec soulagement.

– Tu crois qu'ils auront des bonbons ? » s'inquiéta aussitôt Sacha.

Clara hocha la tête. Il n'y avait qu'un seul moyen de s'en assurer.

Ils disparurent dans la marée mouvante des épis balayés par de violentes rafales et surgirent sur une propriété privée. Une ferme délabrée jouxtait une maison façonnée dans la pierre et les lumières projetées par les vitres attestaient une présence humaine susceptible de les héberger pour la nuit. *Juste une nuit*. La jeune fille téléphonerait à la police pour signaler le corps découvert dans la forêt, la disparition de Luc et l'impérieux désir de retourner à son morne quotidien d'étudiante en littérature.

Elle toqua à la porte. Mais le fracas de l'orage emprisonnait tous les sons dans un cocon ouateux. Ses poings se mirent à marteler frénétiquement le bois dur. Alignés en rang d'oignons, les enfants grelottaient sous leurs imperméables détrempés. Un cri bref. Celui d'un verrou tiré. Un couinement. Celui des gonds rouillés sur lesquels le battant pivota lentement. C'est alors que la foudre éclaira le visage parcheminé d'un vieil homme semblant avoir déjà vécu cent ans. Son ton suspicieux augurait une carabine planquée derrière une échine courbée par trop de saisons solitaires.

« Qu'est-ce que vous voulez ? »

Sans se départir d'une étonnante assurance, Clara lui expliqua la situation en déformant allègrement la réalité. Le bivouac avait pris l'eau. Les pauvres enfants avaient besoin d'un abri pour la nuit. Leurs petits yeux implorants appuyèrent son récit larmoyant, si bien que l'épouvantail servant de maître des lieux se laissa convaincre.

« Grrmm. Entrez… Et enlevez vos chaussures ! »

Clara le remercia vivement. Sans cette laideur indéfinissable, sans doute l'aurait-elle serré dans ses bras. Les enfants pénétrèrent à l'intérieur comme s'ils foulaient les parquets d'un palais. Tous regardaient le vieil homme avec une profonde admiration.

« Les chambres sont à l'étage », dit celui-ci en indiquant une volée de marches derrière lui.

Clara autorisa son petit groupe à se disperser sous ce toit parfaitement inconnu tandis que leur hôte édictait ses règles. Règles qui se perdirent dans le courant d'air de leur jeunesse.

« Puis-je utiliser votre téléphone ? Je dois prévenir mes employeurs afin qu'ils nous récupèrent demain matin à la première heure… »

L'homme fronça les sourcils.

« Les lignes sont coupées en raison de l'orage.

– Oh…

– Je viens d'enfourner un rôti. Vous avez faim ?

– Merci infiniment pour votre hospitalité », répondit la jeune femme sans oser l'interroger sur une éventuelle réserve de sucreries.

L'homme grommela avant de disparaître dans la pièce voisine. À l'étage, les enfants couraient dans les couloirs en riant et chantant. Les activités ludiques avaient évincé le souvenir de la Belle au bois dormant.

Clara remarqua le téléviseur allumé sur une chaîne d'actualité. Un bandeau titrait *Accident mortel à Saint-Chély d'Aubrac*. Fébrile, elle prit la liberté de monter le volume. Derrière le petit écran, la journaliste luttait contre les éléments déchaînés. En arrière-plan, la carrosserie déchiquetée d'un minibus démontrait la violence de l'impact.

« *Collision fatale avec un semi-remorque… Les conditions de l'accident ayant coûté la vie au conducteur du minibus ne permettent pas d'identifier la victime...* »

Ses jambes se dérobèrent sous elle. Clara peinait à respirer, s'accrochait au canapé désuet pour ne pas tomber. Une voix rauque retentit dans son dos.

« Quelque chose ne va pas, mademoiselle ?

– C'est affreux… L'accident… Mon collègue… Luc… marmonna-t-elle.

– Vous connaissiez le type décapité dans sa bagnole ? »

Clara manqua vomir sur une authentique peau de bête. L'homme avança d'un pas. Prise d'un vertige, elle tomba dans l'étau massif de ses bras. Il exhalait la viande faisandée, la sueur et l'eau de Cologne bon marché.

« Vous devriez monter vous reposer, conseilla-t-il. Et faites taire les gamins. J'apprécie ma tranquillité. »

Clara obtempéra. Se libéra de son emprise insistante pour rejoindre le clan des jeunes vacanciers. Elle ne leur parlerait pas de la mort de Luc. N'évoquerait pas davantage le curieux pressentiment qui lui serrait le cœur depuis qu'ils avaient franchi le seuil de la maison. Au niveau supérieur, le bois craquait sous les assauts du vent et derrière les vitres, un déluge s'abattait sur les hautes plaines tristement isolées. Sept enfants dépendaient de sa responsabilité, prisonniers eux aussi d'un conte macabre.

« Clara, tu viens nous border ? »

Elle acquiesça mollement. L'étage fourmillait de lutins éreintés par une journée éprouvante. Alors, Clara s'approcha tendrement de Nini. Ses élastiques humides avaient perdu leur coloration tapageuse. À ses côtés, Lily trépignait en exigeant un câlin. L'animatrice s'apprêtait à les embrasser un à un, mais quand vint le tour de Fabien, elle sentit une légère résistance guidée par une maturité précoce.

« Vous savez, Madame, les contes nous mentent…

– Pourquoi dis-tu ça ?

– Parce que, s'ils disaient vrai, la princesse aurait dû se réveiller… »

Elle comprit qu'il parlait de la femme trouvée morte dans la forêt. Et serra les mâchoires pour ne pas crier.

« L'heure viendra. Quand le prince se présentera…

– Il était là, coupa Fabien. Il s'est penché sur elle… Mais la Belle n'a pas bougé. »

Horrifiée, Clara l'attrapa par les épaules et le jeune garçon s'en effraya.

« Tu as remarqué la présence de quelqu'un d'autre dans les bois ?

– Oui… Nous l'avons tous vu ! Ce matin, à travers les buissons ! Il embrassait la princesse… Ensuite, il a dû nous entendre parce qu'il a filé jusqu'ici… »

Clara laissa échapper un hoquet de stupeur.

« Qu'as-tu dit ?

– Le vieux monsieur, en bas… C'était lui… »

Au même instant, les marches grincèrent dans son dos. La jeune femme pivota lentement.

Par la porte entrebâillée se répandait le fumet écœurant de la viande cuite à la broche. Puis une ombre éclipsa la lumière du couloir comme on bannit tout espoir.

C'est alors que lui revint en mémoire le conte de Perrault intitulé *Le Petit Poucet*. Un conte dans lequel un ogre dévore sept petits enfants.

Mais ça, c'est une autre histoire…

Le joyeux Noël d'Otto

THOMAS ENGER

traduit du norvégien par Henning Enger

Cette année, pensait-il, cette année, personne ne le tromperait.

En serrant sa tasse à café, Otto Christian Aamodt fixait des yeux les arbres et la forêt. Chaque année, il se promettait la même chose. Mais cette fois, il ne s'y laisserait plus prendre. Il allait veiller sur sa forêt comme un aigle, même si cela exigeait de rassembler toutes ses forces.

Chaque année, ces chenapans parvenaient à leurs fins, parfois même en plein jour. Ils se moquaient de lui et sortaient à toute vitesse de sa forêt en trimbalant le sapin de la saison. À d'autres occasions, ils entraient furtivement dans sa forêt, en cachette, pour voler un arbre. Mais ils ignoraient qu'il les observait.

Parmi ces voleurs, Mathias Amadeus Schreiner était le pire. Mathias habitait en Norvège depuis les années 1970. Il était d'origine allemande et était marié à Mayoree, une Thaïlandaise. Ils n'avaient pas d'enfants. Quand il ne volait pas d'arbres, il écrivait des romans policiers. Otto savait qu'il avait les moyens d'acheter un sapin. Mais il le volait parce qu'il aimait taquiner son voisin. Pour Mathias, le vol était devenu une sorte de sport. Otto avait l'impression que son slogan était : « Pas de sapin volé, pas de fêtes de Noël ! »

Mais pas cette année : Otto était bien décidé à mettre un terme à son entreprise criminelle.

Le père d'Otto lui avait légué cette forêt il y a cinquante-trois ans, et Otto prenait bien soin d'elle. Parfois, il enlevait des rameaux cassés par le vent. De temps en temps, il coupait les arbres qui ne grandissaient pas. Mais aujourd'hui, il n'y avait pas de vent. Tous les arbres avaient l'air beaux et sains, et il n'y avait aucun bruit alentour. Parmi ces arbres, ces rameaux brisés et ces herbes folles, Otto recouvrait une totale sérénité. Il aimait profondément baigner au milieu de ce silence, même si se trouver là lui faisait penser à Hélène, et à la mort. Mais c'était justement pour cela qu'il se sentait plus vivant que jamais quand il était assis sur un tronc d'arbre qu'il avait coupé en 1998.

Il l'avait appelé Magdalena, ce tronc d'arbre. C'était vraiment une sacrée vieille, cette Magdalena, endurante et obstinée, mais il avait dû la couper car ses voisines avaient besoin d'espace et de lumière pour grandir. C'était en coupant Magdalena qu'il s'était blessé au dos. Il n'avait d'ailleurs jamais guéri. Il trouvait donc que Magdalena méritait d'être l'étape favorite de son parcours en forêt. Parfois, il s'asseyait sur elle, et relevait légèrement la fesse pour lâcher un pet en réprimant un sourire. Un sourire sournois.

Otto aimait prendre des pauses durant ses longues marches en se reposant sur ses souches. Il s'était amusé à nommer toutes celles où il aimait se reposer, comme il l'avait fait pour Magdalena. Il les avait appelées Hanne Cathrine, Inga Marie, Karianne, Eva Cecilie – les noms des femmes qu'il avait aimées. Mais pas question de nommer un arbre Hélène. Elle valait mieux que tous les troncs d'arbre du monde entier, son Hélène. Elle s'était éteinte paisiblement il y a quatre ans, au centre d'oncologie d'Oslo. Après sa mort, le silence avait régné dans la vie d'Otto et dans leur maison. Il essayait de l'oublier en écoutant de la musique à la radio, de la musique populaire le jour et du jazz la nuit. Mais en vain. Quelque chose lui manquait et il ressentait une douleur constante au plus profond de son cœur.

Otto inspira à pleins poumons l'odeur d'automne mourant et d'hiver précoce qui saturait l'air, aujourd'hui. Cette odeur d'écorce, et d'herbe humide et pourrie, indiquait toujours que quelque chose était en train de changer. Mais jusqu'à présent, pas un seul flocon de neige n'était tombé sur sa forêt. Pourtant, Noël arrivait dans quatre jours. La météo n'était pas prometteuse non plus. Il ferait froid trois jours durant, et après ça, il pleuvrait. La neige lui manquait. Il aimait qu'elle accompagne les fêtes de fin d'année. Noël devait être blanc, c'était la règle en Norvège.

– Qu'est-ce que tu en penses, Magdalena ?

Il montra un sapin à Magdalena, à quelques mètres de là.

– Tu penses que ce sapin va plaire à August ?

Il avala une gorgée de café.

August arriverait dans deux jours, et ensemble ils iraient trouver un sapin, comme ils avaient l'habitude de le faire. Ces dernières années, ils n'avaient pas fêté Noël ensemble. August vivait au Danemark depuis sept ans avec sa femme Gitte et leurs deux enfants Lone et Martin. La maison d'Otto était assez spacieuse pour accueillir toute la famille d'August, mais c'était un mauvais hôte. Hélène leur faisait toujours de la bonne cuisine ; elle savait recevoir la famille de leur fils. Mais Otto avait l'impression que Gitte, Lone et Martin n'aimaient pas venir en Norvège. Et il était hors de question qu'Otto leur rende visite : il lui fallait garder sa forêt, et il ne voulait pas non plus les déranger.

La relation entre Gitte et August avait pris fin il y a six mois, et même s'il vivait et travaillait encore à Aalborg, August avait envie de revenir à Bånntjern pour y passer Noël. Otto avait d'ailleurs prévu de nommer la souche de cette année « Gitte », mais il s'était demandé si August serait d'accord… Il avait quand même décidé de la baptiser « Gitte », et ce serait son petit secret.

Il l'avait trouvée tôt, Gitte.

Le processus pour trouver le sapin idéal commençait au début de l'été, et après l'avoir identifié, il le gardait soigneusement. Il l'écimait, le coupait, enlevait de l'herbe et des branches, et tout ce qui lui volait de la lumière. Il l'arrosait aussi, si le sol était trop sec. Gitte devait être complètement verte à Noël. Et elle ne finirait jamais dans le salon de son voisin, ce bel arbre qui mesurait trois mètres de haut et qui était aussi fort que fier.

Otto soupçonnait son voisin, Mathias Amadeus Schreiner, de connaître l'emplacement de Gitte, parce qu'il l'avait espionné, ou parce qu'il l'avait trouvée par hasard, même s'il était presque borgne. L'an dernier, Anita avait été volée le 23 décembre. Le voleur avait laissé quelques entailles révélatrices sur la souche, à environ vingt centimètres au-dessus du sol. Et les traces dans la neige étaient plus qu'incriminantes : elles menaient directement à la maison dudit voisin. Quand Otto avait sonné à sa porte, Schreiner avait nié avec un sourire provocateur : bien sûr que non, il n'était pas allé dans la forêt ; c'était forcément quelqu'un d'autre qui avait volé Anita. Il y a deux ans, Ida Caroline avait été profanée d'une manière épouvantable, les branches du milieu arrachées d'une telle façon qu'elle ressemblait à un sablier. Otto avait dû l'abattre tant il avait eu pitié d'elle.

Il avait l'habitude de serrer une écharpe ou une corde autour du tronc, à l'endroit où il allait le couper, pour reconnaître le sapin qu'il avait sélectionné. Mais cette année, il ne l'avait pas marqué pour ne pas mettre le voleur sur la piste. De toute façon, Otto savait où se trouvait le sapin, il n'avait pas besoin de le marquer.

Otto se leva. Il rangea sa tasse et son thermos dans son sac à dos. Puis il prit sa hache et continua sa ronde. Il faisait froid et le sol était couvert de racines et de rameaux humides et à moitié glacés. Il suivit les traces que les pneus du tracteur John Deere avaient laissées quand Otto avait abattu les quinze sœurs de Pauline, une famille de bouleaux qu'il avait décimée au printemps.

Soudain, Otto s'arrêta.

Un bruit, quelque part dans la forêt, avait attiré son attention : des pas.

Il s'accroupit, scannant du regard les alentours en cherchant des couleurs incongrues parmi les feuillages. Il lui était arrivé de voir des voleurs vêtus de rouge, de bleu ou de jaune. Et aujourd'hui encore, c'était facile de démasquer les deux personnes qui se promenaient pleines de confiance dans le bois. Elles parlaient même à voix haute. C'était presque comme une réclame dans un journal : « On va voler un sapin dans le bois de Bånntjern, demain, à 3 heures. » Il s'agissait d'un adulte d'environ quarante ans et d'un adolescent. Leur conversation portait sur le football et sur la neige qui leur manquait. Ils aimaient aussi faire du ski de fond. Et pour faire du ski, ils avaient besoin de neige.

Otto serra la hache. Il quitta le sentier et continua sur la mousse humide. Il se déplaçait comme un chat pour se rapprocher d'eux, en évitant tout de même de se retrouver trop près. Il dépassa une fourmilière où il y avait toujours une agitation permanente, et se cacha sous une branche de tremble. Il ressentit cette même douleur au dos qui l'embêtait déjà depuis un moment, mais il l'ignora ; il était bien trop occupé pour écouter les complaintes de son corps.

Il se trouvait maintenant à vingt mètres du père et du fils, mais ils ne l'avaient pas encore vu. Otto portait toujours les mêmes vêtements de camouflage, il ne se séparerait jamais de la veste verte qu'Hélène lui avait achetée au magasin de vêtements militaires de Pettersen, près d'Algarheim, vers la fin des années 1970.

– Qu'est-ce que tu en penses, pa' ? dit l'adolescent.

– Trop petit, répondit son père. Tu connais ta mère : elle veut qu'il touche le plafond.

Le fils hocha la tête, un peu déçu. Il s'ennuyait déjà.

« Ah elle est belle, la jeunesse d'aujourd'hui ! » songea Otto.

Il attendit deux minutes, puis ils reprirent leur promenade. Otto les suivit en marchant au même rythme que le père, et s'arrêta aussi sec lorsque le fils se retourna.

Une pie prit son envol exactement au moment où Otto sortit de sa cachette. L'ado fut le premier à être surpris et il recula d'un pas.

– Papa, murmura-t-il d'une voix craintive.

Le père se retourna, se retrouvant face à Otto.

– Bon Dieu, vous nous avez fait sacrément peur, déclara le père en se rapprochant de son fils.

Otto les regarda sans répondre. Il attendit que le sourire du père se ternisse.

– Le propriétaire, ici, c'est moi, dit-il d'une voix forte. Alors vous pouvez me dire ce que vous foutez là, bordel de merde ?

Le regard noir de colère d'Otto passa du père au fils. Le père leva les bras en un geste d'excuse.

– Je suis désolé si nous... Je pensais que...

Il détourna les yeux et se gratta la tête de son gant noir. Il fit un pas vers Otto en tentant un sourire aussi sec que tendu.

– Je suis désolé de violer votre propriété, continua-t-il, mais je voulais juste offrir une belle expérience à mon fils, en compagnie de son père, juste avant Noël. Vous savez, couper son propre sapin dans la forêt, au lieu de l'acheter au centre commercial au prix fort.

Un rire bref puis un sourire dévoilèrent un rang de dents sales et abîmées par la nicotine.

– Je me suis dit qu'il y avait tant d'arbres dans cette forêt, poursuivit le père, qu'un sapin ne vous manquerait pas, Monsieur.

– Mais c'est justement le point central dans cette affaire : l'arbre m'appartient. Accepteriez-vous que j'entre dans votre cuisine et que je vole une canette de bière parce que vous en avez assez dans votre frigo ?

– Je ne pense pas que ça soit comparable.

– Au contraire. C'est exactement pareil, répliqua Otto d'une voix chargée de colère. Foutez le camp ! cria-t-il soudain en brandissant sa hache. Allez-vous-en avant que je fasse quelque chose que je regretterai ! Je déteste le toupet, l'insolence !

Otto s'avança d'un pas. Le garçon recula, et le père posa des mains protectrices sur ses épaules.

– D'accord, d'accord. Calmez-vous, on vous laisse, on part tout de suite.

– Bien, et surtout ne revenez pas !

Pendant le reste de sa ronde et avant que le jour tombe, Otto reçut trois autres « visites » :

Tout d'abord une femme, qui essaya de le convaincre qu'elle se promenait : elle ne pouvait par contre pas expliquer pourquoi elle tenait des tenailles à la main, et elle quitta le bois en ronchonnant des injures dirigées contre les vieillards renfrognés qui avaient trop de temps libre. La deuxième rencontre fut tout aussi désagréable : un homme d'environ 65 ans essaya d'expliquer sans honte aucune qu'il avait l'intention de couper quelques genévriers et peut-être deux ou trois branches de pin auxquelles sa femme désirait accrocher quelques nœuds rouges en guise de décoration de Noël. Il ajouta même que s'il trouvait un petit arbre sympathique, il le rapporterait peut-être chez lui pour le donner à son petit-fils de cinq ans. La seule pensée que quelqu'un abatte une de ses enfants enragea Otto, et il chassa l'homme en question, qui s'enfuit de sa forêt en claudiquant.

Les derniers visiteurs de l'après-midi furent un jeune couple, qui arriva avec deux chaises pliantes et un panier de provisions. Ils déclarèrent qu'ils comptaient juste se promener un peu, observer la vie en forêt, et peut-être rapporter un sapin pour leur maison. À vrai dire, l'attitude d'Otto avait été assez courtoise, au début, mais comme ils se fâchèrent et firent preuve d'une sacrée arrogance, Otto leur dit finalement que, par principe, c'était interdit de couper des arbres dans *sa* forêt.

C'était vraiment épuisant d'être le gardien de la forêt. Sans compter qu'il n'était plus si jeune que ça.

La nuit commençant à tomber, il décida de rentrer à la maison.

Aussitôt arrivé, il se laissa tomber dans son fauteuil favori et allongea ses jambes sur le repose-pied pour se relaxer complètement. Il avait encore mal au dos. Et il s'était aussi réveillé ce matin avec une douleur dans sa gorge qui était maintenant revenue. Il se demanda s'il ne devrait pas boire un peu de cognac. Mais il préféra préparer le repas : l'alcool le rendait somnolent, et en cette saison, il fallait constamment être sur le qui-vive, à cause des voleurs qui menaçaient sa propriété.

Après le dîner, il s'installa sur son banc, dans la cuisine, près de la fenêtre, pour contempler les arbres de la forêt, en écoutant de la musique à la radio, comme toujours, mais aussi les nouvelles. On discutait de la fièvre acheteuse de Noël, en se demandant si nous avions besoin de tous ces cadeaux hors de prix ou s'il ne valait pas mieux passer plus de temps ensemble.

– Oui, oui, passer du temps ensemble ! répondit Otto à voix haute. C'est le plus important, car la vie est brève.

Il pensait à Hélène. Ils avaient passé du temps ensemble, le plus souvent possible, même pour maçonner une cheminée, planter ou récolter des légumes. Ils se promenaient aussi souvent dans la forêt pour voir comment les couleurs changeaient. Ils aimaient cueillir des fleurs pour les rapporter à la maison et les arranger dans un vase. Ils faisaient des virées sur le petit lac avec le bateau à rames qu'il avait acheté en 1968 pour 589,40 couronnes. De temps en temps, ils essayaient aussi de pêcher, et s'ils attrapaient des perches ou un brochet, Hélène préparait des rissoles de poisson. S'il faisait très beau, ils partaient en bicyclette jusqu'à Svenskestusletta, où ils partageaient une part de gâteau dans un petit café coquet. En hiver, ils faisaient du ski de fond ensemble, non pas en suivant les pistes où il y avait trop de monde, mais en inventant leur propre chemin, pour se retrouver seuls et skier en paix jusqu'à Bånntjern.

La dernière année avant la mort d'Hélène, Otto avait essayé de faire des promenades seul, mais il rentrait toujours tôt à la maison parce qu'il s'ennuyait sans elle.

La nuit était maintenant tombée et il n'avait aperçu aucune lueur, aucun mouvement dans l'obscurité depuis qu'il s'était assis à la fenêtre ; et lorsqu'il fit sa petite promenade vers minuit, il n'observa rien de suspect non plus.

Ça le mit en joie, car ça signifiait que sa journée avait été un succès et qu'il pouvait se coucher l'esprit et le cœur tranquilles.

Quand Otto se réveilla le lendemain matin, il avait du mal à bouger. C'était toujours le même problème : son dos. Lorsqu'il essaya de se lever, il pesta contre cette satanée Magdalena, parce qu'elle était à l'origine de sa douleur. Il dut s'y prendre en plusieurs fois et s'aider de ses bras pour parvenir à se mettre debout. Mais il était hors de question de rester au lit alors que des brigands s'apprêtaient à dérober ce qui lui appartenait. Évidemment qu'il devait se tenir prêt à les en empêcher !

La boule au-dessous de sa pomme d'Adam avait grossi et quand il essayait d'avaler, un goût de sang remplissait sa bouche. Il avait aussi le sentiment désagréable que quelque chose se resserrait autour de son cou, comme si on y avait noué une corde.

Otto avala quelques gorgées d'huile de foie de morue. Ça lubrifiait la gorge et il se sentait souvent mieux après.

– Ça va probablement disparaître au cours de la journée, se dit-il.

Otto n'était presque jamais malade et il était certain qu'il n'y avait aucune raison de se faire du souci pour cette boule.

Il avait tort. La situation s'était détériorée : il avait aussi mal à la tête, maintenant. Mais il était hors de question que ses problèmes de santé l'empêchent de protéger sa forêt. Il se força à quitter la maison et à faire son tour de garde. Il avait fait très froid pendant la nuit : 22,8 au-dessous de zéro. Les endroits mouillés et humides de la veille étaient maintenant complètement gelés.

Otto se rendit à Vestli, où tout semblait en ordre, et à Østmarka, où il n'y avait que des bouleaux, pas de sapins. Peu importe donc s'il trouvait ou non des traces. Et les seules qu'il avait observées, c'était celles d'un élan, ou peut-être de deux élans.

Mais à Sørholtet, il avait découvert les traces d'un être humain dans les plaques de givre. Quelqu'un avec de larges bottes. Otto s'était immédiatement inquiété, surtout pour Gitte, et il comprit pourquoi lorsqu'il se retrouva auprès d'elle : quelqu'un avait attaché une corde tout autour. De la même façon qu'il avait l'habitude de le faire. Otto serra les poings de rage. Ce satané voisin. Il venait d'élever le jeu à un tout autre niveau.

De toute évidence, il voulait lui montrer qu'il avait identifié Gitte. La corde était une provocation pure et simple.

– Bordel de merde !

Qu'est-ce qu'il devait faire ? Couper Gitte tout de suite, et ne pas laisser à ce fichu voisin la joie de le faire ? Enlever la corde, et lui montrer qu'il avait compris son petit jeu ? Ou peut-être devrait-il se cacher, rester aux aguets, et lui sauter dessus quand il s'apprêterait à attaquer Gitte ?

L'idée d'enfin donner à son voisin la raclée qu'il méritait le revigora. Mais avec sa douleur au dos, il devait admettre qu'il craignait de se battre avec lui, car Schreiner était grand et fort. Otto avait vu comment ce brigand portait avec aisance de grands sacs de bois à l'extérieur de sa maison, et comment il montait les escaliers avec, sans transpirer une goutte.

Otto décida de laisser Gitte à sa place, avec la corde autour de ses chevilles, à environ vingt centimètres du sol, et rentra lentement à la maison. Là, il se reposerait pour essayer de se requinquer car son dos et sa gorge le faisaient encore souffrir. Il fallait qu'il soit prêt et en forme lorsque Schreiner frapperait.

L'après-midi arriva, et son état ne s'était pas amélioré. Otto prépara tout de même un sac, avec quelque chose à boire et un peu de pain et de fromage, même s'il n'avait pas envie de manger. Il n'avait pas faim du tout. Cette fois, il se rendit directement à Sørholtet. Magdalena se trouvant trop proche de Gitte, il choisit Nanette, un pin fluet et faible que même les pies évitaient. Otto s'assit là, et l'attente commença.

Le jour baissait et il faisait de plus en plus froid, mais Schreiner ne s'était toujours pas montré. Otto avait un horrible mal de tête et son nez coulait. Il évitait de déglutir, mais c'était très difficile.

Il attendait, mais aucune lueur de torche ne balayait la forêt. Aucun mouvement non plus, seuls les pas et les bruits d'un animal à proximité. Et Gitte, qui lui faisait signe dans le vent.

Vers 22 heures, il se leva et décida de rentrer chez lui. Schreiner s'était probablement dit qu'il avait assez de temps. Il ne coupait jamais son arbre avant le 23, même s'il aurait pu le faire début décembre et le déposer dans une pièce suffisamment fraîche pour le garder en bon état jusqu'à Noël.

Sur le chemin du retour, malgré la douleur lancinante qui lui traversait le dos, Otto souriait, car, cette année, ils pourraient enfin reprendre leur tradition familiale : c'est August, son fils, qui couperait Gitte.

Lorsqu'il arriva chez lui, il s'assit aussitôt devant la cheminée pour se réchauffer. Vers minuit, il consulta son portable. Son fils avait essayé de le contacter à 21 h 37. Il était maintenant trop tard pour le rappeler. Il le ferait le lendemain matin. Otto était tout de même un peu inquiet, mais il essaya de chasser ses pensées négatives. Il attendait Noël avec impatience, surtout à cause de la visite de son fils. Ils mangeraient des travers de porc, comme autrefois.

Otto régla son réveil avant de se coucher.

Le lendemain, il se leva tôt pour quitter la maison avant 8 heures. Son dos ne s'était pas amélioré, au contraire : la douleur était encore plus vive et il n'arrivait pas à respirer par le nez.

Il retourna auprès de Nanette et s'assit là de nouveau, cette fois sans panier à provisions. Vers dix heures environ, il appela August, qui répondit immédiatement.

– Ah, papa. J'ai essayé de te joindre, hier soir.

– Oui, j'étais couché, je n'ai rien entendu, répondit-il sans comprendre pourquoi il mentait à son fils. Il n'en avait aucune raison.

– Oui, oui, je sais que tu dors profondément, rit August. Je t'ai téléphoné parce que je risque d'arriver un peu plus tard que prévu. On me presse un peu, au boulot, et il faut que je termine mon projet avant Noël. Du coup, je ne sais pas si je vais pouvoir prendre le vol que j'ai réservé.

– Oui, je comprends…

– Mais il y a beaucoup de vols entre Copenhague et Oslo. Je ne serai donc pas tant en retard que ça, mais peut-être que j'arriverai quand même trop tard pour notre promenade en forêt. Elle se trouve où ? Le sapin, je veux dire. Tu l'as déjà choisie il y a un moment, non ?

Otto sourit.

– Elle se trouve à Sørholtet, à quelques mètres à droite de Magdalena.

August se mit à rire.

– Si j'arrive trop tard, tu crois que tu pourras la couper, toi ? s'enquit-il.

– Je ne sais pas si j'y arriverai tout seul, répondit Otto.

Un silence s'installa entre eux.

– C'est toujours ton dos ?

– Oui.

Otto inspecta le ciel : il avait encore beaucoup de temps devant lui avant que la nuit tombe.

– Viens quand tu peux, August.

Otto s'efforça de masquer toute déception dans sa voix.

– Je n'ai pas le choix, malheureusement, papa.

– Ça ne fait rien. On pourra la couper demain.

August répondit qu'il devait raccrocher pour ne pas perdre de temps, et il promit de se dépêcher.

Otto remit son portable dans sa poche intérieure et se frotta les mains. Il avait les doigts gelés comme des glaçons. Son corps aussi était gelé. Il était certain d'avoir de la fièvre. Mais Schreiner était peut-être déjà en route. Après tout, c'était le 23 décembre, l'avant-veille de Noël. Il songea à Caroline et à Anita qui avaient été attaquées dans l'obscurité. C'est pourquoi Otto rentra à 14 heures. Il avait besoin de boire et de manger quelque chose. La lumière du jour persisterait encore une heure et demie. Il avait le temps de s'octroyer une petite pause à la maison avant de sortir de nouveau.

Il s'assit dans son fauteuil pour se détendre un peu. Pas plus de dix minutes. Peut-être quinze. Il n'avait pas le temps pour plus que ça.

Il se réveilla en sursaut et avec un sentiment désagréable, comme si quelqu'un avait rôdé dans sa maison pendant son sommeil, mais il réalisa qu'il était seul. Quand ses yeux s'adaptèrent à la lumière du salon, il découvrit qu'il faisait sombre. Il sauta de son fauteuil malgré la douloureuse protestation de son dos : c'était peut-être déjà trop tard pour Gitte !

Otto jura tout en traversant péniblement le couloir de l'entrée. Il ne regarda pas sa montre, prit sa veste, sa hache, et sortit. Il s'agissait d'un après-midi sombre comme décembre en connaissait tant, déjà bien entamé, malmené par un vent plus fort. Et même si la température s'était radoucie, un froid perçant régnait encore lorsqu'Otto se hâta vers Sørholtet.

Il pouvait encore arriver auprès de Gitte avant Schreiner. Le manque de neige rendait la forêt encore plus sombre. Malgré son dos qui le tourmentait, il traversa le bois en courant avec une seule pensée en tête : sauver Gitte.

Il mit quelques minutes de plus que d'habitude pour rejoindre le sentier qui menait à Sørholtet. Il était encore sonné après son réveil brutal. Mon Dieu, se dit-il, s'endormir comme ça, comme un vieillard !

Là-bas !

Il venait d'apercevoir un faisceau de lumière qui voltigeait, comme si quelqu'un tenait une lampe de poche à la main et se précipitait dans l'obscurité en courant à travers la forêt ondoyante, en direction de Gitte et de Magdalena. Il était capable de discerner ses mouvements dans l'obscurité malgré sa vue qui laissait vraiment à désirer.

Il serra sa hache dans sa main droite et accéléra malgré son dos qui se plaignait à chaque pas. Il avançait dans la forêt en boitant presque à cause de la douleur, tout en essayant de faire le moins de bruit possible. Ce n'était pas facile, car ses bottes étaient lourdes et le sol de la forêt glacé et compact, mais il n'avait pas le temps d'y penser, chaque seconde comptait.

Otto avait presque rattrapé Schreiner. Il s'arrêta pour reprendre haleine. Le cône de lumière ne cessait de se déplacer entre les arbres, mais il était certain que son voisin ne l'avait pas vu. Otto connaissait la forêt mieux que quiconque, et il savait qu'il y avait un raccourci à proximité. C'était difficile de descendre la pente et de traverser les fourrés en bas. Mais il s'y aventura tout de même, manquant de trébucher plusieurs fois, mais parvenant miraculeusement à rester debout. Il essayait de respirer aussi normalement que possible et appuyait sur son dos avec deux doigts de sa main gauche pour contrer la douleur, tout en se frayant un passage au cœur des buissons qui semblaient lui ouvrir les bras.

Il se rapprochait de Sørholtet en arrivant par un autre chemin, plus près de Gitte. Le faisceau de la lampe torche s'était remis à danser. Il flottait maintenant constamment entre les troncs. Gitte se trouvait à dix, quinze mètres devant lui : elle était saine et sauve. Pour le moment.

Otto entendait la forte respiration de son voisin qui avançait en direction de Gitte. Il se positionna pour l'attaquer par derrière. C'était la meilleure option, à cause de la direction du vent. Le voisin sifflait un air qu'Otto avait déjà entendu, mais il ne savait plus où. Otto ne se trouvait qu'à cinq, six mètres de lui, et sa colère l'envahit de plus belle. Quel salopard, ce Schreiner ! Il comptait lui gâcher un autre Noël, mais Otto était bien déterminé à l'en empêcher cette fois.

Il voyait comment son voisin scannait Sørholtet du regard : il essayait de localiser la corde qu'il avait attachée au sapin. Schreiner attendit un instant, puis hocha la tête et se rapprocha de Gitte. Cette fois, il avait apporté une scie. Il avait déjà enlevé la corde et se préparait. De toute évidence, il allait commencer à scier. Otto s'avança sans plus se soucier du bruit de ses bottes brisant les branches glacées, et il se jeta sur lui, le frappant avec sa hache à l'arrière de la tête. Il utilisa le côté émoussé, bien sûr, pas le tranchant. Il ne voulait pas le tuer, même si c'était bien tentant. Il entendit un craquement sourd lorsque la hache s'abattit sur le crâne. Schreiner, emmitouflé de la tête aux pieds, tomba au sol avec un bruit sourd.

Otto resta debout, hache à la main. Il se pencha au-dessus de lui en respirant péniblement, sans comprendre comment il avait pu être capable d'un geste pareil. Il tourna la tête vers Gitte qui vacillait dans le vent, plus belle que jamais.

Merci, mon Dieu, merci ! songea Otto, soulagé.

Mais qu'allait-il faire maintenant de cet imbécile ? Il lui avait donné une bonne leçon, c'était certain, mais il n'était pas encore complètement satisfait. Un coup sur le crâne, soit, mais il avait envie de le punir bien plus encore. Otto s'agenouilla et retourna son voisin. Il pouffa de rire. Cet idiot avait mis un masque de ski. Otto vérifia que Schreiner respirait bien : son haleine dégageait une odeur qui lui faisait penser à de la cuisine orientale, même dans ce froid mordant.

Il plaça Schreiner contre Gitte, même s'il était sacrément lourd. Et soudain il sut ce qu'il allait faire : il allait l'attacher à l'arbre avec la corde. Et peut-être que la prochaine fois, cet idiot de Schreiner réfléchirait un peu avant de s'approcher d'une de ses filles. Emmitouflé comme il l'était, le froid ne le tuerait pas ; il tomberait sûrement malade, mais il le méritait. Pour une fois, ce serait son Noël *à lui* qui serait ruiné. Il était temps que les rôles s'inversent.

Otto redressa Schreiner et serra la corde autour de lui et du sapin, la passant même en travers de sa bouche, pour éviter qu'il n'appelle à l'aide. Il le couvrit avec des branches pour le protéger contre le froid et aussi pour le dissimuler. C'était maintenant impossible pour qui que ce soit de le voir. Du moins tant qu'il serait inconscient, et donc immobile.

Otto eut du mal à se relever à cause de son dos qui ne cessait de protester à chaque mouvement, mais il était très content de ce qu'il avait réussi à accomplir. August arriverait bientôt. Peut-être aurait-il du mal à accepter ce que son père avait fait, mais il comprendrait qu'il n'avait pas eu le choix. Il finirait par accepter de l'accompagner dans la forêt pour libérer son ennemi, qui serait certainement furieux et menaçant quand il reviendrait à lui. Sur le chemin du retour, Otto se sentit plus léger et en bien meilleure forme que le matin même, comme s'il s'était débarrassé d'un poids colossal. Il rêvait de ce moment depuis longtemps, et il était ravi d'avoir pu donner une bonne raclée à cet imbécile. Ce petit jeu auquel il se livrait chaque année, dans *sa* forêt, prenait fin une bonne fois pour toutes. Sans parler du fait que cet incident effrayerait aussi les autres voleurs. Cette seule pensée suffit à le mettre en joie et il commença à siffler, même s'il n'aimait pas l'air qui lui était venu en tête, car c'était le même que Schreiner sifflait quelques minutes plus tôt. Otto essaya d'en trouver un autre, et son choix se porta sur « Noël de joie », une chanson qui seyait parfaitement à l'occasion.

Plus heureux que jamais, il poussa la porte de chez lui et ôta ses bottes. Il s'arrêta devant un panier déposé dans l'entrée, qui contenait une bouteille de vin, quelques pots de confiture, des biscuits, et une enveloppe blanche à son nom renfermant une carte de Noël :

« Nous souhaitons à notre cher voisin un très joyeux Noël. Mathias et Mayoree »

Il sourit, parce qu'il trouvait ce geste sacrément provocateur, une sorte de raillerie pour se moquer de lui avant d'entrer dans *sa* forêt pour lui voler un sapin et s'assurer que son Noël serait tout sauf joyeux.

Mais rira bien qui rira le dernier, se dit-il en se souvenant qu'il fallait retourner voir Schreiner : il ne voulait tout de même pas qu'il gèle à mort. Il l'aurait pourtant bien mérité.

Otto grogna en reposant la carte dans le panier. Du vin et des biscuits, vraiment ? Comme s'il avait besoin qu'on le nourrisse.

Il sortit le portable de sa poche et vit qu'August avait appelé deux fois. Il lui avait aussi laissé deux messages.

Le premier datait d'un peu plus de deux heures. Ce devait être juste après qu'Otto s'était endormi. August voulait probablement l'informer de son heure de départ. Il déverrouilla le clavier, se connecta à sa messagerie, puis mit son portable à l'oreille en pénétrant dans la cuisine.

« Salut, c'est moi, papa. J'ai fini mon travail plus vite que je ne le pensais. Ça veut dire que je peux prendre le vol prévu. J'embarque dans trente minutes. Mais je dois d'abord manger quelque chose. Je crois que je vais me laisser tenter par l'asiatique. Allez, je te laisse. À tout à l'heure ! »

Ça signifiait qu'August arriverait bientôt.

Il regarda par la fenêtre et aperçut une lueur dans la forêt. Il porta ses jumelles à ses yeux de sa main droite. Mais il était difficile de les tenir d'une seule main. Il déposa son portable et procéda à quelques petits ajustements. Il distinguait mieux la source lumineuse, maintenant. C'était le mouvement typique d'une lampe de poche, balayant la nuit d'un côté à l'autre.

– Les salopards ! s'écria-t-il.

Il reprit le portable et écouta le deuxième message vocal de son fils.

« Salut, c'est encore moi. Nous avons atterri avec dix minutes d'avance, ce qui veut dire que je serai à la maison dans un instant. Comment va ton dos ? Tu te sens de sortir pour couper notre arbre ? Sinon, je peux le faire tout seul. Je connais l'endroit, et je sais que tu as l'habitude d'attacher une écharpe ou une corde autour de l'arbre que tu as choisi pour pouvoir le retrouver. Peut-être qu'il fera nuit quand je serai là. Ça ne rendra ma petite balade que plus excitante. »

Otto sentit son cœur bondir dans sa poitrine.

« La météo a annoncé qu'il allait faire froid, continua son fils, on va apparemment passer en dessous de zéro. Du coup, j'ai acheté un masque de ski à Kastrup. Et je crois d'ailleurs qu'il fera encore plus froid à Bånntjern, non ? En tout cas, on se voit bientôt. »

Otto éteignit son portable. Il regarda par la fenêtre : le cône de lumière parcourait de nouveau les arbres. Il songea au sentiment qu'il avait eu à son réveil, la sensation que quelqu'un était venu chez lui.

Il se précipita dans l'entrée, puis dans la chambre d'August, où il aperçut la valise de son fils, posée au sol, béante. La nausée l'attaqua de plein fouet.

Schreiner, ce misérable brigand, n'employait jamais de scie. Il utilisait toujours une hache, et l'air qu'il sifflait, il venait de le reconnaître : c'était « *Walking in the air* », d'une série télévisée des années 1980. Chaque fois qu'ils sortaient pour couper un sapin, August fredonnait cette chanson et bien sûr, il avait fait la même chose aujourd'hui, tradition oblige.

Otto lutta pour enfiler ses bottes aussi rapidement que possible, puis il sortit. Dehors, la température avait considérablement baissé. Pourtant il ne mit pas de veste ; il ne pensait qu'à son voisin qui était là quelques minutes plus tôt avec un panier, et ses vœux de Noël, avant de se rendre dans la forêt pour...

« Mon Dieu, aidez-moi ! » hurla-t-il en se ruant vers le bois.

***

Mathias Amadeus Schreiner s'arrêta aux environs de Sørholtet et regarda autour de lui. L'obscurité était si dense qu'elle recouvrait tout ; ici, la nuit était plus sombre que nulle part ailleurs. En été, tout était différent, car le ciel ne s'éteignait jamais tout à fait. Mais l'obscurité ne l'avait jamais gêné. Au contraire, il aimait bien se trouver dans la forêt, la nuit. Il avait le sentiment que tout pouvait arriver, exactement comme dans ses livres. Et c'était ici que les étoiles étaient les plus claires. Il avait voyagé partout en Europe, mais il n'avait jamais vu un firmament plus limpide qu'à Bånntjern en hiver, même s'il ne voyait presque rien de son œil gauche.

Il n'y avait pourtant pas beaucoup d'étoiles ce soir, même s'il faisait toujours très froid. Mais ça n'avait pas d'importance pour la mission qu'il devait accomplir.

C'était Mayoree qui lui en avait donné l'idée. « Il faut que tu arrêtes ce jeu enfantin, lui avait-elle dit. C'est un vieil homme. Tu dois l'aider à couper son sapin ; ce sera ton cadeau de Noël. Et aussi, pourquoi ne pas lui offrir un panier garni ? Pour t'excuser de ce que tu as fait dans sa forêt tellement de fois. Comme ça, tu feras une bonne action, et votre Noël sera joyeux à tous les deux. »

Au début, Schreiner avait balayé la suggestion de sa femme d'un haussement d'épaules. Abattre un sapin, ça faisait partie du plaisir et de l'esprit de Noël. Mais il avait vu qu'Aamodt était fragile, ces derniers jours : il luttait même pour se tenir debout.

Schreiner était maintenant arrivé à Sørholtet après avoir rendu visite au vieil homme avec le panier que Mayoree avait préparé. Comme Otto n'avait pas ouvert la porte, Schreiner s'était un instant inquiété et avait craint le pire. Mais après tout, Otto n'était certainement pas chez lui, et c'était fort possible qu'il soit sorti pour aller chercher son sapin. C'était pour ça que Schreiner l'avait rejoint à Sørholtet : pour l'aider à abattre son arbre.

Mais le vieil Otto n'était pas là.

Schreiner avait même crié son nom plusieurs fois en pleine forêt, sans obtenir aucune réponse. Il se trouvait maintenant près de l'arbre. Il décida de le couper et de le laisser à l'extérieur de la maison d'Otto, pour lui faire une surprise quand il rentrerait.

Schreiner fit un pas de plus vers le sapin où il avait attaché une de ses cordes. Il brandit sa hache fraîchement aiguisée, en sachant qu'elle trancherait facilement le tronc. Mais un coup de vent l'attaqua de plein fouet. La bourrasque fut si violente qu'il dut lutter de tout son poids pour éviter de tomber. Il se prépara de nouveau en regardant autour de lui. La forêt semblait vivante, les arbres lui faisaient signe en agitant leurs branches d'avant en arrière, et s'il avait été facilement impressionnable, il se serait dit que quelque part dans le bruissement des aiguilles, il entendait une voix qui lui criait d'arrêter, de ne pas couper cet arbre. Quelle drôle de forêt pleine de vie. On aurait dit que le sapin qu'il allait couper gémissait et essayait de protester.

Schreiner empoigna de nouveau sa hache en s'assurant cette fois qu'il était bien stable.

Mayoree avait raison.

Il leva les bras au-dessus de sa tête.

Ça faisait du bien de faire une bonne action.

Puis il visa la corde, et se prépara à la trancher avec sa hache.

Cette année, Noël serait vraiment joyeux.

Sangdrillon

NICOLAS BEUGLET

– Monsieur Patrick Duvré, 32 ans, professeur des écoles, actuellement enseignant dans une classe de CM2 à Paris. C'est bien ça ?

– C'est correct, inspecteur.

– Bien. Vous savez donc que si vous êtes ici, c'est parce que vous êtes suspecté d'avoir traumatisé et blessé les 28 élèves de votre classe à l'occasion du récit que vous leur avez fait, hier après-midi, du conte de Cendrillon.

– L'objectif n'a jamais été de les traumatiser et encore moins de les blesser.

– Et quel était donc le but poursuivi, alors ? Parce que des enfants cherchent rarement à casser la vitre de leur classe pour échapper à leur professeur.

– Il m'a semblé important qu'ils sachent la vérité. En tant qu'instituteur, mon rôle est d'éveiller les intelligences des enfants. Je regrette qu'ils aient peut-être surréagi.

– Est-ce que vous pensez que… l'utilisation d'un couteau de boucher et d'un pied humain, dont il faudra d'ailleurs nous préciser la provenance, aient été indispensables à votre démonstration en salle de classe ?

– Vous savez bien qu'aucune explication ne vaut un exemple. Les enfants aiment les expériences concrètes. Ils aiment manipuler, toucher, voir, sentir, c'est comme cela que l'information se fixe pour toujours dans leur mémoire.

– Donc la découpe des orteils du morceau de cadavre que vous avez demandé d'effectuer au petit Jonas était à but pédagogique ?

– Tout à fait. Et Jonas était d'ailleurs ravi, ravi, ravi !

– Oui, ne vous énervez pas, monsieur Duvré. La question que je me pose, c'est que si l'expérience a été concluante sur votre pseudo-mannequin, pourquoi avoir encouragé Jonas à la reproduire sur l'une de ses camarades de classe ?

– Il fallait que les enfants prennent conscience de la violence et de la barbarie qui avaient cours à l'époque où le conte de Cendrillon a été inventé. Afin qu'ils mesurent les progrès de l'humanité !

– Rasseyez-vous, s'il vous plaît. Donc, si je comprends bien, pour mesurer les progrès de l'espèce humaine, il fallait sacrifier… les doigts de pied de la petite Chloé ?

– Mais noooon ! J'aurais bien évidemment arrêté Jonas avant qu'il n'exécute son geste, comme l'ange a stoppé le bras d'Abraham prêt à sacrifier son fils.

– Vous pouvez baisser le bras maintenant, j'ai bien compris l'image. Sauf que là, ce sont visiblement les vomissements de peur de la petite Chloé qui ont freiné le courageux Jonas, dégoûté d'avoir du vomi sur ses chaussures.

– À ce propos, avant que l'on ne m'accuse de je ne sais quelle absurdité encore, je pense que si la moitié de la classe a vomi, c'est par dégoût de cette odeur, plus que par panique ou terreur à mon égard comme certains l'ont laissé entendre.

– Oui, oui, je le note. Revenons-en à votre exposé, monsieur Duvré. Pour que les choses soient bien claires, ce n'est pas la version classique de Cendrillon que vous avez racontée à vos élèves ? Celle que l'on a tous vue en dessin animé…

– Au contraire, monsieur l'inspecteur ! C'est justement la version on ne peut plus classique, puisqu'il s'agit du conte original de Cendrillon que j'ai eu le plaisir de narrer à ma classe. Et non pas cette mièvre et surtout totalement fausse interprétation que Disney en a fait !

– Ne crachez pas par terre, je vous prie. Donc, on nous aurait menti ? Et vous vouliez rétablir la vérité ?

– Exactement. Le week-end dernier, je suis allé à Disneyland avec mes neveux !!

– Vous êtes un peu rouge, monsieur Duvré, vous voulez un verre d'eau ?

– Non… je vais bien. Oui. Donc, j'étais chez Mickey, et j'ai trouvé absolument insupportable ! JE dis bien INSUPPORTABLE !

– Je vous entends, vous êtes juste en face de moi, mettre vos mains en porte-voix ne rend pas le message plus clair.

– Oui, oui… j'ai compris, je me contiens, je me contiens. Donc il m'était très difficile de voir toutes ces petites filles se déguiser en Cendrillon sans même savoir qu'elles revêtaient les habits du conte le plus sadique, misogyne et pervers qui ait été inventé !

– Revenons un instant là-dessus, le temps que vous repreniez votre souffle. La petite Adèle qui, je le précise, est actuellement la seule élève de votre classe en état de parler, et qui semble même avoir beaucoup apprécié… votre exposé, nous a raconté que Cendrillon s'appelait au départ Culcendron. C'est de vous, ça ?

– Pas du tout. C'est effectivement ainsi qu'elle s'appelle dans le conte original parce qu'elle dormait par terre à côté de la cheminée, les fesses toujours dans les cendres. Le prénom Cendrillon est une version déformée et édulcorée qui est arrivée bien plus tard. Mais vous savez quoi… je… Non, rien.

– Si, dites.

– Non ! Non ! Non !

– Très bien. Poursuivons. Je cite toujours la petite Adèle, qui a définitivement beaucoup aimé ce cours et que l'on retrouvera très certainement à votre place d'ici une petite dizaine d'années. Bref, vous auriez dit : « *Quand Cendrillon s'enfuit du bal en courant et perd sa chaussure, c'est le symbole de la perte de sa virginité. D'ailleurs, il y a longtemps, on disait se faire déchausser pour dire se faire baiser.* » Je vous vois sourire. Adèle a mal compris, c'est ça ?

– Au contraire, je suis ému qu'elle ait si bien retenu ce que j'ai expliqué. C'est on ne peut plus vrai. Ah oui, merci Adèle, je… je…

– Oui ?

– Non, rien.

– Donc, si je vous suis, on doit comprendre qu'en fait Cendrillon a couché avec le prince lors du bal et qu'elle s'enfuit à peine l'acte consommé parce qu'elle n'assume pas ce qu'elle vient de faire.

– Excellent, inspecteur ! C'est comme ça que les gens de l'époque comprenaient l'histoire. Ça disait aux petites filles qu'il était honteux de coucher avant le mariage et c'est comme ça que l'inconscient collectif des petites l'enregistre encore aujourd'hui. Vous commencez à comprendre comment j'ai cherché à éveiller les consciences ! Merci, merci ! Je… me… Non, je ne peux pas. Allez-y, continuez.

– Venons-en au couteau. Je cite toujours Adèle, qui a une très bonne mémoire de vos paroles : « *Quand les pourritures de sœurs de Cendrillon, ou Cendres-cul pour ceux qui préfèrent, apprennent que le prince va faire essayer la chaussure perdue à toutes les jeunes femmes du royaume pour retrouver celle qu'il aime et qu'il va épouser, elles savent que ça va pas le faire avec leurs pieds. Les sœurs de Cendrillon ont effectivement des pieds énormes qui vont péter la pantoufle. Donc qu'est-ce que leur mère, qui est prête à tout pour les marier au prince, va faire ? Elle prend un couteau comme celui-ci et elle leur tranche le talon et le bout des doigts de pied pour les raccourcir. Elle cicatrise tout ça à l'allumette pour que ça se voie pas et vas-y qu'elles passent du 45 au 32.* »

– Et c'est là que j'ai utilisé le couteau et le mannequin, enfin le cadavre de pied ! Ça a marché nickel !

– Donc vous allez me dire que ce découpage de pied par la mère, c'est le vrai conte ? Ce n'est pas un délire malsain issu de votre cerveau de psychopathe ? On tranche les pieds des deux sœurs pour qu'ils rentrent dans la chaussure ?

– Vous savez quel est le pays d'origine du conte de Cendrillon ?

– Éclairez-moi.

– C'est la Chine, inspecteur. La Chine du IXe siècle. Or à l'époque, les hommes avaient fait des tout petits pieds un critère absolu de beauté. Donc dès leur naissance, on bandait fermement les pieds des petites filles pour les atrophier et qu'ils restent le plus petits possible. Un petit pied qui rentrait dans une chaussure très petite ou très étroite était donc celui d'une femme bonne à marier avec un homme important… comme Cendrillon. Vous comprenez ?

– Ça n'a aucun sens. Vous allez me faire croire que les Chinois étaient tous des fétichistes du pied ? C'est vous l'obsédé !

– Ah… Vous me décevez. Autant tout à l'heure, vous étiez assez bon, autant là, vous chutez. D'après vous, pourquoi les hommes chinois aimaient les petits pieds ? Ce n'était pas pour une raison esthétique, mais pour le pouvoir que cela leur octroyait sur les femmes. Avec de si petits pieds, les femmes ne pouvaient pas marcher longtemps, elles ne pouvaient donc pas s'enfuir de chez elles, même si leurs maris étaient odieux avec elles. Vous vous voyez, inspecteur, courir en chaussant du 12 avec un corps d'un mètre soixante ? Et la deuxième protection assurée par ces pieds atrophiés, c'est que les peuples ennemis ne cherchaient pas à voler des femmes handicapées qui auraient été incapables de travailler dans les champs, par exemple. Comme d'autres peuples aiment avoir des femmes obèses pour qu'elles soient trop lourdes à kidnapper. Vous comprenez ?

– Je vérifierai…

– Avec plaisir. Mais vous voyez, inspecteur, ce qu'il faut retenir, c'est que ce conte était raconté aux petites filles pour qu'elles se disent : « *Si je n'ai pas de petits pieds, aucun homme riche ne voudra de moi… Et si aucun homme riche ne veut de moi, je ne pourrai pas survivre parce que je suis une femme et que je n'ai pas le droit d'étudier, d'apprendre un métier. Donc j'accepte qu'on resserre les bandelettes qui me cassent les cartilages, même si ça fait mal à en pleurer, parce que c'est ma seule chance de m'en sortir dans la vie.* » Vous voyez que c'est important de raconter le message sous-jacent de Cendrillon, non ? En le disant, je… je…

– Oui ?

– Non. Rien ! Ne me tentez pas, je résiste. Je résiste. Posez vos questions, vite !

– Soit. En imaginant que ce que vous racontez sur la vraie version du conte soit exact, pensez-vous que ces explications étaient adaptées à l'âge de vos élèves ?

– Vous auriez préféré qu'ils grandissent en intégrant toutes ces idées rétrogrades et qu'on tente de leur expliquer une fois qu'il serait trop tard ? Soyons un peu courageux et honnêtes ! Notre rôle d'adultes est d'éclairer les enfants, pas de les endoctriner ! Ahhh que ça fait du bien de le dire !

– J'insiste. Une fois que la petite Chloé a vomi et que Jonas a lâché le couteau, était-ce bien nécessaire de vous emparer de l'arme et de proposer à chaque petite fille de la classe de lui couper les doigts de pied pour qu'elle trouve un mari ? J'ajoute qu'Adèle a trouvé très amusant que vous fassiez ces propositions en hurlant et en bavant comme, je cite : *« un monstre de Scooby Doo »*.

– La mise en scène, inspecteur ! Disney a tellement bien mis en scène son dessin animé qu'il faut, pour rivaliser, être à la hauteur, quitte à en faire trop, sinon le message ne passe pas.

– Je vois…

– C'est vrai, vous voyez ? Ah je… je…

– Quoi ?

– Je ne peux pas le dire ! Que voulez-vous savoir d'autre ?

– Eh bien, on arrive au clou de votre exposé : la torture finale et le lâcher de corbeaux affamés dans la classe.

– Ça, ça les a marqués, hein ? Je le vois à votre regard.

– C'est surtout que ça a laissé des marques sur les enfants, monsieur Duvré. Deux élèves se sont fait manger un lobe d'oreille, cinq ont des morsures sur tout le visage et je ne parle pas des crises de panique qui ont conduit la plupart des enfants à casser les vitres pour s'enfuir, puisque vous aviez paraît-il bloqué la porte pour, je cite Adèle, « *faire comme dans le vrai conte* ».

– Écoutez, rien de grave par rapport à ce que les enfants ont appris de l'évolution humaine. Une fois de plus, le conte original montre combien on était plus cruels et plus violents il y a quelques siècles. La vraie Cendrillon est loin d'être aussi clémente que celle de la version biaisée de Disney. Cendrillon se venge de ses belles-sœurs qui l'ont martyrisée toute sa vie parce qu'à l'époque, c'était la vengeance qui permettait à la victime de se libérer du mal qu'on lui avait fait. On n'était pas du tout dans l'ère du pardon.

– Et donc les corbeaux ?

– Oui, une fois qu'elle est mariée avec le prince, Cendrillon fait mettre des souliers en métal chauffé à blanc aux pieds de ses belles-sœurs, et pendant qu'elles hurlent de douleur en dansant, elle lâche des corbeaux affamés qui leur dévorent les yeux. Et comme ça, tout le monde se sent mieux.

– Et donc pour mimer les souliers chauffés, vous avez attaché et fait exploser des pétards et des fusées sur les chaussures des élèves. C'est bien ça ?

– C'était un spectacle extraordinaire que les enfants ont adoré. Vous les auriez vus sauter partout en laissant parler leurs émotions, c'était émouvant. Ils étaient… ils étaient…

– Ils étaient quoi ?

– Zut ! Taisez-vous ! Ne me posez pas cette question !

– Mais vous trouviez donc émouvant que le petit Lucien prenne feu ?

– L'extincteur est vite venu à bout de cet amusant feu de Bengale.

– Monsieur Duvré. Avez-vous conscience de la gravité de ce que vous avez fait ?

– Ce qui est grave, monsieur l'inspecteur, c'est de mentir aux enfants. Croyez-moi, le mensonge laisse de bien plus profondes cicatrices que le bec d'un corbeau ou les étincelles d'un feu de joie. Oui, ça c'est une phrase qui fait du bien ! Après ça, je… je… Tais-toi !

– Je vois. Je vous remercie pour la sincérité de votre témoignage. C'était tout aussi enrichissant pour ma culture personnelle que pour votre avenir.

– Merci, vous me flattez ! Et comme le corbeau, je m'apprête à laisser parler ma voix… Mais, non, non, chuuut, ahhh… Tais-toi !

– Monsieur Duvré, que se passe-t-il ? Dites-moi.

– Non !

– Je vous écoute. Parlez, cela vous fera du bien, vous êtes presque bleu à force de vous contenir.

– Je… j'ai accompli mon devoir… de professeur. J'ai fait ce qu'il fallait.

– Humm.

– Quoi que vous pensiez, quoi que vous disiez… je… noon, non !

– Je quoi ?

– Je…

– Allez-y, bordel !

– Je suis liiiibééééréééé, déliiiivrééé !

Once upon a time... in L.A.

NICOLAS DUPLESSIER

6 juin 1985

Trois jours que les températures battent des records. Ma chemise est déjà foutue. À travers le smog, mon regard s'arrête sur les tours du centre et sur cette ville desséchée et polluée, à l'image de l'égout à ciel ouvert en contrebas. Je repère enfin la voiture banalisée du LAPD sur Riverside Drive. Il est huit heures quinze à ma montre. Sandra Delgado vient me rejoindre le long des berges bétonnées de la Los Angeles River. La quarantaine volcanique, t-shirt noir sexy, gilet kevlar assorti, des airs d'héroïne badass de telenovela mexicaine. Je cherche encore le courage de lui proposer un rencard.

– T'es à la bourre.

– Moi aussi ça me fait plaisir de te voir, Eddie.

Sandra me tend un café tiède. Je lui propose de partager mon sandwich.

Dépitée, elle secoue la tête.

– Ça fait quatre mois que l'on bosse ensemble mais je ne pige toujours pas comment tu fais pour t'enfiler tacos sur tacos au petit-déjeuner.

Puis, sans transition :

– Il fait froid ce matin.

– Ça va être une belle journée.

Même si les événements du jour n'ont bien souvent rien à foutre de mes prophéties du matin.

Elle boit une gorgée de café avant de briser le silence qui s'éternise :

– Les égouts ont débordé dans la vallée ce matin.

– Et toi tu sens la pute à vingt dollars. C'est quoi ce parfum ?

Elle drague un agent du commissariat de West Hollywood. Pour titiller ma jalousie. J'ai tout de même les bases pour tout ce qui touche à la psychologie féminine.

Elle plisse les yeux :

– Tu vas bien, Ed ?

– Ça va.

– T'as l'air nerveux. Faudrait voir à lever le pied sur la bouffe épicée.

Elle rigole.

La radio braille dans la bagnole. Je cours prendre l'appel.

– Un 187 à l'angle de Gardner et Sunset. Derrière le 7508.

La routine.

– C'est noté. On y va. Adams et Delgado.

Je gueule en direction de ma coéquipière.

– En selle, Pocahontas, termine ton café. On nous attend sur un homicide.

***

Je cale la radio sur KROQ-106.7 FM alors que nous remontons Santa Monica pour rejoindre Sunset. Je me surprends à tapoter sur le volant au rythme de *For What It's Worth 1967* de Buffalo Springfield.

Le Sunset Strip est un quartier bruyant et agité. La grande orgie aux portes de Beverly Hills. Comme l'écrivait Raymond Chandler, un lieu pour prendre de mauvaises habitudes. La nuit, les rues sont bondées. Étudiants, yuppies et autres soûlards s'entassent dans les clubs, du Rainbow au Roxy en passant par le Troubadour. Pour beaucoup, un terrain de jeu. Des hommes ramassent des filles trop jeunes sur les trottoirs, d'autres descendent de la vallée pour s'encanailler et vivre le grand frisson à peu de frais. Libido en roue libre, alcool, drogues, sexe, rackets, viols. *Bienvenue dans la Jungle*.

C'est parfois un peu flippant, pour être honnête.

La ruelle derrière le 7508 Sunset Boulevard, le Lot 619, est connu pour ses fêtes improvisées, mais aussi pour faire office de supermarché du sexe et de la came, où viennent mourir putes, junkies et le rêve américain. Depuis mon arrivée à L.A., je suis intervenu ici plusieurs fois, subissant sans broncher mépris et violence.

Deux voitures de patrouille sont déjà sur le parking. Derrière le cordon de sécurité, toute une putain de bande en état post-coma éthylique. L'agent en uniforme au pied du bâtiment délabré vient à notre rencontre. Je n'ai jamais vu ce gars-là. Je fais les présentations et demande :

– Qui vous a rencardés ?

Il pointe deux mecs, la vingtaine, cheveux longs et gras, vêtements froissés et look androgyne. Pas le genre d'énergumène à prévenir le LAPD. Plutôt à se tirer devant la moindre voiture de police en maraude.

Delgado se tourne vers l'agent :

– Encore une overdose ?

– Là, c'est autre chose. Un gamin, 13 ans, peut-être 14, qui se balance au bout d'une corde.

Et merde.

Debout devant les deux chevelus, je m'adresse à celui qui me paraît le plus en forme :

– Viens avec moi pour me montrer le chemin.

Ça proteste.

– Hé mec ! Pourquoi moi ?

– Je ne suis pas ton mec et on ne va pas jouer le truc à shifumi, lève ton cul et suis-moi.

Un silence de cathédrale règne dans le hangar abandonné. La majorité des ouvertures sont obstruées. On n'y voit que dalle. Le faisceau de ma lampe se perd dans le noir malgré quelques rayons de soleil.

– C'est quoi ton nom ?

– Fox.

– On va où, Fox ?

Il m'attrape le bras, s'agrippe.

– Moi, je vais nulle part, mais prends l'escalier puis tout droit jusqu'au fond du couloir. Tu ne peux pas te paumer.

Je le laisse et pars seul. Il a raison, même un gosse pourrait trouver son chemin. Je fais quelques pas dans la pièce, fixe la scène sans comprendre, sors de ma torpeur. Pas de corps. Juste la corde. Examen rapide des lieux. Au milieu des bouteilles de vin bon marché et des seringues usagées, des lunettes de soleil cassées et un sac à dos. À l'intérieur, du fric, une dose de cocaïne emballée avec soin et une fausse carte d'identité. Je fourre le tout dans la poche intérieure de ma veste, me redresse, recule, bien décidé à découvrir dans quel merdier ce gosse s'est embarqué.

Sur le parking, Delgado est en pleine discussion avec mes deux témoins.

Je les interpelle :

– Bon les losers, vous avez prévenu les flics, je suis fier de vous, mais il n'y a personne là-dedans.

– Comment ça, personne ?

– Toi et ton jules, vous êtes sûrs qu'il y avait un gamin au bout de cette corde ?

– Aussi sûr que ma descente va être difficile. Je jure que le brûlé était bien là.

– Le brûlé ?

Bref temps d'observation. Plissement de paupières. Fox a visiblement un truc percutant à m'annoncer.

– Bah ouais. C'est le brûlé. Il vend des cassettes de cul sur le Strip.

D'après mes découvertes, le gosse est passé à la vitesse supérieure en démarrant une carrière de dealer.

Celui qui n'a encore rien dit se bidonne à s'en taper sur les cuisses avant de demander à son pote :

– Des cassettes de cul ? T'es au courant de ça, toi ?

– Ferme-la, Russo ! Est-ce que je la ramène quand je te vois monter faire ta petite affaire avec la vieille pute de...

J'interviens pour calmer le jeu :

– Ça suffit, les disputes conjugales.

Je leur colle la fausse carte d'identité sous le nez. Ça réagit sans conviction :

– Joshua Hart. C'est lui sur la photo, mais s'il a 21 ans, je veux bien qu'on me coupe une couille. Ce gosse ment comme il respire.

Russo précise en se touchant le visage :

– Il a la moitié du visage brûlé. Comme Double-Face dans les comics de DC.

Fox renchérit :

– Il déconne à plein tube, ce gamin. Il a foutu le feu à l'appart de son père. En plus, c'est le roi des mythos, il raconte que sa mère a été tuée par le Night Stalker.

– Ouais, lui ou un autre serial killer. Ça dépend des jours.

Ça se marre de plus belle puis :

– Alors que c'est carrément de notoriété publique que sa mère n'était qu'une camée qui tapinait derrière le Whisky A Go Go.

Encore des rires.

Qu'est-ce que ce gosse a pu foutre pour que l'on souhaite lui faire bouffer son extrait de naissance ? Et la question à 100 000 $: où est-il, maintenant ?

Delgado susurre à l'oreille de Fox :

– Qui lui refourgue les cassettes ?

– Little Bob. Le patron du Pleasure Island, justement, un club un peu plus bas sur Holloway Drive.

C'est-à-dire notre prochaine destination.

***

La chaleur venant du désert commence à se faire sentir alors que nous arpentons les trottoirs devant le Pleasure Island. Aucune trace du gamin. Le rideau métallique du club est baissé et un vigile, boule à zéro et biceps chargés aux anabolisants, nous interdit l'accès :

– C'est un club privé. Seule la demoiselle peut entrer.

Je lui flanque ma plaque sous le nez.

– J'ai ma carte de membre.

Une fois à l'intérieur, je balaye la pièce du regard. L'endroit ressemble à n'importe quel strip-club qui fleurit aux États-Unis. Un bar sur la droite, sous des néons roses la scène, sur la gauche des canapés et alcôves. Monsieur Muscle nous escorte jusqu'à Robert Macy, alias Little Bob, assis devant son petit-déjeuner. Bronzage artificiel, cent cinquante kilos, implants capillaires et chemise en soie. Raccord avec l'image du sale type qui balade sa nana anorexique dans les bars huppés de Beverly Hills. Le cliché hollywoodien du mafioso dans toute sa splendeur. Manque juste le portrait de Marlon Brando sur le mur derrière lui.

– Vous savez pourquoi on est là ?

– J'imagine que ce n'est pas pour m'annoncer que je viens de toucher le jackpot à la loterie.

– Vous connaissez un gosse que l'on surnomme le brûlé ?

Pas de réponse. Trop occupé à reluquer Delgado. Un examen clinique. Professionnel.

– Vous êtes direct, inspecteur. J'aime ça.

Il sourit de ses belles dents. C'est important, les dents, ça peut sauver une sale gueule.

– C'est un des jeunes qui bossent pour moi.

– Qui bossent pour toi ? Qu'est-ce qu'ils font en plus de faire le trottoir pour vendre des vidéos porno ?

Son regard de pervers toujours braqué sur Delgado me hérisse le poil.

Il balance d'une voix mécanique :

– Tu demandes si je connais ce gosse, je réponds.

– Ton club n'est pas fait pour un mineur. À son âge, on va à l'école. On ne bosse pas pour le patron d'un club de striptease.

Il s'éponge les lèvres avec un carré de serviette et tourne enfin la tête :

– Qu'est-ce que tu veux que je te dise ? J'ai l'air de ressembler à sa mère ? Non.

– Quelqu'un a essayé de le tuer, alors on aimerait lui parler.

– C'est dommage, mais le business continue ! Je ne vais pas arrêter parce que ce mythomane a des ennuis.

Je balance le sachet de cocaïne. Little Bob me dévisage avec cette expression que je connais bien. Un mélange d'incompréhension et de crainte.

– J'ai vu ce genre de scène des dizaines de fois sur NBC, Rick Hunter. T'essayes de me piéger. Mais je ne touche pas à la drogue et je ne force personne à bosser pour moi !

– Calmos, Robert.

– Ne m'appelez pas Rob…

Je pose mon index sur ses lèvres. Ça bouillonne sous son crâne.

– Chut. Ne commence pas à m'énerver, ok ?

Il est facile pour des gamins influençables, cherchant le plaisir immédiat, de devenir l'esclave de ce genre de sous-merde. Et choisir la facilité est souvent une fausse bonne idée.

Little Bob finit par se calmer :

– Ok, il vend des cassettes et arpente les trottoirs du Strip, mais depuis quand la loi de Californie interdit de marcher dans la rue ? Depuis jamais. Alors pourquoi tu viens me chier dans les bottes ? T'as quelque chose contre moi ? Joshua a 21 ans. Fox et Russo me l'ont présenté, je l'ai engagé pour faire ce que personne ne veut faire. Fin de l'histoire.

– Mon père presque aveugle pourrait fabriquer une carte d'identité moins bidon que celle-là.

Il nous rit au nez :

– C'est vous les flics, non ? Alors chacun son job. Moi, elle me paraît vraie.

Son laïus sent le réchauffé. Le refrain du « j'savais pas qu'elle était mineure, monsieur l'agent » servi à chaque fois que je surprends un type en train de se faire astiquer le sceptre à l'arrière de sa voiture sur Hollywood Boulevard.

Je considère Delgado à la dérobée. Elle a les nerfs à vif.

– Ça ne sert à rien de jouer les durs avec nous.

Il écarte la menace d'un geste de la main.

– Je ne suis dur avec personne, mon vieux, je laisse mon avocat le faire à ma place !

Il brandit un index autoritaire dans ma direction puis serre le poing. Tu ne vas pas oser me frapper, Bobby ? Ça te titille, pas vrai ? C'est plus fort que toi. Faut que tu cognes. Vas-y, ne te gêne pas. On verra ce qu'en pense ton avocat.

Delgado se redresse d'un coup, la main déjà sur la crosse de son arme, en arrêt comme un fox-terrier qui vient de flairer une piste. Toujours à démarrer au quart de tour.

– Fais gaffe, Macy. Frapper un agent de police n'est jamais une bonne option.

C'est dans ce genre de situations, où on n'attend plus rien, que tout peut arriver. Little Bob est un homme intelligent. Il comprend vite, alors il se calme.

Nouvel examen de la carte d'identité.

– Ouais… Joshua Hart, c'est son vrai nom. C'est le fils adoptif d'un bouffeur de raviolis qui bosse dans les boîtes du Strip.

Il campe sur ses positions, nous explique qu'il n'a rien à voir avec les emmerdes du gamin. Des arguments boiteux, mais je n'ai rien pour le contredire. Une petite voix intérieure me dit qu'il n'est pas tout blanc dans cette histoire.

– Tu sais où crèche son père ?

– Il bosse souvent au Troub'. Y a de fortes chances que vous le trouviez là-bas.

***

Nous poussons les portes et nous entrons dans la salle principale du Troubadour. 11 heures du mat', mais la musique tourne à plein volume. Un groupe sur scène pour une dernière répétition avant le concert de ce soir. Le temps d'une pause, je pense à Joshua. Derrière ses mensonges, je vois l'attitude désespérée d'un gosse perdu rêvant de liberté. Un loser provocateur. Un Arturo Bandini version années 80.

Direction le bar. Une nana d'une quarantaine d'années, surprenant mélange entre l'adolescente en chemin pour le bal de promo et la vieille pute sur le retour. Je suis déçu qu'elle n'accueille pas le client avec des cache-tétons roses.

– Vous buvez quoi, les tourtereaux ?

– Il est 11 heures du mat'.

– Et alors ?

Je pose ma plaque sur le bar pour mettre fin au débat. Son regard vide ne s'attarde pas sur mon insigne.

– Nous voulons parler à monsieur Hart.

– Monsieur Hart ?

– Le père de Joshua.

– Hart, c'est le nom de son gamin. Carlo sera là ce soir. Il a des ennuis ?

– Son fils en a.

Un haussement d'épaules.

– Ce ne serait pas la première fois.

Delgado intervient :

– Nous avons cru comprendre que ce n'était pas un enfant facile.

– Qui n'a jamais fait de conneries ou baratiné ses vieux ? Le passage à l'âge adulte, c'est la galère pour tout le monde, pas vrai ? On prend souvent des chemins à l'opposé de ce qu'aimeraient les parents.

– Merci, docteur Freud.

La musique s'arrête d'un coup. Une rampe de lumière blanche s'allume. Sur la scène, le chanteur, en kilt et torse nu, braille dans le micro : « *Pour la première fois sur scène... en direct de Hollywood... le groupe le plus dangereux du monde... Guns... 'n... roses !* » Tout le monde rigole à n'en plus finir. Le bassiste est presque à se rouler par terre tellement ça le fait marrer.

La nana gueule en direction du groupe :

– Hé, Slash, tu sais où il crèche Carlo ? Tu ne fais pas du BMX avec son gamin ?

Un instant de réflexion, le temps de se servir une bière.

– Au-dessus du grill à l'angle de Courtney et Sunset, à deux blocs d'ici.

Il se tourne vers moi :

– Vous cherchez Josh ?

– Il s'est fourré dans la merde.

– Bon courage pour le trouver, parce que ce gosse, on ne sait jamais où il est tellement il raconte n'importe quoi.

***

Interrogation du fichier des mœurs, des délits et du registre des cartes grises. La totale. Carlo Collodi, arrivé en Californie en 64, a d'abord bossé comme accessoiriste de plateau avant d'adopter Joshua en 75. En 83, il est arrêté pour des soupçons de maltraitance et incarcéré en préventive. Premier gros bobard de Joshua qui n'avait que 12 ans. Pendant que son père est en taule, il trouve le moyen de foutre le feu à l'appartement et manque de mourir brûlé.

Tout un programme, ce gamin.

L'appartement en question est un deux-pièces au-dessus du Pink Monkey, un strip-club encore plus sordide que le Pleasure Island, dans un quartier typique de L.A., qui sent le naufrage, où personne n'aimerait vivre, où l'on peut se faire planter pour un mot de trop et où les filles doivent faire gaffe à la façon dont elles s'habillent si elles ne veulent pas se faire violer.

On monte à l'étage. Dans la cage d'escalier, le martèlement sourd d'une ligne de basse en provenance du club en dessous. Personne chez les Hart. J'hésite à faire sauter la porte à grands coups de pied. Plus raisonnable, on tente l'appart voisin. Un ado vient ouvrir, juste assez pour enclencher la chaîne de sécurité.

– Qu'est-ce qu'il y a ?

– C'est la police.

– Fais voir ta plaque.

Il l'examine sous toutes les coutures, se retourne et gueule :

– Mam' ! C'est pour toi.

– C'est qui ?

– J'pense bien que ce sont des flics. En tout cas ils ont des insignes du LAPD.

La mère se pointe. La soixantaine, immondes cheveux bleus, squelettique et plus desséchée que la Vallée de la Mort. Elle doit fréquenter un toubib pas trop regardant sur les ordonnances, celle-là.

Elle nous dévisage :

– Ouais, bah ça pourrait être aussi des putains de mecs de la NASA !

J'interviens pour arrêter le délire.

– Je suis l'inspecteur Eddie Adams. Et voici l'inspectrice Sandra Delgado. Nous voulons parler du fils de Carlo.

Elle nous cède le passage, nous fixe sans bouger. Je fais le tour du proprio. Papier peint cloqué, canapé défoncé, odeur de pisse de chat et climatiseur en souffrance. Cet appart ressemble à la piaule minable d'un Motel 6.

– Je n'ai pas beaucoup de temps, m'sieur l'agent. Des trucs à faire. Qu'est-ce que vous nous voulez ?

Elle tente de planquer des restes d'héroïne sur la table et se tourne vers nous.

– Ce n'est pas à moi. Quelqu'un a dû oublier ça hier soir. Vous savez ce que c'est.

Pas vraiment, non.

– On n'est pas là pour ça. On veut parler de Josh.

Elle tremble. En pleine montée ou en pleine descente, incapable de trouver son calme. Mon esprit l'imagine tirant sur sa pipe à genoux devant la table de salon.

– Carlo a toujours voulu un gosse. Il a vécu toute sa vie dans la solitude, alors Josh, c'était un peu le cadeau tombé du ciel.

Sortez les harpes et les alléluias.

– Tombé du ciel ?

Elle allume une cigarette.

– Quand Carlo a rencontré sa mère, Josh avait 4 ans. Dans les contes de fées, ils se marièrent et eurent tout un tas d'autres gosses. Dans le monde réel, sa mère était danseuse au Cinderella, le club de Fairfax Avenue, et a fait une overdose sur Sunset Boulevard.

Un silence. Un sourire triste.

– Carlo a toujours vécu dans la misère et élève le gosse à la dure. Même son chat ne peut pas le saquer. Josh est un sale menteur et a développé une hostilité viscérale vis-à-vis de son père adoptif, alors j'ai essayé de l'aider, mais c'est plus fort que lui. Il raconte des craques, fait des conneries, vole de l'argent, mais ne fait de mal à personne.

– Quelqu'un a essayé de le tuer. On le cherche pour le protéger.

– Oh mon Dieu ! Le tuer ! Mais pourquoi ?

Je n'avais pas l'intention de la secouer, mais c'est la seule carte que j'aie dans ma manche.

– C'est ce qu'on essaye de découvrir. Sûrement le mensonge de trop, c'est pour ça que nous aimerions lui parler. Ou à son père.

Coup d'œil par la fenêtre. J'ai grandi dans ce quartier de West Hollywood.

Le pire endroit pour élever des enfants.

– Carlo aime son gosse. Il l'aime plus que tout, mais il n'en peut plus de l'enfer qu'il lui fait vivre.

Il est plus tout jeune, Carlo. Il faut que Josh en prenne conscience.

– Vous avez une idée d'où il pourrait être ?

Elle secoue la tête.

– Carlo est parti à sa recherche. Il y a des rumeurs… comme quoi…

– Les rumeurs s'accompagnent rarement de preuves.

– Des rumeurs comme quoi Josh traîne avec les mauvaises personnes.

– Vous savez qu'il vend des cassettes vidéo porno et fréquente les clubs de striptease ?

– Mon Dieu.

Elle garde le silence avant de se décider à conclure :

– Carlo est au courant. Il est allé causer avec le gars...

– Little Bob.

– C'est ça, Little Bob. Mais moi, je pense que si Josh s'est fourré dans le pétrin tout seul, alors il doit s'en sortir tout seul.

***

Nous quittons l'appartement avec l'idée de faire une nouvelle descente au Pleasure Island. De l'autre côté de la rue, une Camaro SS 68. Appuyé à l'avant, je reconnais Russo, le pote de ce bon vieux Fox.

Il nous a vus lui aussi et s'apprête à prendre la tangente.

Je gueule en marchant vers lui :

– Qu'est-ce que tu fais ici ?

– Ne tirez pas !

– Tu m'as vu sortir mon Glock ? Je n'ai pas l'intention de tirer.

Ça lui donne l'idée de me foncer dessus en faisant des grands moulinets avec les bras et en balançant des coups de pied n'importe comment. Ma parole, ce mec a un grain !

– Tu veux la jouer comme ça, Daniel-san ? T'as pas le niveau, alors calme-toi avant que je te fasse passer l'envie de jouer le Karaté Kid.

Ma menace fonctionne. Il s'arrête net et part en cavalant dans la direction opposée. Cette tête de nœud pense avoir gagné la partie, mais je suis déjà en train de dévaler la rue derrière lui. Du coin de l'œil, je vois Delgado foncer vers la voiture de patrouille.

J'accélère, me jette en avant et tacle mon sprinteur du dimanche qui valdingue sur le trottoir.

Cris de douleur et d'indignation.

Je fais un dernier bond, le plaque contre le sol, lui tords les bras dans le dos et lui passe les menottes.

Je reprends ma respiration pendant qu'il m'insulte, la gueule écrasée sur le bitume.

Delgado se pointe au même moment, arrête la voiture dans un crissement de pneus et crie ses ordres :

– Debout et contre le mur !

Russo gesticule, se marre :

– Le jour où on me verra obéir à une pisseuse, il pleuvra de la merde !

Je lui colle mon arme sous le nez.

– Je n'ai pas envie de jouer, alors t'as juste le droit de fermer ta gueule…

Delgado me fait signe de me calmer et prend le relais :

– … Tout ce que vous direz pourra être retenu contre vous.

Ça n'a pas l'air de lui plaire, alors il se jette sur elle. Derrière ses airs de camé, ce gars a de la ressource. Elle évite un high kick maladroit. D'un geste vif, elle lui empoigne l'avant-bras et l'immobilise par simple torsion. Même d'où je suis, j'entends un craquement.

Nouvelle tentative de rébellion, mais la prise est trop forte.

Un peu de violence, c'est encore ce qu'il y a de plus efficace. Maintenant qu'il est maîtrisé, elle le traîne jusqu'à la voiture et lui colle la tronche sur le coffre. Bien sûr, il hurle de plus belle :

– Ça fait mal, sale pute !

Elle affirme sa prise.

J'ajoute mon grain de sel :

– Surveille ton langage. On ne parle pas comme ça aux dames.

Sans transition, je le gifle. Une baffe cuisante.

– Ça, c'est pour m'avoir fait cavaler !

Il se met à chialer.

Je le retourne d'un coup sec.

Delgado braque son regard qui dit : lâche l'affaire et laisse-moi faire.

Mais je ne lâche pas l'affaire. L'autre non plus, d'ailleurs :

– J'ai des droits ! Vous ne pouvez pas me traiter comme ça !

Je l'attrape par ses cheveux permanentés.

Delgado s'énerve pour de bon.

– Merde les gars, serrez-vous la queue qu'on en finisse avec ce concours de bites !

J'explose de rire avant de revenir à Russo :

– Pourquoi t'as filé comme ça ?

– J'ai flippé.

– T'as peur de qui ou de quoi ?

Pas de réponse, puis des aveux :

– Écoutez… Je ne voulais pas en arriver là. Mais ça va trop loin. Avec Fox, on obéit à Little Bob parce qu'il nous tient par les couilles.

– Qu'est-ce qui est arrivé à Joshua ?

– Little Bob nous a dit de nous débarrasser du gosse.

– Il a dit quoi exactement ?

Visage en feu. Sang en ébullition.

– « Débarrassez-vous du gosse », qu'il a dit.

– Pourquoi essayer de le tuer et ensuite prévenir la police ?

Delgado force sur son poignet pour qu'il lâche le morceau.

La méthode fonctionne.

– D'habitude, lorsqu'il se passe un truc en rapport avec Little Bob, les flics ne font pas grand-chose. Certaines relations du patron aiment les petits garçons et ont le bras long. Des chefs d'entreprise, des huiles du LAPD ou de la mairie. Des petits garçons, il y en a plein les rues, et certains quartiers de L.A. ne sont pas des endroits à conseiller aux petits garçons.

– Il serait effectivement temps de faire le ménage dans tout ce merdier.

– Little Bob règne sur le quartier, c'est lui qui tire les ficelles. Une dizaine de gamins bossent pour lui. Les plus chanceux. D'autres, par contre, participent à des soirées spéciales.

– J'en ai marre d'entendre toutes ces conneries.

– Je ne mens pas.

– Tu sais que je vais devoir encore te frapper si tu continues ?

– Et pourquoi tu ne passes pas simplement à autre chose, Eliot Ness ? Tout le monde se fout de ce qu'il peut leur arriver, à ces gosses.

Je hausse les épaules, force le sarcasme :

– C'est tout moi, ça. Impossible de freiner ce désir de participer à la recherche de la vérité.

Il me dévisage, puis prend la décision de continuer à tout déballer :

– Josh, on lui a fait confiance, on l'a fait entrer dans notre cercle. Il avait un copain, une vraie crapule, qu'il a présenté à Little Bob. Sauf que Little Bob l'a présenté à ses copains aux bras longs et le gosse n’a plus jamais donné signe de vie. Ça l’a rendu dingue, Josh ! Alors il a décidé de raconter à tout le monde ce qu’il se passait au Pleasure Island.

Il s’interrompt, pour mieux souligner l’importance de ce qui va suivre.

– C’est pour ça que Little Bob devait s’en débarrasser. Avant que des flics moins ripoux que les autres finissent par le croire et s’intéressent à ses petites affaires. Je ne sais pas ce que Fox a branlé cette nuit, mais cette putain de corde a lâché et Joshua a foutu le camp !

– Et maintenant ?

Il hoche la tête, conciliant.

– Fox leur a remis la main dessus. Son père et lui sont enfermés au Blue Whale, la baleine bleue, pas loin de la jetée de Santa Monica. C’est un des clubs de Little Bob.

***

Le dos collé au mur de brique, je risque un œil au coin du bâtiment pour scruter la ruelle à l’arrière du Blue Whale. Un putain de coyote la gueule dans une poubelle et, à côté, une porte de service. Signe de la main pour indiquer à Delgado de passer par devant. J’avance en rasant le mur. La porte de service est ouverte. À l’intérieur, je ne distingue pas tout de suite la lueur que laisse échapper une seconde porte entrebâillée en face de moi. Derrière, j’entends que ça cause.

En une fraction de seconde, je passe en revue les possibilités.

Je défonce la porte et braque mon Glock.

Fox debout au milieu de la pièce, Joshua et son père juste à côté, debout eux aussi.

Je hurle :

– Fox, pas un geste !

J'ai gueulé, mais il n'en a rien à cirer. Je n'ai pourtant pas manqué de conviction.

J'ignore ce que prépare son esprit tordu.

Il attrape Carlo par le bras, l'utilise comme bouclier :

– Casse-toi ou je bute le vieux !

Fox transpire à n'en plus finir. Cligne des yeux sans cesse. À bout de nerfs, le gars.

J'en suis à me demander pourquoi j'ai sauté dans ce merdier à pieds joints sans mettre de bottes.

Fox continue à s'exciter tout seul :

– Vous me cassez les couilles, les flics ! Je n'aime pas être méchant avec les gens, mais vous m'obligez à le faire.

D'un coup, Joshua se jette sur lui en criant, dans un effort désespéré pour libérer son père :

– Papa ! Non !

Ce gamin est un mytho, le premier pour faire des conneries, mais pour sauter sur Fox, il faut des couilles plus grosses que toutes celles des mecs de la World Wrestling Federation réunis.

Il parvient à faire basculer son père en arrière. Fox est déstabilisé, manque de se rétamer à son tour.

Je me jette en avant, mais Fox trouve le moyen de filer en tirant tous azimuts.

Je roule sur le sol et rampe pour me protéger derrière le bar. J'aperçois Josh penché au-dessus de son père :

– Papa ! Papa !

Carlo est dans les vapes suite à sa chute.

– Ton père va bien. Reste avec lui ! Et surtout, arrête de jouer au con !

Ses yeux mouillés de larmes croisent les miens.

– Promis ! J'ai pris conscience des sacrifices qu'il fait pour moi. Je l'aime, mon père, putain.

Je me redresse, repars au galop et retombe sur Fox.

– Ne bouge pas !

Il me dévisage, plein de rancune, sur le point d'exploser.

Je fais un pas en avant et lève les mains en signe de reddition.

– Ne va pas faire de conneries, Fox. Tu en as déjà fait assez aujourd'hui, non ?

Visage de haine. Sandra se pointe de l'autre côté au même moment.

– Toi et moi, on sait que ton flingue est vide, Fox. Mais ma coéquipière derrière toi ne le sait pas. Alors si tu ne veux pas te faire mourir aujourd'hui, c'est à toi de voir.

– Mon flingue n'est pas vide !

– J'ai compté les balles, te fatigue pas à essayer de me convaincre.

Fox réfléchit, ne parvenant pas à se décider. Il tire en l'air.

– Tu vois qu'il n'est pas vide, mon putain de flingue !

– Ok, je ne suis pas super fort en maths, en revanche je pense que maintenant c'est le cas.

Je lève mon Glock, ajuste ma visée.

Le temps semble se figer et s'emballer à la fois.

Fox tire. La déflagration m'explose les tympans.

J'appuie à mon tour sur la queue de détente de mon Glock.

Fox s'affaisse, se tasse en travers de la porte.

Je me raidis tout à coup. Je prends conscience qu'il lui restait une balle.

Delgado court vers moi et gueule dans son talkie :

– Policier à terre !

Elle se penche, m'attrape la nuque. La mort trop proche me tend les bras.

– Hé Sandra, c'est gentil d'être passée.

J'ai mal, mal à en crever.

– Ça va aller, Eddie.

– Ne t'inquiète pas. J'ai l'intention de mourir de vieillesse.

Elle m'attrape le bras, les yeux au bord des larmes. Je savais qu'on allait finir par arriver à la grande scène d'émotion.

– Sacrée histoire, hein, Eddie ?

– Le gamin menteur qui n'en fait qu'à sa tête, qui fout le feu à l'appartement de son père, que l'on essaye de pendre avant qu'il soit fait prisonnier dans un club qui s'appelle La baleine bleue, puis qui finit par sauver son père… C'est Pinocchio ou quoi ?

On se marre. La douleur me transperce les côtes.

– C'est un bon résumé des chapitres précédents.

– S'il y a un bien un truc dans lequel j'excelle, ce sont les résumés.

– Et t'as pas autre chose à dire ou à me demander ?

Je ferme les yeux un instant, prends mon courage à deux mains, puis demande :

– T'es libre pour sortir au resto le week-end prochain ?

Rouge
IVAN ZINBERG

Ce récit est inspiré d'une affaire réelle.

Entre 1984 et 1987, Thierry Paulin, dit « le monstre de Montmartre » ou « le tueur de vieilles dames », a été l'auteur à Paris d'une vingtaine de meurtres.

La chronologie des faits est respectée.

Il était une fois une jeune fille de quinze ans qui vivait dans le 18e arrondissement de Paris. Sa mère et elle occupaient un logement social du quartier de la Goutte-d'Or, à deux pas du boulevard Barbès. Enfant unique, elle n'avait jamais connu son père, tué au cours d'une bagarre deux mois avant sa naissance. Sa mère répétait que la mort de ce « sale bonhomme » n'était une perte pour personne.

Elle se prénommait Louisa, mais on ne l'appelait jamais ainsi. Au début du collège, on l'avait affublée d'un sobriquet qui ne l'avait plus jamais quittée :

« le Petit Chaperon rouge » ou, plus simplement, « Rouge ». Elle avait fini par s'y habituer.

Louisa n'était pas très grande et aimait porter du rouge. Elle s'habillait souvent d'un bas de jogging et d'un sweat à capuche de cette couleur.

C'était trois ans plus tôt que sa tête emmitouflée du tissu écarlate avait inspiré ce surnom, né de la boutade d'une de ses copines :

– Tu ressembles au Petit Chaperon rouge !

***

Le 5 octobre 1984, en milieu de matinée, Louisa entendit la voix de sa mère à travers le casque de son walkman :

– Rouge !

– Quoi ?

– Viens me voir !

Elle se leva de son lit, quitta sa chambre et gagna la cuisine, où sa mère s'affairait à préparer le repas.

– Mamie a appelé. Il faudrait que tu ailles faire ses courses, elle est fatiguée aujourd'hui.

Elle tendit à sa fille un billet de cinquante francs et montra un bout de papier griffonné sur la table :

– Je t'ai fait une liste. Essaie de revenir pour midi.

– D'accord !

Sa grand-mère, âgée de 83 ans, vivait rue Saulnier, dans le 9e arrondissement. De plus en plus souvent, elle éprouvait des difficultés à sortir de chez elle à cause de ses rhumatismes. Son dos la tenaillait et les quatre étages à pied devenaient un supplice.

Enchantée, le Petit Chaperon rouge empocha l'argent et la liste de commissions.

– À tout à l'heure ! lança-t-elle.

Elle descendit les escaliers et déboula dans la rue Polonceau. Elle aimait son quartier et la bonne humeur qui y régnait. C'était une espèce de foire permanente où des gens très différents se mélangeaient. Des Africains, des Français, des Maghrébins. Elle remonta jusqu'au boulevard de la Chapelle, croisa les sempiternels dealers qui proposaient de la drogue aux passants, et fila en direction du sud.

Il lui faudrait une vingtaine de minutes pour arriver chez son aïeule. Deux kilomètres de marche. Le trajet ne la dérangeait pas, elle se plaisait à déambuler dans les rues. Le beau temps sublimait sa joie de prendre l'air et de revoir sa chère mamie, qu'elle adorait.

Rouge s'arrêta à une supérette Félix Potin et observa la liste des courses. Elle arpenta les rayons et remplit un panier en plastique en y déposant les produits. Elle sourit quand elle découvrit les deux dernières lignes : des galettes bretonnes et un petit pot de Nutella. Manger des tartines au dessert en regardant le journal de 13 heures était le péché mignon de sa grand-mère.

Le Petit Chaperon rouge, le dos chargé de son sac contenant les victuailles, parvint au bas de l'immeuble. Elle profita de la sortie d'un résident et pénétra dans le hall, avant de monter au quatrième. Elle possédait un double de la clé, qu'elle fit jouer dans la serrure.

Sitôt la porte ouverte, elle comprit que quelque chose ne tournait pas rond. Tous les objets qui se trouvaient normalement sur le meuble du vestibule étaient éparpillés au sol. La statuette de la Sainte Vierge, décapitée, avait vu sa tête rouler sur le plancher. Le grand vase de porcelaine était brisé en mille morceaux. Même sort pour le cadre argenté supportant la photo de son papy défunt. Plus un seul bibelot n'était en place, comme si on avait tout renversé lors d'une dispute.

Son cœur se mit à tambouriner.

– Mamie ? C'est moi, Rouge.

La tension grimpa quand elle perçut un gémissement provenant du fond de l'appartement. Elle déposa son sac, traversa le salon et marcha jusqu'au couloir. Elle jeta un coup d'œil à la salle de bains. Pas âme qui vive. Même constat dans la cuisine. Il restait la chambre à coucher. Elle actionna la poignée et poussa la porte.

Là, elle découvrit une scène épouvantable. Près du lit, un homme était agenouillé sur la moquette. Il se tenait courbé au-dessus d'une silhouette que Rouge identifia au blanc rutilant de ses cheveux : sa grand-mère, étendue et immobile sur le dos. Il serrait fort ses mains autour de son cou. L'agresseur releva brusquement la tête. Un visage déterminé, féroce, mais marqué par la surprise et la crainte.

Prise de panique, Rouge eut le meilleur réflexe de sa vie. Tandis que l'homme se mettait debout, elle fit volte-face et se précipita vers la sortie. Elle entendit la voix du monstre dans son dos :

– Reviens ! Arrête-toi !

Les pas lourds de l'individu résonnèrent derrière elle. Mais le Petit Chaperon rouge était leste et animée par l'instinct de survie. Elle prit la fuite et plongea dans la cage d'escalier, sans se retourner. Elle dévala les marches à toute vitesse, retrouva la rue et se réfugia dans un PMU, une vingtaine de mètres plus loin.

– Aidez-moi ! cria-t-elle au milieu des clients attablés.

Le patron la fit asseoir. Elle raconta son histoire, essoufflée et désorientée. Les autorités furent alertées et une première voiture de police débarqua peu après rue Saulnier, sirène hurlante.

Rouge pleura à flots en attendant sa mère. L'adolescente réalisa qu'elle avait laissé dans l'appartement son sac à dos avec les galettes au beurre et le petit pot de Nutella.

Sa grand-mère n'aurait plus jamais la chance de les manger.

***

L'homme disparut dans une bouche de métro et se coula dans la première rame. Soucieux, il repensa à cette fille qui avait débarqué sans crier gare. Jusque-là, il n'avait jamais connu pareille mésaventure, mais il en aurait fallu bien plus pour le décourager.

Sa méthode fonctionnait. Il jetait son dévolu sur des femmes âgées pendant qu'elles faisaient leurs courses et les suivait dans la rue. Puis il se ruait dans leur logement en les poussant dans le dos. Il les battait, les attachait, avant de voler leur argent et leurs objets de valeur.

Il avait repéré sa dernière victime plusieurs jours auparavant. La femme n'était pas sortie aujourd'hui, il avait alors décidé d'innover en allant toquer directement chez elle. Il s'était fait passer pour un plombier et sa proie lui avait ouvert sans difficulté.

Il s'appelait Leloup. Thierry Leloup. Mais on parlait toujours de lui en utilisant son nom de famille, si bien que les gens pensaient qu'il s'agissait d'une référence à l'animal : « le Loup ». À première vue, ce surnom lui correspondait mal, lui qui renvoyait l'image d'un jeune homme serviable et amical. Mais il lui seyait à merveille quand venait l'heure d'endosser son costume de prédateur.

Plus tôt dans la journée, le Loup avait agressé une première femme, rue Lepic, au pied de la butte Montmartre. Il lui avait volé ses bijoux après l'avoir frappée et bâillonnée. Avec la vieille de la rue Saulnier, il avait franchi une étape inédite. Il l'avait tuée. Battue et étranglée.

Il n'en retirait aucune satisfaction particulière, à part celle d'être reparti avec les 300 francs que renfermait son porte-monnaie. Il ne ressentait pas de culpabilité ou de remords et n'avait pas peur d'être arrêté par la police. Son casier judiciaire était déjà fourni et il avait connu la prison. Il ne craignait absolument personne.

Martiniquais de naissance, le Loup était arrivé en métropole vers l'âge de douze ans. D'abord à Toulouse, puis à Paris. Aujourd'hui, il vivait dans un hôtel miteux du 9e arrondissement avec son compagnon Jean-Lucien, qui était lui d'origine guyanaise. Les deux hommes s'étaient rencontrés dans un cabaret homosexuel, un an plus tôt.

Figures des nuits gays, toxicomanes, ils flambaient leurs économies en champagne et en coke dans les clubs de la capitale. À force d'excès, les amants fêtards n'avaient plus un sou, tous deux étaient au chômage. Jean-Lucien se prostituait parfois. Thierry, lui, dealait de la drogue et volait des chéquiers. Mais à ses yeux, les « vieilles dames » représentaient à coup sûr la source de revenus la plus prometteuse.

Il palpa les billets et les pièces de monnaie au fond de sa poche. La récolte de la journée. Il eut un sourire satisfait.

Il savait qu'il recommencerait bientôt.

Affamé, le Loup devait se repaître.

***

– Entrez !

Paul Diaz poussa la porte et pénétra dans le bureau du patron de la brigade criminelle. Le chef l'avait convoqué à propos du meurtre barbare de la rue Saulnier, survenu en fin de matinée.

– Vous avez du neuf ? lança-t-il.

Il s'installa dans un fauteuil, face à lui.

– On vient d'auditionner Louisa, la petite-fille de la victime. Elle décrit sommairement le tueur, elle l'a vu à peine une seconde avant de s'enfuir. Elle parle d'un homme de couleur, type antillais ou africain, sans plus de détails. Elle est sous le choc. On lui montre des centaines de photos, mais c'est compliqué.

– L'enquête de voisinage ?

– Dans l'immeuble, personne n'a rien vu ou entendu. On continue d'interroger les commerçants de la rue, c'est négatif pour l'instant. Ça s'annonce difficile, j'en ai bien peur.

Le boss grimaça.

– Pour quand est prévue l'autopsie ?

– Demain matin, mais on est presque sûrs qu'elle est morte étranglée. C'est un vol crapuleux, son porte-monnaie était ouvert sur le lit, vide. Elle vivait seule, sa petite-fille venait lui apporter ses courses. On continue à chercher une correspondance avec les empreintes retrouvées.

– Il a dû réussir à se faire ouvrir la porte. La technique du vol par ruse habituelle, sauf que ça a dû dégénérer.

Le commissaire fit une pause et reprit sèchement :

– Les agressions se multiplient dans le 18e. Ça commence à faire désordre, surtout si ça se termine en massacre. Le préfet vient d'appeler le directeur, il compte sur la PJ pour éclaircir cette affaire. Alors mettez le paquet et montrez-vous à la hauteur de votre surnom.

Au 36, quai des Orfèvres existait cette coutume de donner un « petit nom » aux nouveaux arrivants. Pour Paul Diaz, ça avait été « le Chasseur ». À ses débuts à la Crime, dix ans plus tôt, son investissement pour retrouver le meurtrier d'une fillette lui avait valu ce qualificatif. Artisan principal d'une véritable « chasse à l'homme » dans cette affaire mal embarquée, on avait loué son obstination à identifier le coupable, alors qu'il n'était qu'un novice au sein de la brigade.

– On va faire le maximum, dit le Chasseur.

***

Cette nuit-là, le Petit Chaperon rouge eut beaucoup de mal à s'endormir. Elle pleurait et n'arrivait pas à croire que sa grand-mère était morte. Elle songeait à cet homme qui l'avait assassinée. Si Rouge n'avait pas réussi à fuir, peut-être serait-elle morte, elle aussi.

Vers trois heures du matin, elle fit un cauchemar et se réveilla en hurlant. Elle venait de revivre la scène abjecte.

Sa mère vint à son chevet. Elle aussi avait les yeux humides.

– Sois courageuse, dit-elle.

Rouge redoubla de sanglots :

– J'ai peur.

Sa mère lui caressa les cheveux.

– C'est normal, ma puce. Mais rappelle-toi ce qu'a dit le policier. Il a promis de retrouver ce monstre.

La jeune fille acquiesça. L'inspecteur lui avait assuré que son équipe et lui feraient l'impossible pour résoudre l'affaire, ajoutant qu'on le surnommait « le Chasseur » parce qu'il ne lâchait jamais rien. Elle espérait qu'il tiendrait parole, car imaginer que le bourreau de sa grand-mère se promenait dans la nature l'effrayait.

Et s'il continuait à tuer des dames âgées ?

***

Quatre jours plus tard, le 9 octobre, le Loup repassa à l'action dans le 18e arrondissement. Il suivit une vieille femme jusqu'à son studio et la maîtrisa sans effort. À mesure qu'il étoffait son palmarès, sa routine criminelle se perfectionnait.

Il lui attacha les pieds et les mains, la roua de coups et finit par la tuer en l'étouffant avec un sac en plastique. Désormais, il savait qu'il n'en laisserait plus aucune en vie. Il fouilla le logement et repartit avec une magnifique montre et 500 francs, un butin honnête pour seulement quelques minutes de son temps.

Le Loup et son compagnon dépensèrent l'argent en s'offrant une soirée déjantée. Ils dînèrent au restaurant et poursuivirent dans un bar, puis dans une discothèque select. Ils se droguèrent. Alcool. Cannabis. Cocaïne. Le tueur, l'esprit léger, ne repensait pas à ses victimes. Pour lui, la vie n'était qu'une grande fête, et l'argent dérobé seulement un moyen simple de jouir à tout prix.

Jamais le Loup n'avait aussi bien porté son nom. Il dévorait ses victimes, les unes après les autres.

***

Plus d'un mois s'était écoulé.

Convoqué, le Chasseur prit une volée de bois vert. Le chef de la brigade criminelle ne mâcha pas ses mots :

– Vous devez vous bouger, ça devient ingérable. Six nouveaux meurtres en une semaine, vous vous rendez compte ? J'ai le directeur et le préfet sur le dos en permanence !

À l'écouter, son patron le rendait presque responsable de cette série atroce. Il comprenait son empressement. Après un mois de « pause », les crimes avaient repris de plus belle, toujours dans le même secteur. Entre le 5 et le 12 novembre, on avait assisté à un déferlement d'exécutions sordides, quasi quotidiennes. On déplorait huit meurtres en comptant ceux d'octobre et l'enquête piétinait.

Le flic recula dans son fauteuil, sur la défensive, et dit :

– Le mode opératoire se répète, on a affaire au même homme. Les recoupements avec les traces digitales retrouvées sur les scènes de crime ne donnent rien. Les auditions n'apportent pas grand-chose. Je vais être franc avec vous : on est au point mort. Mais je vous garantis qu'on coincera ce type tôt ou tard.

Les traits du boss se détendirent. Peut-être appréciait-il ce mélange de transparence et d'engagement.

Le Chasseur poursuivit :

– Je crois qu'on a affaire à un camé ou à un dingo. Cette sauvagerie, ça dépasse l'entendement. On active nos tontons dans les squats et les milieux toxicos. On surveille, on interroge, on quadrille les rues du 18e. Nos gars vérifient les hôpitaux psychiatriques et les listes de taulards qui viennent d'être libérés. On est à fond.

L'autre approuva d'un geste du menton.

– Vous avez jeté un coup d'œil à la presse ?

L'inspecteur fit non de la tête. Il savait que les journalistes couvraient les meurtres, mais, la tête dans le guidon, il n'avait pas mesuré l'ampleur de l'écho médiatique. Son patron attrapa un exemplaire de *France Soir* et le déplia face à lui :

– Regardez. C'est en première page.

Il lut mentalement les grosses lettres noires :

« LE TUEUR DE VIEILLES DAMES TERRORISE PARIS »

Le chef reprit, l'air consterné :

– Depuis que les journaux remuent la merde, c'est la psychose. Les petites vieilles ont peur et on ne parle que du tueur, en permanence. Ça grimace au plus haut niveau. Beaucoup plus haut que le préfet et le ministre, si vous voyez ce que je veux dire.

– Je vois très bien.

– Écoutez. Je vous renouvelle ma confiance, mais il faut que vous montiez en puissance. Vous savez bien que dès qu'une affaire devient médiatique, elle devient politique. La tension est déjà énorme et la situation va empirer si ça continue. Vous comprenez ?

Le Chasseur connaissait la musique. Le pouvoir exécutif suivait ce genre d'affaire d'un œil attentif. Le ministre de l'Intérieur réclamait des comptes au préfet, lequel sermonnait le directeur du 36. À son tour, il mettait la pression au chef de la brigade criminelle, qui la répercutait à ses enquêteurs. Un jeu de ricochet, du sommet à la base de la pyramide. Ses supérieurs hiérarchiques jouaient leur avancement, voire leur carrière, sur des dossiers sensibles comme celui-ci.

– Je comprends, dit-il.

– Bien. Le directeur va annoncer la mise en place d'un dispositif exceptionnel dans le 18e avec renfort des CRS. Il mobilise aussi des compagnies de district et des brigades d'îlotiers. On va communiquer dans la presse et sur les chaînes de télé. L'idée, c'est de rassurer les habitants et d'aller vite. Vous, je veux que vous me rendiez compte de vos investigations deux fois par jour.

– Ce sera fait, dit le Chasseur.

– Parfait. Remuez-vous !

***

De toute sa vie, le Petit Chaperon rouge n'avait jamais croisé autant de policiers. Partout dans le quartier, elle voyait des dizaines d'hommes en uniforme. Des fourgons, des voitures, des motos de police défilaient. Elle se sentait rassurée, sans pour autant réussir à oublier l'image de sa grand-mère étranglée par le monstre. Depuis, il y avait eu plusieurs autres assassinats. Toujours ce même scénario abominable. La presse racontait qu'en plus d'être battue, l'une des vieilles dames avait été forcée de boire de la soude caustique.

Sa mère vint la voir dans sa chambre :

– Ce soir, on va à la mairie.

– Pour quoi faire ?

– Le maire invite les habitants pour parler de ce qui se passe. Je veux qu'on aille écouter ce qu'il a à dire. Il fera peut-être des annonces importantes.

Et ça te fera du bien de sortir, même si je sais que c'est difficile de toujours entendre parler de ça.

– D'accord.

Le moment venu, deux mille personnes se réunirent dans la grande salle de la mairie d'arrondissement. Rouge ressentit vite la panique de tous ces gens. Le maire et ses invités s'exprimèrent au pupitre, mais ça ne sembla pas calmer l'assemblée. De nombreuses protestations se firent entendre : « ON A PEUR ! », « FAITES QUELQUE CHOSE POUR NOUS ! », « QUE FAIT LA POLICE ? ». Le meurtrier répandait l'effroi.

Quelques jours plus tard, c'est le député de la circonscription qui vint au contact du public. Lui non plus ne réussit pas à apaiser la colère et la crainte des résidents du quartier. Sa mère put échanger quelques mots avec l'élu, mais elle comprit rapidement qu'il n'était venu que pour se montrer et communiquer.

À la fin novembre, le Petit Chaperon rouge demanda à sa mère de téléphoner au Chasseur. L'inspecteur avait promis d'être à leur écoute si jamais elles ressentaient le besoin de parler. Quand sa mère eut fini de s'entretenir avec lui, elle tendit le combiné à Rouge :

– Comment vas-tu ? commença-t-il.

– Ça peut aller, j'ai juste un peu peur.

– C'est normal, mais on travaille dur pour que ces horreurs s'arrêtent. Je te promets qu'on y arrivera.

Le Petit Chaperon rouge raccrocha peu après, soulagée d'avoir pu discuter avec le Chasseur. Elle le voyait comme un ange gardien, une espèce de sauveur auquel se raccrocher. Il semblait complètement investi dans son enquête et elle croyait fort en sa réussite.

Mais quand retrouverait-il le « tueur de vieilles dames » ?

***

Fuir Paris. Se mettre au vert.

Le Loup voulait déserter cette capitale en fusion où tous les flics le cherchaient. Le ministre de l'Intérieur s'était exprimé au journal de 20 heures d'Antenne 2. Il assurait que la police neutraliserait « l'ennemi public numéro 1 ». La presse, imaginative, lui avait trouvé un second surnom : « le monstre de Montmartre ».

Lui et Jean-Lucien abandonnèrent leur petite chambre d'hôtel et allèrent s'établir dans le sud-ouest. Ils partirent ensemble car son acolyte était lui aussi compromis, le Loup l'ayant fatalement entraîné dans sa spirale meurtrière. Ils avaient tué plusieurs fois en duo. Son amant se montrait même beaucoup plus violent que lui. Il avait obligé une vieille femme à avaler de l'acide pour la faire parler.

À Toulouse, le père du Loup les hébergea. Au début, tout se passa sans heurt. Il les accueillit avec bienveillance, mais la situation se dégrada au fil de l'année 1985. Leur vie de débauche, leurs habitudes de noctambules toxicomanes et surtout leur homosexualité assumée eurent raison de la cohabitation. Le paternel lâcha cette phrase :

– Les deux pédés chez moi, c'est fini !

En plus d'avoir subi le racisme une bonne partie de sa vie, le jeune Antillais voyait son propre père pointer du doigt ses préférences amoureuses. Il en resta profondément meurtri.

L'incident et les tensions fragilisèrent le couple et la rupture devint inévitable. Jean-Lucien mit les voiles et le quitta. Le Loup, qui rêvait de gloire et de paillettes, espérait percer dans le monde du spectacle. Il créa une entreprise de transformisme et monta des numéros de cabaret. Ce fut un échec, même si on lui reconnut un certain talent artistique.

Seul, fauché, il décida de changer d'air.

Et retourna vivre à Paris.

***

Décembre 1985.

Le Chasseur observa les volumineux dossiers qui encombraient son bureau : de nouvelles affaires en pagaille. La brigade ne craignait pas le chômage. Il récupéra dans son casier la synthèse des événements du jour et la parcourut en silence.

Un paragraphe attira son attention. On avait tué une femme de 91 ans chez elle, dans le 14e. L'agresseur avait volé son argent et ses bijoux avant de l'abandonner, morte étranglée, sur le carrelage de sa cuisine. Même si le secteur changeait, les faits se superposaient à la perfection au mode opératoire des crimes de 1984.

Le cauchemar se réactivait.

Pourtant, les mois passant, la tension était retombée. Paris avait peu à peu oublié la série macabre du « monstre de Montmartre ». Les gens, au fond, oublient vite : une nouvelle actualité en chasse toujours une plus ancienne, aussi extraordinaire soit-elle.

L'enquête était bien entendu restée ouverte et l'inspecteur n'avait pas perdu l'espoir de parvenir à ses fins. Mais pour l'heure, il n'avait d'autre choix que de reconnaître son échec. Désormais, plusieurs groupes du 36 travaillaient sur ces meurtres, il n'était plus seul maître à bord. D'une certaine façon, avec ce dossier brûlant qui patinait, le Chasseur perdait un peu de sa superbe.

Début janvier 1986, tandis qu'il se reposait chez lui, en congés, il reçut l'appel d'un enquêteur :

– On en est sûrs maintenant, il est revenu. On a deux nouveaux crimes dans le 14e. Avec celui du mois de décembre, ça nous en fait trois dans le même petit périmètre. Les victimes sont toutes des femmes âgées, tuées et dépouillées chez elles.

– Mon Dieu, dit le Chasseur.

Jusque-là, ils avaient fait l'impossible pour tenter de le coincer. Des milliers de vérifications. Des interpellations par centaines dans les milieux les plus glauques de Paris. Des recoupements, des auditions à n'en plus finir, pendant des mois. Sans aucun résultat.

Et le tueur sévissait à nouveau.

– J'arrive, dit-il.

Il redoubla d'efforts. Il demanda à ses hommes de passer plus que jamais à l'offensive. Deux jours plus tard, une avancée intervint mais elle ne fit que confirmer leur intuition. Les services de l'Identité judiciaire l'en informèrent par téléphone :

– On a relevé sur les nouvelles scènes de crime des traces papillaires identiques à celles de 1984. C'est le même homme.

La pression hiérarchique s'intensifia. Les remontées de bretelles dans les bureaux des chefs repartirent de plus belle, car tout le cirque de l'année précédente se reconstituait à l'identique. Les médias faisaient monter la sauce, tandis que les politiciens de tous bords gesticulaient et excitaient les foules.

La peur panique gagna à nouveau Paris.

***

Le Petit Chaperon rouge lisait les journaux, attablée à la terrasse d'un café. Sa revue de presse quotidienne était devenue un rituel. Un article de *Libération* revenait sur les nouveaux meurtres. Si la journaliste n'affirmait pas avec certitude qu'il s'agissait du même criminel, on comprenait qu'il n'y avait guère de doutes.

Au fil du temps, Rouge avait fait le deuil de sa grand-mère. Ses craintes, vives au début, s'estompaient à mesure que la vie reprenait son cours. Aujourd'hui, d'autres sentiments l'animaient : c'était l'enquête qui l'intéressait. Un besoin vital de vérité et de justice. Elle connaissait les dossiers par cœur, collectionnait dans des albums les coupures de presse, écoutait les émissions de radio qui en parlaient…

Elle téléphonait régulièrement au Chasseur. L'inspecteur continuait d'affirmer que malgré les difficultés, il ne renoncerait pas, contre vents et marées. Au fil de leurs appels, Rouge et lui avaient développé une forme de complicité. L'homme du 36 l'avait épaulée, réconfortée, conseillée pour traverser cette épreuve.

Elle avait failli abandonner le lycée, au grand dam de sa mère qui ne savait plus quoi faire pour la maintenir à flot. Le policier, dépassant le cadre de ses attributions, avait trouvé les mots pour raviver la flamme et la remettre sur les rails. Ils avaient même pris un verre ensemble dans une brasserie, sur l'île de la Cité.

Elle s'en voulait de ne pas mieux se rappeler le visage de l'assassin. Son témoignage aurait pu être crucial, sachant qu'elle demeurait la seule personne à l'avoir aperçu. Mais un black-out persistant et quasi total annihilait ses souvenirs. Le peu d'informations fournies n'avaient pas suffi à établir un portrait-robot.

Pourtant, elle savait que les traits du tueur étaient gravés quelque part sous son crâne. Il lui fallait lever le blocage, trouver les ressources nécessaires à la libération de sa mémoire.

Rouge se sentait forte et déterminée.

Elle pouvait reconnaître le monstre.

***

Le Loup n'avait pas perdu de temps.

Sitôt son territoire parisien réinvesti, il était repassé à l'action avec succès. Ses dernières victimes possédaient chéquiers et cartes bancaires qu'il utilisait pour financer sa vie de patachon. Personne ne l'avait oublié dans les night-clubs et les bars chics, il y fréquentait même quelques célébrités.

Le deal de cocaïne complétait ses revenus et se révéla précieux, car tuer pour de l'argent devint rapidement inenvisageable. Tous les flics de Paris semblaient à sa recherche. Ils étaient venus rafler une quinzaine de fêtards dans une boîte gay de Pigalle. Le Loup y avait échappé par miracle. La police avait relevé leurs empreintes digitales pour les comparer à d'autres, ce qui signifiait que lui-même avait laissé les siennes chez l'une des vieilles.

Il remit le couvert en juin 1986, ne pouvant s'en empêcher. Son crime fut largement couvert par la presse. Mais la suite des événements allait le mettre à l'abri pour un bout de temps. À Alfortville, après une embrouille pour une histoire de cocaïne frelatée, le Loup tabassa un dealer à coups de batte de base-ball. L'agression fut si violente que la victime, amochée, alerta les services de police. Jugé, Thierry Leloup écopa d'un an et demi d'emprisonnement.

Le tueur apprendrait plus tard que ce hasard géographique lui avait sauvé la mise. Ses empreintes, prélevées pour l'occasion, n'avaient pas été comparées à celles dont disposait le 36, car Paris et la petite couronne ne disposaient pas encore d'une base de données commune.

Ainsi, le Loup fut incarcéré à la prison de Fresnes.

Et la capitale put connaître une parenthèse de répit.

***

Depuis des mois, silence radio.

Le Chasseur constatait une nouvelle mise en sommeil du tueur, qui avait frappé la dernière fois en août 1986. Le déploiement de moyens policiers n'avait abouti à rien. Ils avaient vérifié près de 150 000 profils d'empreintes sans dénicher la moindre correspondance. Ses enquêteurs s'étaient découragés, mais pas lui. Il irait au bout de ses recherches. Il le devait à Rouge.

La jeune fille l'appelait une fois par mois pour discuter et évoquer l'enquête. Il ne pouvait lui cacher qu'elle s'enlisait. La lycéenne gardait la foi et s'intéressait aux investigations comme une vraie professionnelle. Il s'en étonnait. Elle connaissait les meurtres, accumulait des informations glanées de-ci de-là. Elle vivait l'enquête avec autant d'intensité que lui et n'attendait qu'une chose : que le Chasseur triomphe dans une traque qui durait maintenant depuis trois ans.

Nous étions à la fin de l'été 1987.

C'est aussi à cette période que le Loup fut libéré.

***

Thierry Leloup croquait la vie, plus que jamais.

Après sa sortie de détention, il n'était plus question de perdre une seconde. Contaminé par le virus du SIDA, comme moult de ses amis et partenaires sexuels, il se savait condamné. Il fallait en profiter, continuer à jouir et à danser avant l'apocalypse.

Il dépensait sans compter, laissant des pourboires toujours plus généreux, écumant les clubs du quartier des Halles. Le Loup soignait son image et avait peaufiné son apparence : il portait une boucle d'oreille et s'était teint les cheveux en blond. Un vrai look de star de la nuit, qu'on reconnaissait de loin dans le Paris by night.

Il multipliait les amants, buvait et sniffait de la poudre comme un affamé. Plusieurs de ses compagnons de fête moururent du SIDA les uns après les autres. Ses petits trafics et ses économies lui permettaient encore de mener cette existence dispendieuse, mais il lui fallait plus, beaucoup plus, pour continuer à ce rythme.

Fin novembre 87, il commit trois nouveaux meurtres.

***

La série noire avait repris.

Le Chasseur enrageait de voir ces pauvres femmes tomber comme des mouches. Un insupportable sentiment d'impuissance le torturait, jour et nuit. Il n'en dormait plus. Le tueur massacrait, disparaissait, puis revenait aux affaires. Un cycle infernal, continuel.

Plusieurs groupes de la Crime enquêtaient à temps plein, le directeur ayant décrété que le « tueur de vieilles dames » redevenait l'objectif prioritaire. On mutualisait les moyens, on laissait les dossiers secondaires en suspens. Le parquet avait décidé de saisir en parallèle d'autres services de la PJ, dont la BRB – brigade de répression du banditisme – qu'il chargea des crimes les plus récents, histoire de poser un œil neuf sur l'affaire.

Un matin, le bout du tunnel se profila. L'inspecteur, assis à son poste sous le toit mansardé du 36, parcourait des procès-verbaux en cherchant ce qui aurait pu lui échapper, quand son téléphone sonna. Au bout du fil, la voix du chef de la BRB :

– J'ai peut-être quelque chose, dit-il.

Le Chasseur eut un frisson.

– Je t'écoute.

– Mes gars ont répertorié tous les vols avec violences – mais sans homicide – commis dernièrement dans les arrondissements qui nous intéressent. Il y en a eu plusieurs. On a réentendu toutes les victimes et un signalement revient régulièrement.

Le policier se souvenait des éléments communiqués par Rouge à l'époque de la mort de sa grand-mère :

– Un Noir ou un Antillais ?

– Exactement. Type africain, maghrébin ou antillais avec un signe distinctif : il a les cheveux décolorés. Et deux de mes hommes ont repéré un individu correspondant à ça près du domicile de la victime du 27 novembre.

– Ils l'ont contrôlé ?

Le commissaire divisionnaire soupira :

– Non, malheureusement. Ils avaient remarqué ce mec un peu louche qui tournait dans le secteur, mais ils l'ont perdu de vue. C'est une piste sérieuse. J'ai transmis un télex avec ces éléments, je vais aussi faire porter en urgence par motard le signalement à tous les commissariats de Paris. C'est une demande du directeur.

Après ce coup de fil, le Chasseur était convaincu que l'homme aux cheveux clairs était le tueur. Le patron de la PJ convoqua les chefs de service et organisa un important dispositif de recherches. Les effectifs engagés, munis du descriptif, allaient scruter les visages un à un, rue après rue, en espérant localiser le métis.

Peu après, l'inspecteur téléphona au Petit Chaperon rouge. Il resta succinct pour ne pas trahir le secret de l'enquête, mais lui révéla qu'ils avaient un homme dans le viseur.

– Tu voudrais participer aux recherches ? demanda-t-il.

Il était courant de patrouiller avec un témoin à ses côtés si celui-ci pouvait reconnaître un suspect. Peut-être Rouge aurait-elle un déclic en apercevant un Black au crâne décoloré. Après qu'il eut précisé son projet, elle n'hésita pas un instant :

– Oui, je vais le faire, dit-elle.

***

Le samedi 28 novembre, au lendemain de son dernier meurtre, le Loup fêta son vingt-quatrième anniversaire dans un restaurant, le Tourtour, près des Halles. Il privatisa les lieux et invita près de cinquante personnes. Ce fut une nuit de joie et d'excès, mémorable, financée par l'argent des vieilles dames. Entouré de ses amis proches, et même de son avocat, il choya l'assistance sans retenue, se mettant en scène comme le roi de la soirée.

Le lendemain, il remit ça au Minou Tango, à Pigalle, avec encore des dizaines de convives. Le lundi soir, rebelote au New Copa, une boîte afro à la mode. Le Loup pulvérisa ses records de dépenses en offrant mets, verres et bouteilles en mode illimité. Le tueur se lâchait. La grande fête ne s'arrêtait plus. Peut-être, inconsciemment, sentait-il qu'il profitait là de ses dernières heures de liberté.

Le chant du cygne.

Le mardi matin, encore barbouillé après ses abus de substances de la nuit, le Loup se promenait dans le quartier de la porte Saint-Denis. Soudain, il perçut une voix derrière lui :

– Monsieur ?

Il se retourna, pour découvrir un petit homme d'une cinquantaine d'années, vêtu d'un costume gris. Le Loup répondit :

– Oui ?

L'autre lui sourit :

– Bonjour. Police nationale. Vous avez vos papiers ?

***

Le Petit Chaperon rouge et le Chasseur patrouillaient. Depuis deux jours, en tandem, ils sillonnaient les rues et étudiaient les profils de tous les hommes qu'ils croisaient. Aucun ne correspondait au double critère « individu de type antillais aux cheveux décolorés ».

Rouge, plus motivée que jamais, dit :

– Si on le voit, je le reconnaîtrai.

Elle en était persuadée. À mesure que le temps passait, elle sentait que ses souvenirs, enfouis par la force du traumatisme, tentaient d'affleurer à la surface de sa conscience.

– On va le coincer, je le sens, dit le Chasseur.

Vers midi, ils regagnèrent le 36. C'est en croisant le chef de la Crime dans un couloir qu'ils apprirent la nouvelle. L'homme, un sourire victorieux sur les lèvres, annonça :

– Vous pouvez arrêter de chercher. Il a été serré.

Rouge et le Chasseur restèrent un instant abasourdis.

– On en est sûrs ? demanda l'inspecteur.

– Certains. Les gars de la BRB viennent de vérifier ses empreintes. C'est lui. Il s'appelle Thierry Leloup, surnommé « le Loup », comme l'animal, d'après ce qu'il nous a dit.

Traversé par mille émotions, le Chasseur resta silencieux.

À ses côtés, le Petit Chaperon rouge se mit à pleurer.

***

Le Loup fut transféré de la BRB à la brigade criminelle.

Le Chasseur en apprit plus sur son interpellation : un commissaire de police du 10e marchait pour rejoindre ses locaux quand il avait aperçu un homme correspondant au signalement.

Après un contrôle d'identité, le Loup avait accepté de le suivre pour une vérification plus poussée, convaincu qu'on lui reprochait une simple affaire de stupéfiants. Il en allait tout autrement. Après comparaison de ses empreintes, le piège s'était refermé et on avait placé en garde à vue le monstre de Montmartre.

À présent entre les mains de la Crime, le Loup allait être interrogé par le Chasseur lui-même. L'enquêteur attendait ce face-à-face depuis longtemps. Il alla chercher le Martiniquais dans sa cellule et monta avec lui dans son bureau, sous les toits. Sans menottes. L'objectif était de le faire parler, pas de le bloquer ou de le juger avant l'heure. C'était l'usage à la brigade criminelle.

Après deux premières auditions à blanc, qui virent le Loup nier les faits et répéter qu'il ne se souvenait de rien, le Chasseur le poussa dans ses retranchements. Il sortit d'un tiroir le récipient de soude caustique, du Destop, qu'on avait administré à l'une des victimes. Le déboucheur chimique lui avait attaqué la bouche, la gorge et l'œsophage. Il lui plaça la bouteille sous le nez, furax, et cria :

– ET ÇA, TU T'EN RAPPELLES PAS ?

Le Loup répliqua du tac au tac, sans réfléchir :

– AH NON, ÇA C'EST PAS MOI, C'EST JEAN-LUCIEN !

Ainsi, le suspect commença à reconnaître les faits et dénonça son complice par la même occasion.

– Oui, j'ai tué des femmes, dit-il.

Durant ses deux jours de rétention dans les locaux de la Crime, le Loup finit par tout avouer. Les meurtres étaient si nombreux qu'il les confondait entre eux et se mélangeait les pinceaux. Le plus effrayant fut son détachement total. Pas une once de compassion, de remords ou de culpabilité. L'inspecteur avait face à lui un authentique psychopathe, chez qui l'empathie n'existait pas et n'existerait jamais. Pour le monstre, la vie des vieilles dames n'avait aucune valeur.

Malgré tout, et cela n'étonnait en rien le Chasseur, le Loup donnait l'air d'un homme sympathique et affable, le genre de gars avec qui on aurait pu aller prendre un verre pour papoter. C'était la règle, de tous temps : ce genre de pervers ressemblait à « monsieur tout le monde » et pouvait paraître à première vue parfaitement inoffensif. L'envers du décor se révélait bien différent.

Jean-Lucien fut arrêté chez lui, à Paris, dans la foulée. Les deux hommes, confrontés, ne se parlèrent pas et tentèrent de faire endosser à l'autre les actes les plus cruels.

Pour la forme, Rouge fut conviée à un « tapissage ». Derrière une glace sans tain, il lui fallait identifier l'homme qu'elle avait vu en train d'étrangler sa grand-mère. Elle observa les cinq hommes alignés. Ils avaient des physiques proches, tous jeunes à la peau mate.

La scène du meurtre lui revint alors brutalement en mémoire. Elle put confondre sans peine celui du milieu, malgré ses cheveux décolorés et son visage plus marqué que trois ans auparavant.

– C’est le troisième, dit-elle.
– Tu en es sûre ? demanda le Chasseur.
– Oui, certaine. C’est lui qui a tué ma grand-mère.

***

Les deux tueurs furent déférés au parquet et incarcérés. Pendant sa détention, le Loup fut fier d’être devenu une célébrité. Il achetait la presse et compilait les articles qui le concernaient. Il veillait aussi à son image et s’habillait avec élégance, lui qui avait eu l’autorisation de conserver ses costumes de soirée. Il était désormais une sorte de star, pas comme il l’avait espéré, mais une star quand même.

Son état de santé se dégrada. Le SIDA accomplissait son œuvre macabre. Le Loup fut frappé coup sur coup par la tuberculose et une méningite. Affaibli et paralysé, il mourut le 16 avril 1989 à l’hôpital des prisons de Fresnes, à 26 ans. Présumé innocent, il demeurerait à jamais le suspect principal de dix-huit meurtres.

Jean-Lucien, condamné en 1991 pour neuf d’entre eux, écopa de la réclusion criminelle à perpétuité assortie d’une période de sûreté de dix-huit ans. Il retrouva la liberté en 2009.

***

Paul Diaz dit « le Chasseur », grand fumeur devant l’Éternel, mourut prématurément d’un cancer en

1995 à l'âge de 48 ans. De très nombreux policiers se rendirent à ses funérailles, au Père Lachaise. Rouge y assista et pleura beaucoup, comme si c'était son père. Jusqu'à sa mort, elle ne rompit jamais le contact avec ce flic passionné et humain, célibataire endurci, qui avait consacré son existence au crime et l'avait tant soutenue quand elle en avait eu besoin.

Le Petit Chaperon rouge aspira à suivre sa voie, pour neutraliser les Loups et protéger les Grand-mères. Plus tard, mariée et mère de famille, elle vécut dans un appartement au cœur de Paris et prit soin de son foyer avec amour, malgré son travail ardu et chronophage. Car, chasseresse de son état, elle consacra le plus clair de son temps à une autre adresse, célèbre, devenue sa seconde maison.

Le 36, quai des Orfèvres.

Les trois petits porcs

LUDOVIC MISEROLE

Perdue au milieu d'un ciel de coton démuni d'étoiles, une lune pleine peinait à éclairer cette nuit morne et silencieuse dans laquelle était drapée la capitale britannique. Non loin de la Tamise, des talons aiguilles battaient d'un rythme soutenu les pavés séculaires du quartier de South Kensington.

L'œil rivé sur l'écran de son téléphone, une jeune femme longiligne se mit soudain à sourire, laissant entrevoir une dentition d'un blanc éclatant. De son autre main gantée de pourpre, elle replaça avec délicatesse une mèche rousse venue se perdre entre ses lèvres rouge pompier. Un bref message sur la toile avant de ranger son portable dans un petit sac à main suspendu à son épaule par une chaîne à gros maillons d'argent.

Dans cette Londres toujours endormie, la créature fendit la nuit, enveloppée dans un trench-coat de fourrure sombre à gros boutons. La ceinture nouée sur le devant soulignait davantage encore l'étroitesse de sa taille. Ses hanches balançaient avec une grâce quasi féline et insufflaient à sa courte jupe de soie noire de légères ondulations qui découvraient un peu plus à chaque pas d'interminables jambes voilées de résille.

Un deux tons vint subitement briser la quiétude de cette fin de nuit.

– Pourquoi ce fut si long ? murmura la créature, tempêtant contre une asphyxie trop longue à venir.

Les voisins de Mr Straw[5] avaient certainement dû alerter les secours. La demoiselle ne s'en étonna guère. Le gros porc avait gémi si fort tout à l'heure qu'il aurait pu réveiller la ville entière si Mrs Wolf[6], dénuée pourtant de la moindre compassion, n'avait abrégé ses souffrances d'une profonde entaille dans ce goitre débordant d'un col immaculé. Cet amas de chairs molles la narguait. La tentation avait été trop forte et son salut en dépendait, après tout. Pourtant, Dieu que ce geste lui coûta ! Elle aurait tellement préféré prendre son temps, s'abreuver de la terreur que lui renverraient ses yeux globuleux injectés de sang à mesure que l'air lui manquait. Cette même peur dont il s'était délecté un an plus tôt, tandis qu'elle les suppliait, lui et ses demi-frères, de la laisser partir. Straw fut le premier vers qui elle adressa ses déchirantes adjurations. Il paraissait le plus enclin à venir à son secours, à se ranger de son côté et intercéder auprès de ses pourceaux de frères.

---

5. *Straw* signifie *paille* en anglais.

6. *Wolf* veut dire *loup* en anglais.

Contre toute attente, il ne fit rien. Il se contenta de la maintenir avec Woody[7], tandis que Brick[8] la violentait avec fureur.

Un an ! Le temps nécessaire pour se reconstruire et élaborer la destruction, la démolition, l'anéantissement total de ses tortionnaires. Une disparition nécessaire au parachèvement d'une laborieuse résilience.

La chose était entendue : de leur mort dépendait sa survie. Et quel plus beau moment pour renaître que l'anniversaire de la nuit où elle faillit mourir ? Dans deux heures tout au plus, l'implacable louve se ferait phénix, survolant dans un tour d'honneur les dépouilles encore tièdes de ceux l'ayant brisée, avant de s'élever vers des cieux plus cléments.

Kingsley Mews était déjà loin. Oubliées les sinistres remises d'antan des luxueuses propriétés de Cornwall Gardens. Ces dépôts, jadis repoussants, étaient devenus depuis de charmantes et coquettes petites maisons hors de prix. Dans l'une d'entre elles gisait maintenant le cadavre encore chaud du premier des trois frères.

Mrs Wolf pénétra dans McLeod's Mews où vivait le second membre de cette odieuse fratrie. Elle observa scrupuleusement la ruelle. Tout le monde semblait dormir à poings fermés. Tout le monde,

---

7. Woody, prénom anglo-saxon diminutif de Woodrow. *Wood* signifie également *bois*.

8. Brick est lui aussi un prénom anglo-saxon apparemment d'origine celte. *Brick* signifie en outre *brique*.

excepté Woody qui l'attendait. Elle pouvait voir la lumière bleutée de la télévision illuminer une pièce du rez-de-chaussée.

– Rien de tel qu'une vengeance un jour de semaine, murmura-t-elle dans un sourire carnassier.

Elle ouvrit le sac à main et prépara avec minutie sa prochaine bourrasque assassine. Puis, d'un pas décidé, elle se dirigea vers la porte blanche cernée de deux fenêtres basses aux rideaux tirés. Comme convenu sur le site de rencontres, sa main s'empara du battant du heurtoir et signala sa présence par deux cycles de trois petits coups successifs. L'attente ne fut pas longue avant qu'elle n'entende des pas, de l'autre côté, arriver vers elle. L'huis s'ouvrit alors sur un homme de petite taille, engoncé dans un costume trois pièces de laine brune. Sur le gilet scintillait une montre à gousset en argent.

– Drusilla ?

– Elle-même, se contenta-t-elle de répondre d'une voix grave et basse que n'aurait pas reniée une célèbre muse de Dali. Puis-je entrer ?

Les nuages se déchirèrent au-dessus de la ville. Une lune pleine, cernée de milliers de diamants, enveloppa la ruelle d'un halo froid.

Étonnamment, la réponse se fit attendre.

– Woody ?

Le pourceau ne cessait de la dévisager. Quelque chose le dérangeait. Ses sourcils se froncèrent légèrement. Le sursitaire semblait parcourir les boyaux tortueux d'une mémoire apparemment défaillante.

– Nous sommes-nous déjà rencontrés ? demanda-t-il.

– Peut-être, peut-être pas. Je n'ai pas la mémoire des visages, dit-elle dans un sourire mutin.

Peu habituée à faire ainsi le pied de grue, elle jeta un regard à la fois inquiet et impatient alentour. La jeune femme craignait de se faire repérer. Terminer en prison n'était pas dans ses projets.

– Puis-je entrer ? Réaliser toutes les choses que vous avez décrites sur Tinder, ici, sur le seuil de votre jolie maison n'est pas pour me déranger, mais je ne pense pas que vos voisins voient cela d'un très bon œil, surtout si les enfants s'agglutinent aux fenêtres.

Mrs Wolf s'inquiéta. Était-il possible que le gros Woody l'eût reconnue ? La chose semblait pourtant improbable. Leur première et unique rencontre avant ce soir avait eu lieu lors de cette interminable nuit, dans cette boîte ou plutôt ce club très privé où elle fut conviée par un carton anonyme. Toutes les filles parlaient de cet endroit, Le Chaudron. Y accéder était considéré comme un privilège, l'honneur suprême. Nombre de filles qui eurent la chance d'en franchir le seuil bénéficièrent, par la suite, d'une ascension sociale fulgurante attisant jalousie et convoitise. Toutes les laissées-pour-compte ne rêvaient que d'une chose : y entrer en laissant derrière elles cette vie insipide qui leur était promise ! Le Chaudron leur offrait cette opportunité et les possibilités d'y accéder, bien que rares, étaient plus grandes que de réussir ces castings de téléréalité dont raffolaient les autres filles. Des bimbos décérébrées ou trop fades pour nourrir d'autre ambition que celle de passer à moitié nue à la télévision, paradant en deux pièces dans une villa parmi des bodybuildés tatoués.

– Finalement non. Je ne préfère pas.

Arrachée à ses pensées dénuées de nostalgie, Drusilla s'étonna.

– Je ne comprends pas. Tu semblais très impatient de me rencontrer. Tes messages, chaque soir de cette semaine, ne laissaient guère planer le moindre doute là-dessus. Qu'est-ce qui ne va pas ? demanda-t-elle en replaçant de manière aguicheuse cette mèche de perruque avec laquelle elle aimait tant jouer.

Visiblement mal à l'aise, Woody se mit à transpirer à grosses gouttes derrière ses lunettes rondes en écaille. Le battement de ses paupières se fit soudain plus rapide, son souffle plus court. Pour la jeune femme en manteau de fourrure, il était clair que tout se mettait en place dans l'esprit lubrique de sa prochaine victime. Les frangins étaient bien plus perspicaces que prévu. Trois fils à maman qu'une mère, à bout de patience devant les multiples sorties nocturnes de sa progéniture, avait fini par mettre à la porte il y a un peu plus d'une année.

– Comment tu m'as retrouvé ? parvint-il à demander, la voix tremblante.

Contre toute attente, la prédatrice esquissa un sourire et expira sa réponse dans une exhalaison chaude et mentholée.

– À défaut d'avoir votre adresse à tous les trois, je savais sur quel genre d'application vous trouver. Porc un jour, porc toujours, n'est-ce pas ? Laisse-moi entrer, Woody. Nous avons tant à nous dire. Tu ne veux pas savoir ce qui m'est arrivé après que vous vous êtes défoulés sur moi pendant ces deux interminables heures ?

Le bonhomme tenta de refermer la porte, mais celle-ci résista. Il baissa les yeux et en vit la raison : le pied de la créature faisait barrage.

Soudain, une légère brise suivie d'un sifflement.

Paralysé, le corps de Woody ne répondait plus. Même ses cordes vocales étaient incapables d'émettre le moindre son. L'homme se mit à trembler. Il crut d'abord que la peur était responsable de cette passivité qui risquait de lui être fatale. Woody avait beau lutter, cette vengeance fomentée par un fantôme le réduisait pourtant à n'être que le spectateur impuissant de sa propre fin. C'est alors que son regard surprit la louve ranger dans son sac une espèce de cylindre.

– Le souffle de la mort, mon chéri. En galibi, on appelle ce que je viens de t'injecter *Urari*, la mort qui tue tout bas. Le dark web fourmille de choses incroyables, n'est-ce pas ?

Adossé au chambranle, Woody ne pouvait lui répondre. Les muscles de son visage lui désobéissaient l'un après l'autre. Il aurait tant voulu parler, mais en fut incapable. Le mourant brûlait d'envie d'insulter cette salope, mais le fiel demeurait bloqué au fond de sa gorge devenue paresseuse, ne parvenant plus à déglutir la salive qui lui coulait de la bouche.

Il aurait voulu prendre une grande bouffée d'oxygène, mais en fut incapable.

Woody étouffait.

La femme n'en perdit pas une miette et se délecta de cette sublime agonie. Enfin elle lisait dans les yeux de Woody cette même terreur qu'elle avait ressentie il y a un an ! Comme un poignard de glace planté dans le cœur. Une terreur oppressante pour laquelle ce porc et ses frères n'avaient pas montré alors la moindre compassion.

Si la dose de Straw ne devait pas être suffisamment forte, cette fois le curare produisait bel et bien l'effet escompté.

– Tu savais qu'aux États-Unis, l'injection létale contient entre autres choses du bromure de pancuronium, un membre de la grande famille des curares ? Mais nous ne sommes pas au pays de l'Oncle Sam, mon chéri. Ici, au pays de ma vengeance, ni tribunal, ni même de prison, mais une sentence qui ne souffre aucun aménagement ou remise de peine. Moi, Jeanne Wolf, je te condamne à mort, Dirty Woody. Ta mort sera silencieuse comme ma honte.

Non, elle n'avait mis personne au courant après le viol. Pas même ses parents, qui l'avaient laissée en Angleterre afin qu'elle y poursuive des études d'art dramatique auxquelles ils ne comprenaient rien, mais pour lesquelles ils étaient prêts à payer une petite fortune dans le but d'avoir la paix. Depuis deux ans, le couple franco-britannique était installé en Dordogne où la mère de Jeanne avait toute sa famille. Les accès de colère de leur fille, ses changements d'humeur n'avaient pas été pris pour ce qu'ils étaient : des appels au secours. Des petits cons la harcelaient à l'école, des copains des trois pourceaux, mais cela elle ne le savait pas à l'époque. C'était d'ailleurs sûrement à ces obsédés qu'elle devait son entrée au Chaudron.

La tête du condamné tomba soudain en avant. Jeanne réagit. Elle n'entendait pas être privée d'un spectacle dont elle avait soigné la mise en scène. Elle fléchit alors légèrement les jambes et, le visage tout proche du mourant, elle contempla le regard affolé de cet arrogant bourreau devenu victime sans courage. La peur avait enfin changé de camp.

– Ben alors Woody, on ne se débat pas ?

Le moribond en était incapable. La dernière image qu'il emporterait avec lui serait donc ce regard inquisiteur, gourmand et empli de haine. Un regard de folle dont les paupières, contrairement aux siennes qu'il sentait se fermer doucement, ne cillaient pas, par crainte sûrement de rater le moment ultime de cette mort qui l'étreignait déjà.

Jeanne le gifla en rafales.

– Pas tout de suite, putain ! Oh ! Reste avec moi !

Contre sa volonté, Woody fut contraint de désobéir aux ordres pourtant intimés avec la rage stérile du désespoir. Ses yeux se fermèrent pour toujours, non pas sur le regard halluciné de la créature, mais sur le pelage noir d'un bras armé dont il put ressentir aussitôt le coup sur sa joue. Woody n'était toutefois pas encore mort. La conscience en éveil, il sentait les mouvements épuisés de sa cage thoracique se soulever de manière à peine perceptible, tentant avec courage d'insuffler à ce cœur emprisonné en son sein l'oxygène nécessaire à ses ultimes battements.

Woody sentit qu'on le prenait par les épaules.

– Ne pars pas, gros porc !

En dedans, Woody sourit. S'il l'avait pu, il aurait dit à cette petite conne de Jeanne combien, encore une fois et toujours contre son gré, elle continuait à lui procurer du plaisir. Il s'en irait sans avoir à endurer cette longue agonie qu'elle avait tant espérée et pour laquelle elle paraissait avoir travaillé avec acharnement de longs mois durant. Quelle douce saveur que celle de la frustration de ses ennemis !

Non ! Ça ne peut pas s'arrêter comme ça ! pensa Jeanne. Ce goret n'allait tout de même pas clamser en un claquement de doigts ! On l'avait roulée. Les doses n'étaient pas fiables et pas de bol, le dark web ne possédait pas de service après-vente.

Elle continua à le secouer dans tous les sens, mais rien n'y faisait. Plus les secondes s'égrenaient, moins Woody lui paraissait vivant. Haletante, elle le redressa, prit son pouls. Trop fort pour le déclarer mort, trop faible pour tenter de le faire revenir. Elle regarda autour d'elle. Morphée gardait toujours les bras bien serrés autour des habitants de la ruelle. McLeod's Mews dormait encore. Jeanne s'empara du corps inerte toujours adossé aux briques blanches, l'amena à hauteur de la porte demeurée ouverte, le poussa à l'intérieur de la maison et referma sans un bruit après avoir lancé à Dirty Woody un dernier regard empreint à la fois de dépit et de dégoût.

Elle souffla un grand coup.

Donna avait tué Straw, Druscilla Woody… Ne restait plus que Brick, que Jeanne avait prévu de retrouver au Chaudron. Pour lui, elle s'était donné le nom de Dolores. Une précaution au cas où les trois gorets se seraient vantés entre eux.

Jeanne ouvrit son sac, s'empara du portable, le déverrouilla puis cliqua sur l'icône au petit oiseau bleu.

Perchée sur ses talons, emmitouflée dans son manteau de fausse fourrure, Jeanne Wolf tapota avec calme un petit texte en anglais et en français en se dirigeant vers la Tamise.

Ses parents et sa famille française sauraient enfin.

Jeanne 2 – Cochons 0

En route vers le numéro 3

Pas certaine d'en revenir vivante. Putain de dark web !

#MeToo #Balancetonporc

Paradise, lost and found
CHRISTOPHE DUBOURG

Mes dents frottent les unes contre les autres, mes pieds gigotent.

– Prenez votre temps…

Une cigarette pour enrayer le stress qui monte de la voûte plantaire jusqu'à mes sourcils agités de soubresauts nerveux. Je relâche mes doigts, tente d'apaiser mon esprit. Galère. Je ne suis pas forcément à l'aise avec le rôle qu'*on* me fait jouer. L'impression d'être un usurpateur, de ne pas être à ma place. Sans doute aussi d'être la bête curieuse que les autres viennent reluquer. Comme dans un putain de zoo.

Est-ce ainsi pour eux également ? Je m'interroge en jetant un œil sur l'assemblée qui me renvoie un regard de biais.

Je n'en sais rien.

Je me tortille sur la chaise en plastique sous les yeux de Samantha à ma droite, guette des réactions de part et d'autre de la grande table acajou où se tiennent des personnes *comme moi*, n'obtiens qu'un profond silence, une sorte de gêne mal dissimulée. Je sais qu'il n'est pas naturel, ce calme qui fait plus de bruit qu'un brouhaha. Je tique sur mes pensées, décide un peu bêtement de le renommer « brouhaha silencieux », peut-être histoire de songer à autre chose qu'à ma présence en ce lieu.

J'observe encore. Cette fausse quiétude qui ceint la salle, des yeux qui fuient les miens, d'autres tournés vers la baie vitrée cinglée par le vent et la pluie… Et puis il y a Sally et Dito, un couple à la ramasse penché vers une fenêtre bariolée que je devine dessinée par un artiste de rue, un trompe-l'œil hypnotisant qui égaye ce mur gris.

Un raclement de gorge me ramène au présent.

À *mon* présent.

– Je me suis senti différent dès ma naissance, je crois, répliqué-je à Tony Ferguson qui me fixe sans sourciller par-dessus ses lunettes. Enfin, différent… De nos jours, est-ce que ça veut encore dire quelque chose ? Je me suis longtemps posé la question, très longtemps, une grande partie de ma vie en fait… jusqu'au moment où j'ai décrété que je n'en avais finalement rien à foutre. Peu importe d'où tu viens, qui tu es, où tu vas… tu restes toujours un putain d'étranger aux yeux de « l'autre », pas vrai ? Celui que, paradoxalement, tu appelles toi aussi « l'étranger ». Ironique, non ? Tu connais la ritournelle : on est toujours le con de quelqu'un. Bon, là, c'est un peu la même chose avec l'étranger…

J'avise mon bout de cigarette dont la cendre chancelle dangereusement, puis la canette de Coca qui vomit du mégot jusqu'à plus soif. D'un geste mal assuré, j'écrase finalement ma clope sous le talon de ma chaussure. Le poids du regard de mes compagnons d'infortune me plombe la tête et le moral.

– Nous avons tout notre temps, vous savez…

Je sais, oui, tu l'as déjà dit.

– Racontez-nous donc vos débuts…

– Vas-y, te fais pas prier, fillette ! raille Franklin « Frankenstein » Malone et sa tronche fracassée de grand accidenté de la route.

Ce type me rappelle un reportage sur les gueules cassées de 14-18, ces visages de poilus mutilés dont l'artiste Anna Coleman Ladd s'occupait à Paris. L'Américaine sculptait des masques qu'elle appliquait à même ces faciès abîmés avant de les peindre…

– T'es là pour parler, alors accouche !

Franklin me bouscule de ses mots, je peine à soutenir son regard, cherche une échappatoire, fais claquer ma langue sur mon palais avant de me tourner vers Ferguson, le modérateur du groupe :

– Vous pensez vraiment que mon récit va intéresser quelqu'un ?

Ferguson opine de la tête. Je soupire, jette un coup d'œil à mon amie Samantha qui m'octroie un acquiescement muet en retour, et décide enfin de me lancer tandis que la demi-douzaine de pâles reflets d'humanité perdue me zieute en attendant la suite.

Je me tourne vers la baie. Il y a de l'orage et des zébrures dans le ciel, aussi peu aimables que la tourmente qui fracture mon esprit.

– Bon… pour celles et ceux que ça intéresse, voici mon histoire…

Mes parents, Laurie et Maxwell, habitaient San Francisco et enseignaient tous deux au collège où nous étudiions. J'avais un frère, Mark, et trois sœurs, Lana, Bonnie et Phoebe. Avec moi, nous étions donc sept dans la famille.

Mince… L'évocation de mes jeunes années m'arrache un soupir de tristesse. Elle me chamboule plus que je ne le voudrais. Je déglutis, lorgne une nouvelle fois l'extérieur avec son ciel grondant et impétueux, et ignore la remarque du type à ma gauche qui me lance un « T'inquiète, je suis là pour toi *baby* ! » tout en laissant traîner sur ma cuisse une main qu'il est seul à juger tranquillisante.

Samantha fronce les sourcils, elle l'a repérée elle aussi. Je marque un temps, juge le type et sa main libertine aussi peu fiables qu'un pétard mouillé, lui concède un regard empli de sous-entendus meurtriers avant de rassembler mes idées et de reprendre, l'humeur massacrante et l'envie de le tuer intacte :

– Mon nom de famille est « Paradise ». Oui, ça ne s'invente pas. Ou alors si, mais disons qu'il faut ensuite assumer son pseudo jusqu'au bout, jusqu'à la fin en fait, affirmé-je en tentant çà et là de poser une inflexion d'humour pour masquer ma timidité… Parce que c'est comme un morceau de toi qui te suit *ad vitam æternam*. Perso, j'ai suffisamment galéré. On m'a gratifié d'un paradis alors que j'ai vécu l'enfer. Et je crois que je n'avais vraiment pas besoin de ça.

– Tes parents, ta famille…

Lui, le type au visage de fouine qui vient de me relancer, c'est « Main baladeuse » ; il s'appelle Vincenzo mais tout le monde ici l'appelle Vince. Un Italo-Américain qui en a vu lui aussi des vertes et des pas mûres si l'on se fie à son crâne nu et cloqué de grand brûlé… Cadeau d'un type qui lui a vidé le reste d'un bidon d'essence sur la tête parce qu'il refusait de lui filer une clope. Vince n'a dû son salut qu'à un clochard qui l'a ramassé crâne fumant sur le bitume tandis qu'il agonisait en crachant ses poumons.

– Au fond, je pense que ma famille a toujours su que je n'étais pas… comme eux, justement.

Ma famille…

– Je suis resté à la maison jusqu'à mes seize ans, avoué-je alors qu'une pointe d'émotion me cueille sans prévenir. Mes parents, mon frère et mes sœurs n'ont jamais vu que je souffrais de *ça*, ni même su que l'on pouvait seulement en souffrir. *Anormal*, c'est le terme qu'a employé mon père pour me décrire lorsqu'il a su. Je pense que cela aurait été la même chose si j'avais été un enfant autiste. Ils n'auraient pas supporté non plus.

– Votre frère, vos sœurs… Quelles relations entreteniez-vous avec eux ?

C'est Sally qui a parlé. J'ébauche un sourire que ma réponse transforme en grimace. Je soupèse mes mots mais chacun pèse une tonne de colère enfouie, de douleur contenue.

– J'estime qu'aucun d'entre eux ne mérite l'appellation « frère » ou « sœur ». Ma réponse peut vous sembler dure mais elle est motivée. Par toutes les brimades qu'ils m'ont fait subir, les privations… l'amour qu'ils m'ont refusé. Je crois bien les avoir haïs comme eux m'ont haï toute ma jeunesse. Et puis… Et puis un soir, c'était juste après Thanksgiving, je leur ai annoncé que j'allais partir.

– Vous aviez quel âge ? s'enquiert Ferguson en dodelinant de la tête.

– C'était il y a sept ans. J'avais seize ans.

– Comment ont-ils réagi ?

– Une fois ma décision prise, le fiel s'est déversé davantage… Un peu comme un barrage qui cède lorsque les vannes sont rompues. J'avais lancé l'allumette sur le bûcher des vaniteux, la lie a suivi. Une sorte de… d'émulation collective, dis-je tête baissée, en peinant à trouver mes mots. Puis tout s'est embrasé. Ils se sont tous ligués. Ma famille m'a très vite considéré comme un paria. J'étais mis au ban de la société sauf que là, de mon point de vue d'ado de seize ans, c'était bien pire. Bien plus destructeur. Parce qu'il ne s'agissait ni d'amis ni de parfaits inconnus, mais de ma propre famille.

– Nous avons tous vécu un jour ou l'autre ce genre de chose, cette mise à l'écart brutale…

– Oui, sûrement, mais moi, ça fait quinze ans que ça dure, rétorqué-je de façon un peu abrupte. Le terme « stigmatiser », ça vous parle ?

– Nous ne sommes pas ici pour vous juger, murmure la voix apaisante de Sally en reprenant la main. Nous sommes ici pour écouter. Et après, continue-t-elle… Qu'a fait Paradise une fois parti du foyer familial ? Aviez-vous d'autres membres de votre famille vers qui vous tourner ? Chez qui vous réfugier ?

Je relève la tête vers la petite brune aux yeux clairs. Entreprends de la détailler de la tête aux pieds. Trente, trente-cinq ans, un mètre soixante-cinq, soixante-dix, visage acidulé encadré de boucles brunes qui descendent jusqu'aux épaules. Quelques rides d'expressions plus ou moins accentuées qui ternissent sa peau, trahissent son propre parcours. Chaotique.

Il n'y a pas si longtemps, médité-je, j'aurais peut-être envié son physique de reine de beauté…

Il n'y a pas si longtemps, tout était différent.

– Non. Pas d'autre famille que celle que j'ai quittée, répliqué-je mi-contrarié, mi-agacé.

J'ai l'humeur maussade, vacillante. Peut-être parce que les souvenirs remuent la merde qui macère depuis trop longtemps.

– Puis j'ai rencontré un gang. Avant d'en faire partie.

– Ici, à Boston ? s'enquiert le copain de Sally – Dito – en frottant son avant-bras tatoué et musculeux d'une main garnie de bagues clinquantes.

– Non, dans l'Illinois, à Chicago, où je suis resté quelque temps après avoir trouvé un job de barman.

– T'as préféré aller te les geler à Chicago plutôt que de rester au chaud en Californie ? ironise Franklin à ma gauche.

J'ignore sa saillie, les cimes des arbres qui valsent au dehors, les regards des uns et des autres. J'oscille sur ma chaise avant de replonger dans la grisaille de mes souvenirs :

– J'ai connu le gang lorsque j'étais barman. Et le gang, c'était principalement deux hommes, Johnny « Bluebeard » Murphy et Gary « Big Bad Wolf » Brennan, les membres fondateurs des Wild Geese, les « oies sauvages », du nom d'un ancien bataillon de mercenaires irlandais. Paraît que Murphy et Brennan s'étaient connus en taule, vers 1997, à la prison de Maze en Irlande, juste avant qu'elle ne ferme.

– *Wild Geese reactivated*, donc…

– Je suppose qu'on peut dire ça, oui, approuvé-je en allumant une autre cigarette.

Je laisse passer un blanc, manière de broyer mon noir. Ferguson, qui a dû sentir que je m'emmurais l'esprit, me relance :

– Que s'est-il passé ensuite ?

– Le problème, c'était pas vraiment les Wild Geese… Le problème, c'était le camp d'en face. Un groupuscule néo-nazi qu'on appelait Hunters – les chasseurs… Non, attendez, plutôt une milice privée commandée par un ex-militaire, évidemment facho, nommé Larry. Juste Larry, Larry le dingue mais sans Mary la garce[9], un type qui n'avait rien emprunté à Peter Fonda mais qui devait tout à Robert Shaw.

– Qui ça ? lance Dito que mes références cinéphiles laissent sur le carreau.

– Robert Shaw, le marin dans *Jaws*[10]. Bref, Larry avait un pote, Bruno, un grand roux dans la quarantaine avec bouc et biceps fournis, de faux airs de Hulk Hogan croisé avec Schwarzy. Ouais, il semblait avoir largement abusé des anabolisants. Dopé aux *guns* et aux *fuck*, à la connerie aussi… Moi, je me retrouvais écartelé entre les deux factions rivales. Je ne souhaitais pas faire partie de leur guerre de territoire, mais je n'avais pas le choix non plus. Bluebeard m'avait comme on dit « à la bonne », même s'il avait bien vu qu'il y avait un truc qui clochait chez moi. J'étais dans ses petits papiers et même si je ne parlerai jamais d'amitié le concernant, je ne voulais pas faire défaut à un type qui m'avait pris sous son aile, m'avait tendu sa main, même si cette dernière était aussi rêche

9. Référence au film *Larry le dingue, Mary la garce.*
10. *Les dents de la mer.*

que du papier de verre. Et puis… (Je m'y reprends à deux fois, coule un regard vers Samantha et ce que j'expulse alors me demande un effort suprême.) Et puis peu à peu, je crois bien que d'une certaine façon, je… je m'étais entiché de lui.

– De Bluebeard ?

– Toi ? renchérit Sally en ouvrant de grands yeux ronds comme si la chose était impossible.

– Oui. Moi. C'est en quelque sorte lui qui m'avait adopté dans son unité de *bad boys* sous amphét'. Johnny avait quelque chose de rassurant, et je ne parle pas seulement de son physique. Puisque ma famille m'avait rejeté à l'aube de mes seize ans, il était devenu comme un parent proche. Et son gang, mon nouveau foyer.

– Il a fallu qu'il te baise pour que tu te sentes accepté dans sa famille ?

J'observe « Frankenstein » Malone, réfrène à grand-peine l'envie furieuse de lui coller mon poing dans la tronche.

– Putain mais pour qui tu te prends ? Ferme-la ! l'invective Sally avec force éclats de voix.

– Ne vous laissez pas distraire par Franklin, apaise Ferguson, comme un pasteur ramènerait ses ouailles à la raison.

Malone se renfrogne tandis que les autres – excepté Dito – paraissent suspendus à la suite de mon récit.

– Il y avait donc les Wild Geese et leur cohorte d'Irlandais, et puis il y avait les Hunters. En guise d'arbitres, une troisième équipe : les flics. J'avais déjà eu maille à partir avec eux lorsque je m'étais barré de chez moi et que j'avais gagné Denver où je traînais et *dealais* occasionnellement pour survivre. On s'était même frités à plusieurs reprises…

– Mais tes parents, souffle Sally en arquant la bouche dans une moue d'incompréhension… ils ne t'ont jamais recherché ? Et les flics de Denver… ils ne les ont pas contactés ?

– Il ne s'est rien passé de tout ça, non. Ni d'un côté, ni de l'autre.

– Et les Wild Geese ?

– Johnny Bluebeard s'est fait tuer le jour de la Saint-Valentin. Par Bruno, le baraqué des Hunters. Ça a été la fin. Pour tout le monde. Gary Brennan l'a joué solo un temps, mais le cœur n'y était plus. Pour personne. Et moi, j'avais perdu Johnny, quelqu'un que j'estimais, quelqu'un qui représentait une certaine idée de la famille telle que la conçoivent, je suppose, des milliers de gens à travers le pays.

Seconde cigarette à mourir sous le talon, troisième allumée…

– Alors avant de finir en taule ou pire, entre quatre planches, je me suis barré. Une nouvelle fois. Avec d'autres personnes. En l'occurrence Debbie, qui m'a recueilli alors que j'étais bien amoché, de corps et d'esprit...

– Debbie ? s'enquiert Vince en me dévisageant d'une drôle de façon.

– Debbie, oui… Elle habitait à Columbus, dans l'Ohio. Veuve, la cinquantaine finissante, des cheveux blancs ramenés en un chignon aussi épais qu'une pelote de laine, elle était de ces femmes qui vous donnent à penser qu'en ce monde, les gens bien existent. De celles qui ne vous jugent pas mais vous accueillent sans contrepartie, avec le désir d'aider l'autre. D'aider *vraiment*, je veux dire. Vous comprenez ?

Hochements de têtes collégiaux. Seuls Dito et Franklin continuent de faire la gueule en écoutant mon histoire.

– Debbie, je n'ai jamais vraiment connu sa vie d'avant. Avant que je n'arrive chez elle, je veux dire… Je sais juste qu'elle avait deux gamins plus âgés que je ne l'étais alors, deux ados presque adultes qu'elle avait également recueillis et qui, dès le début, n'ont pas pu m'encaisser.

– À cause de quoi ? De votre… particularité ? me demande Sally-la-brune-mignonne.

– À cause de mon caractère, je lui réponds du tac au tac. Un fichu caractère dans ma putain de caboche, oui ! De toute ma vie, je ne me suis jamais laissé faire. Quant à ses gosses… Il y avait Will, aussi petit et agile qu'un chat, et Jennyfer, l'allure d'une poule, mais croyez-moi, pas d'une poule de luxe. Juste bonne à caqueter et à colporter des saloperies… Malgré cela, il faut croire que ça m'a plu, puisque je suis quand même resté deux ans chez eux.

– Cette femme… c'était un peu une mère de substitution pour vous ?

Je soupire à la question de Ferguson. Réfléchis avant de m'avouer que je n'avais jamais pensé à Debbie en ces termes. Je chasse l'image de ma propre mère, tandis qu'une bouffée de souvenirs heureux me prend par surprise :

– Avec Debbie, on avait pris l'habitude de regarder des DVD, de vieux Buster Keaton, Laurel et Hardy ou Harold Lloyd. Elle les préférait à Chaplin. Parce que Chaplin était politisé et qu'elle avait besoin de rire et non de réfléchir, disait-elle. *Slapstick* et tartes à la crème plutôt que politique et philosophie, en somme. *Monte là-dessus* et *Sherlock Jr*[11] plutôt que le *Kid* et les *Temps modernes*[12]. Moi j'étais pro-Chaplin, je m'émerveillais de ce cinéaste qui parvenait à nous faire réfléchir tout en nous amusant, qui réussissait à nous brosser le portrait d'une Amérique encore meurtrie par la crise de 1929 tout en nous régalant de moments hilarants.

J'attrape la bouteille d'eau sur la table, caresse du pouce le bouchon en plastique et reprends sans même avaler une gorgée :

– Je pense que ces films lui rappelaient la vie telle qu'elle la concevait, à défaut de l'avoir pleinement vécue. Peut-être parce que le monde vacillait depuis longtemps sur ses fondements et qu'ainsi,

11. Films de Buster Keaton.

12. Films de Charlie Chaplin.

elle pouvait rire et sourire plutôt que pleurer et s'apitoyer… Ou peut-être bien qu'elle meublait le temps pour combler celui qu'il lui restait à vivre. Comme nous tous, en fait.

– Rien d'autre que des relents de nostalgie qui lui bouffaient la vie, avance Vince, sûr de son fait.

– Je ne sais pas, mais je pouvais difficilement lui en vouloir. Une chose est certaine : Debbie était une âme esseulée. La dernière d'une famille au destin délité dans le malheur. J'étais comme elle en fait, mais par timidité, ou plutôt par pudeur, je me gardais bien de m'épancher… Pas dans ma nature.

– Pourtant, c'est ce que tu fais en ce moment avec nous, t'épancher.

Pour la première fois depuis mon arrivée, je regarde Dito Ruiz dans les yeux. À sa gauche, Franklin Malone, main plaquée sur la bouche à étouffer un rire de hyène. J'affronte leur regard sans peur de leur jugement, comme si un verrou d'inhibition avait soudain sauté dans mon esprit.

– Oui, approuvé-je la voix plus assurée. Comme toi la semaine dernière, Dito, lorsque tu nous as raconté que tu avais massacré un « putain de négro », comme tu disais… Ce type qui te regardait de travers parce que ta tronche ne lui revenait pas. Tu t'en souviens ?

– Je t'emmerde !

– Tu l'as cherché, Dito ! Laisse Paradise s'exprimer ! s'interpose Sally en frappant d'un poing énervé son bras tatoué.

Ruiz ravale sa salive, s'apprête à parler puis se rétracte soudain sans que Tony Ferguson n'ait eu besoin de jouer au flic. Malone, lui, adopte tête baissée et yeux rivés au sol.

– Me cacher n'est plus vraiment à l'ordre du jour, Dito.

– Tu n'as plus à le faire dorénavant, renchérit Samantha en penchant sa tête brune et bouclée vers moi.

– Accepter et tolérer, c'est ce que nous devrions tous faire, je lâche dans un souffle.

– Pourtant, ça n'a pas duré chez Debbie…

– Pourtant, ça n'a pas duré, je répète en lorgnant vers Dito et son sourire de traviole.

Je reste un instant bloqué sur lui. J'avais appris lors d'une session précédente – où j'étais resté mutique – que ce type dont le faciès tailladé aurait filé une trouille bleue au plus endurci des serial killers s'était fait racketter sauvagement par un groupe d'hommes un soir de beuverie. Lardé de coups de couteau sur le torse, les cuisses et surtout le visage, il avait été retrouvé complètement défiguré – et à moitié mort – dans une benne à ordures de Downtown Crossing, le quartier commerçant de Boston. Pour ce que j'en savais, ses bourreaux – quatre simili Black Panthers, poings levés mais lames courbées – couraient toujours à l'heure actuelle. S'il y a une chose que j'ai apprise durant ces années, c'est qu'il n'y a que dans les films que les bons gagnent à la fin, rarement dans la vraie vie.

– Will et Jennyfer, les enfants de Debbie, m'en faisaient voir de toutes les couleurs, je poursuis après un instant de flottement. Ils me frappaient de leurs mots, me brutalisaient de leurs coups. Leur méchanceté me rappelait un peu ma propre famille, me renvoyait au passé que j'avais fui. Ils n'étaient que deux mais me martyrisaient comme quatre.

– Et Debbie, s'enquiert Ferguson de son ton posé, elle n'a jamais pris votre défense ?

Je secoue la tête sans équivoque, puis renchéris :

– À la fin, Debbie ne voyait pas tout ça. Au sens propre du terme. Avec le temps, Debbie devenait aveugle. Et il y a autre chose, lié à sa bonté d'âme. Elle aimait profondément Will et Jen. Comme eux l'aimaient en retour, je suppose. Moi, à leurs yeux, j'étais en quelque sorte l'intrus, le troisième enfant de la portée. La différence, c'est que je m'étais imposé à eux alors qu'ils étaient là depuis huit ou neuf ans. J'avais brisé l'harmonie qui les liait. C'est ça, j'avais d'une certaine façon bousculé l'ordre naturel des choses. Alors de mon point de vue, là encore, je n'avais pas le choix et je me…

– Laisse-moi deviner, coupe Ruiz, rictus ironique au coin des lèvres… Tu t'es encore barré. Parce que t'as eu la trouille de t'en prendre une dans les gencives. Ou parce que Will t'a pas baisé comme tu l'aurais voulu !

– Dito, bordel ! Tu vas pas recommencer ? Tu arrêtes de l'emmerder ?

Pour la première fois depuis vingt minutes, Tony hausse le ton. Les regards convergent vers le copain de Sally, plein de bile et de morgue.

Je l'oublie vite, rassuré par Samantha et, dans une moindre mesure, Tony Ferguson, qui m'offre bienveillance et attention. Je crois même déceler comme une lueur de respect dans ses yeux. Qui me galvanise et me porte un peu plus.

– Je suis parti plus au nord, oui. Montana, puis Wyoming.

– Tu as fui… comme un lâche, ajoute encore Dito, empli de cette hargne qu'il affiche comme une vérité.

– Non. Tu te trompes, je réplique en osant un regard dans sa direction, comme pour le défier. Je n'ai pas fui, je me suis cherché. Je *me* cherchais.

– Encore une interruption de ce genre et je t'éjecte du groupe, Dito ! T'as saisi ou je passe aux travaux pratiques ?

Dito Ruiz se renfrogne, pas très heureux de s'être une nouvelle fois fait rappeler à l'ordre par Ferguson. Sans même le regarder, Sally lâche la main de son homme. La cassure est nette, le froid s'installe.

Je l'aime bien, Tony Ferguson. Lui, le modérateur de notre groupe, il a perdu sa femme et sa fille lors d'un accident de voiture il y a huit ans. Il n'a pas supporté. Et de les perdre, et de s'en être sorti. Physiquement indemne, mais moralement amoché avec ses trois grammes d'alcool dans le sang et son contrôle positif au cannabis. Idées noires, dépression, et puis… il s'est fait faucher la jambe droite lors de sa tentative de suicide. Un train qui l'a percuté, l'Amtrack qui relie Philadelphie à New York, si j'ai bien compris. Ferguson, c'est un exemple à suivre, même s'il s'en défendra toujours. Il a mis cinq ans à se relever, à réapprendre à vivre avec *ça*. Enfin… lorsqu'on a vécu une tragédie pareille, je ne suis pas certain qu'on ne soit pas déjà mort à l'intérieur, et donc qu'on s'en remette vraiment un jour. C'est en partie pour ça qu'il a monté le groupe de parole. La perte de ses proches, son suicide avorté, cette « expérience de vie » comme il l'appelle… il a voulu la faire partager à d'autres âmes perdues. Aider son prochain. Comme Debbie, qui m'a accompagné un bout de vie il y a quelques années.

– Continue, je t'en prie, murmure-t-il de sa voix chaleureuse où la fêlure n'est pourtant jamais très loin.

– En hiver, le Wyoming est l'un de ces endroits sur Terre qui vous ferait presque regretter d'être né. Parce que votre organisme n'y est pas habitué et parce que s'acclimater y est à peu près aussi facile que de pédaler dans le sable mou. Pourquoi avais-je voulu aller là-bas ? Je ne sais pas. Je n'avais pas spécialement l'esprit aventureux – je n'ai d'ailleurs jamais lu Jack London ni Jack Kerouac, jamais erré non plus dans les forêts ou sur les routes bien longtemps –, je n'avais pas de prédisposition particulière pour le trek, mais je savais qu'il me fallait partir. Ça, même si j'aimais beaucoup Debbie, c'était la seule chose dont j'étais certain. J'avais donc pris le bus, levé le pouce aussi, et je m'étais retrouvé à marcher un moment le long de la Highway 212, celle qui relie Billings, dans le Montana, à Yellowstone. Avant qu'un couple de Canadiens me prenne en stop et me lâche finalement au pied du col de Beartooth…

– Tu comptais aller où ?

– Peut-être bien voir Yellowstone et mourir, Vince… je réponds sans aucune trace d'ironie. Ce qui est sûr, c'est que j'avais sciemment délaissé les Grandes Plaines pour gagner les chaînes de montagne, Owl Creek puis Absaroka.

– Tu étais dans quel état d'esprit à ce moment-là ?

Je marque un temps, réfléchis à la question de Sally et au sous-entendu qu'elle implique.

– Je n'ai jamais pensé à me foutre en l'air. J'ai parfois perdu pied dans des forêts démesurées, me suis égaré çà et là, mais quand bien même je n'étais pas le moins du monde croyant, je gardais en quelque sorte la foi. Peut-être était-ce finalement davantage un voyage intérieur qu'un voyage en solitaire.

– Et que s'est-il passé ensuite ?

– Ensuite, Tony… j'ai payé le fait de ne pas m'être préparé. Je l'ai même pris de plein fouet. Faut dire que j'étais épuisé par cette fuite en avant, ces désillusions en cascade. C'était fin novembre, nuit noire, lune morcelée, alors que je tentais de redescendre Absaroka, abandonnant les routes pour rallier les sentiers à flanc de montagne. L'un de ces soirs où rien ne va, où tout se ligue contre toi, ton esprit, ton corps et les éléments. Sur un chemin, mon pied a vrillé, j'ai glissé sur plusieurs mètres avant de tomber à la renverse, dans un lac. Un lac gelé. Là, j'ai eu une sacrée chance. Un vieil homme, Clive Farmer, que j'avais croisé quelques miles plus tôt et qui m'avait déconseillé de poursuivre sans équipement, m'a sorti de là. Il m'a ensuite emmené jusqu'à Riverton, la réserve indienne de Wind River, j'ignore encore comment...

– Et là, tu t'es dit : bordel ! C'était mieux avant !

Franklin « Frankenstein » Malone de retour parmi les vivants...

– Non. Pas du tout. Je ne suis pas et n'ai jamais été dans le « C'était mieux avant… » Je vais te dire un truc, Franklin : avant, c'étaient les mêmes merdes… Non, attends, je corrige : avant, c'étaient d'autres merdes, mais on était trop jeunes et insouciants pour s'en rendre compte. La merde, elle a toujours été là, notre lâcheté aussi. Je n'ai pour ainsi dire jamais eu personne à aimer, personne qui m'aimait, j'avais juste un cynisme un peu rance à exercer ici ou là. Est-ce que j'étais triste ? Oui, très. Les types esseulés dans les tableaux d'Edward Hopper, tu connais ? Ben en quelque sorte, c'était moi. Mais j'étais surtout désabusé depuis un bail. Par ce que mes yeux avaient déjà pu constater auparavant : l'état du monde. Le fric et le pouvoir.

– L'éternelle lutte des classes, les nantis et les pauvres, approuve Ferguson, résigné.

– Oui, mais pas seulement. Vous avez vu ce qu'il se passe dans ce monde, justement ? Cette moralité à deux balles, cette police du rire, ce puritanisme de pacotille. À terme, on régulera l'amour, le droit d'aimer une personne et pas une autre, on te dira avec qui baiser ou avec qui ne pas le faire. Tu ne trouves pas ça paradoxal, toi, qu'à une époque où on glorifie les libertés individuelles, où l'on a accès à tout, le moralisme soit devenu une arme de destruction massive ? Et puis merde… pourquoi suis-je ici parmi vous ?

Tous m'observent avec une lueur nouvelle dans le regard. J'hésite à l'interpréter. Est-ce de la défiance ? De la pitié ? Même le contact de la main de Samantha sur la mienne ne m'aide pas à y voir plus clair.

– Qu'est-ce qu'il a fait ton Clive, après ?

J'observe Sally, élude un instant sa question. J'en ai connu des nanas paumées… Des bimbos poumonnées à outrance qui comblaient à peine le vide de leur tête par le vide entre leurs reins. Mais Sally, c'est autre chose. Elle venait de Los Angeles, s'était mise à tapiner sur Hollywood Boulevard en espérant décrocher une étoile sur le Walk of Fame, mais s'était finalement ravisée après quatre années de bons et loyaux services. Son mac ne la jugeait pas assez classe ; je crois que la hiérarchie des putes lui pesait aussi. Elle avait dérivé lentement, était tombée de Charybde en Scylla, quittant la prostitution pour s'enferrer dans l'alcool, la came et les passes pour survivre. Sa banlieue à elle, c'était du monochrome, une seule nuance de gris, en tout cas pas un putain de camaïeu en technicolor. Sally, c'est Cendrillon qui aurait viré pute, la faute à « pas de chance ». Et « Pas de chance », ça fait un moment qu'il nous colle tous aux basques dans cette pièce…

– Après m'avoir emmené voir un médecin, je reprends en pivotant vers elle, le vieux Clive a voulu m'inviter chez lui, où il vivait avec sa femme. J'ai pris peur…

– Pourquoi ? Tu avais besoin d'un foyer, non ?

– Non, j'avais juste besoin de me trouver.

– Et désormais… est-ce le cas ? me demande Tony Ferguson.

Je réprime l'envie d'allumer une énième cigarette, me redresse sur la chaise avant de les dévisager les uns après les autres. Un arc de cercle estropié, le microcosme des laissés-pour-compte, l'échantillonnage d'une humanité à l'abandon, dont je fais partie tout comme eux. Même si moi, c'est mon âme qui est tout autant abîmée que leurs corps. Vince, Sally, Dito, Franklin, Tony et Samantha.

Au dehors, tandis que le monde s'écroule, le ciel est étonnamment bleu.

Le chaos n'est jamais beau à voir.

Ça a lieu maintenant.

Quant à l'après…

« Après », on ne baptisera pas de *brand new world*[13], il n'y aura ni monde à reconstruire ni société à rebâtir. L'« après », c'est maintenant et c'est *nous*, parce qu'il n'y a pas d'alternative.

– Je crois m'être trouvé, oui, finis-je par avancer posément. Je pense que je suis enfin « arrivé », que j'ai fini par m'accepter. C'est aussi grâce à vous. Grâce à Samantha surtout, rencontrée il y a six mois dans un bled paumé près de Des Moines, dans l'Iowa. Quelqu'un dans mon « genre », plutôt le reflet de mon miroir, si je puis dire. Et Samantha est maintenant à mes côtés.

J'attrape finalement une cigarette, la coince entre mes lèvres sans l'allumer puis enchaîne :

– Vous savez quoi ? J'étais « Jane » avant d'être « James ». Paradise, le vilain petit canard, n'est peut-être pas encore le cygne qu'il voudrait être, mais il va tout faire pour. Je revendique le droit d'aimer la personne que je choisis d'aimer, peu importe son sexe. Je n'aime d'ailleurs pas « un » sexe, j'aime une personne. C'est une histoire d'humain avant d'être une histoire d'homme ou de femme, rien d'autre. Idem pour mon identité : je ne veux plus être considéré comme une caricature. Nous sommes des êtres de chair et de sang, nous devrions avoir le droit d'*être* et d'aimer sans tabou, non ? Je ne me réclame d'aucune communauté, je n'en ai rien à foutre des

---

13. Référence à Aldous Huxley et à son roman *Le meilleur des mondes*.

sigles à la con qui ne servent qu'à coller les gens dans des cases et à pointer du doigt les individus comme Samantha ou moi, supposés « différents » par la plupart d'entre vous. Oui, l'acceptation du plus grand nombre prendra du temps, mais ça me va. Parce que c'est moi. Parce que c'est *ma* vie. Acceptez ce fait, respectez-le, respectez-moi comme Samantha l'a fait... et je ferai de même avec vous.

J'ai fumé ma clope sans m'en rendre compte. J'observe la cendre tombée sur la pointe de ma chaussure. Je sens le regard appuyé de Tony Ferguson et des autres tandis que le silence étreint la salle.

Lorsque je suis arrivé ici avec Samantha il y a quelques heures, des papiers voltigeaient au gré du vent dans les rues, des poubelles renversées jonchaient les artères, ternissaient le peu d'humanité qu'il restait au quartier. À chaque carrefour, des façades d'immeubles abîmées et des vitrines ravagées, en phase terminale à force de décrépitude avancée. Pas de rémission possible pour ce cancer-là…

Mais là, maintenant, même si rien n'a vraiment changé, que le monde se dirige vers le « grand nulle part » cher à Ellroy, l'horizon m'apparaît plus clair.

Ferguson hoche la tête tandis que Dito, Vince et Franklin se lèvent de leur chaise pour venir me serrer la main. Sally considère un instant ma joue avant d'y déposer un baiser appuyé, un geste qui me tire une larme et que j'interprète comme un signe.

Celui que rien n'est jamais vraiment figé tant qu'on n'a pas essayé.

Je me tourne alors vers Samantha.

Et pour la première fois, je souris.

Le « Barbe-Bleue »

VINCENT HAUUY

« Sujet : Florence Roudenko ». Entrée.

« Motif : Interrogatoire ». Entrée.

« Intervenant : Joseph Barns ». Entrée.

Eliott referme l'ordinateur portable et relève la tête pour observer la jeune femme assise sur la chaise en plastique de l'autre côté du miroir sans tain. Elle examine le moindre recoin de la pièce exiguë, analyse chaque détail : la peinture craquelée, les rainures sur la table, l'horloge désynchronisée, l'étagère métallique où s'entassent pêle-mêle classeurs et dossiers aux pages jaunies. Eliott consigne chacun de ses tics, expressions et mouvements.

Barns, la nouvelle recrue, devrait bientôt rentrer en scène. Pour l'instant, la fille semble porter son attention sur le ventilateur immobile. Des gouttes de sueur perlent déjà sur son front. Il doit faire plus de trente degrés de l'autre côté.

Au moment où Barns pousse la porte, Eliott entend la jeune femme s'exclamer à travers les haut-parleurs.

– Bonjour, inspecteur. La torture fait partie de vos pratiques ? Cette chaise n'est vraiment pas confortable.

Barns se tourne inconsciemment vers Eliott, désarçonné. La femme le fixe désormais avec un mélange d'insistance et d'agacement.

– Hey, je vous ai posé une question ! Il y a quelqu'un ?

C'est mal barré, pense Eliott. *C'est toujours un foutu risque de faire intervenir un bleu.* Barns dégage une mèche de son front poisseux, s'installe face à la jeune femme et tasse son dossier sur la table avant de le pousser d'un revers de main. Il ouvre ensuite le col de sa chemise – dévoilant la naissance d'un torse couvert de poils grisonnants – et pose enfin une bouteille d'eau glacée devant lui ainsi que deux gobelets en plastique.

– Désolé, Madem…

– Madame, coupe-t-elle immédiatement. Être veuve ne fait pas de moi une demoiselle pour autant.

– Je n'ai pas d'autre chaise à vous proposer… Madame, déclare-t-il sur un ton enfin plus autoritaire.

Le bleu se ressaisit, constate Eliott.

Tant mieux, il ne se voyait pas tout recommencer. La fille hausse les épaules et lève les yeux au plafond, avec l'air d'une grande dame à qui l'on aurait refusé l'accès à un wagon de première classe.

Barns sert un verre d'eau que la jeune femme s'empresse de saisir.

– Je voudrais entendre votre version des faits.

– Encore ? Vous ne parlez jamais entre vous ?

Barns joue machinalement avec son alliance.

– Depuis le début, s'il vous plaît.

La fille sirote une gorgée d'eau et s'affaisse légèrement dans sa chaise.

J'ai rencontré Oleksander sur son bateau. L'origine de notre histoire a tout d'un conte de fées. Ou d'un improbable film pour midinette, si vous préférez. J'ai vécu mon premier coup de foudre. Je n'avais pourtant eu aucun signe encourageant de sa part. Quoi de plus normal ? J'étais un visage ordinaire, presque invisible parmi les centaines de danseuses qu'il avait déjà dû voir défiler. Peut-être était-ce ma manière de le regarder ? Je ne voyais que ses yeux bleu gris, ses traits fins, sa mâchoire carrée parfaitement dessinée. Le décor, les voix, la musique, presque tout avait disparu. Ce soir-là, ma prestation lui était entièrement destinée ; une chorégraphie sans faute, sans doute ma plus belle. Mais je ne me faisais aucune illusion. Même une danseuse étoile serait passée inaperçue. Dans ce milieu, les spectacles, comme l'alcool et la coke, sont communs, aussi bien dans les palaces et les villas que sur les bateaux. Bien souvent, les convives nous considèrent avec autant d'égard qu'un poste de télévision ou une chaîne hi-fi. Je ne le prenais jamais mal. Cela faisait partie du job et je m'estimais déjà heureuse de pouvoir goûter à cette vie luxueuse le temps d'une soirée et de pouvoir rentrer chez moi, la tête pleine de rêves.

La fille s'interrompt brusquement et gratifie Barns d'une moue condescendante.

– J'imagine que vous n'avez jamais mis un pied sur un yacht de milliardaire, inspecteur ?

Barns regarde de nouveau vers le miroir, à la recherche d'une approbation, avant de revenir à son interlocutrice.

– Non, jamais.

– C'est un autre monde. Un monde que vous ne pouvez absolument pas comprendre. Un monde qu'on ne peut pas concevoir tant qu'on n'y a pas vécu. Et sans vouloir vous vexer, un monde qui vous sera à jamais inaccessible.

Barns encaisse la remarque sans ciller et invite son interlocutrice à poursuivre d'un moulinet de la main.

Le destin ? Je pense que j'ai eu de la chance. Nous étions une dizaine de danseuses ce soir-là, et je n'étais ni la plus belle ni la plus jeune et encore moins la plus aguicheuse. Sans même parler des autres filles à bord du yacht ; toutes habillées dans des robes hors de prix, gracieuses et s'exprimant avec classe. C'est pourtant sur moi qu'Olek a jeté son dévolu. Le bateau faisait route vers le port. Il était aux alentours de minuit et j'allais rentrer. Je n'habitais pas dans le coin et j'avais prévu de coucher chez ma sœur. Je venais juste de me démaquiller quand Jake, son homme à tout faire, a toqué à ma porte.

Je suis restée hagarde quelques secondes avant de comprendre qu'Oleksander Roudenko voulait me voir. À ce moment-là, j'ai senti mon cœur s'affaisser d'au moins dix centimètres. J'ai visionné la soirée en l'espace de quelques secondes pour me remémorer une éventuelle connerie. Avais-je renversé un verre, bousculé un invité ou attiré la jalousie d'une épouse le temps d'un regard ?

Olek m'attendait dans sa suite avec une bouteille de champagne et deux coupes. Je ne buvais jamais d'alcool, mais je n'ai pas refusé lorsqu'il m'a tendu mon verre. Je ne savais toujours pas ce qu'il me voulait. Il m'a fait venir à ses côtés et m'a posé quelques questions sur ma vie ; d'où je venais, si j'avais un petit ami. Je suis d'ordinaire assez bavarde, mais je me trouvais soudainement bien timide et silencieuse. Je me suis contentée de lâcher quelques réponses, balbutier et rougir ; une vraie collégienne. D'ailleurs, je pense que mon comportement ne faisait que l'exciter davantage.

Au bout d'un moment, il m'a invitée sur le pont où nous avons contemplé un lever de soleil sur la mer dans un silence presque gênant. Je ne vais pas mentir, la vue était magnifique et cet instant romantique. Une demi-heure après, son bateau amarrait. C'était la fin, j'allais devoir dormir sans même savoir pourquoi Olek m'avait accordé ce tête-à-tête.

Mais à ma grande surprise, il m'a saisie par les épaules et m'a déclaré sa flamme. Le milliardaire Oleksander Roudenko avait flashé sur moi, une première de son propre aveu. Il m'a annoncé sur un ton mystique qu'il ressentait les « choses », et que, comme en affaires, il devait suivre son instinct. Pris dans son élan passionnel, il s'est subitement agenouillé a et sorti un solitaire serti d'un immense diamant. Olek m'a demandée en mariage. Je n'ai même pas réfléchi, j'ai dit oui. Un oui lâché avec un cri de fillette écervelée. Et c'est ainsi, à l'aube naissante, que Florence Genet est devenue Florence Roudenko et que sa vie a totalement basculé. Je n'étais pourtant pas naïve, et j'avais déjà pas mal dégusté avec les hommes. Mais Oleksander était tellement séduisant en plus d'être riche. Riche à en crever. Comment aurais-je pu refuser ?

***

Barns déboutonne un deuxième bouton de sa chemise et vide son verre d'un trait. Florence Roudenko désigne le ventilateur d'un mouvement du menton.

– Il n'y a vraiment pas moyen de le mettre en route ? La chaise en plastique, la chaleur, vous êtes de véritables barbares, vous savez ?

– En panne depuis deux jours, on attend le technicien. Voulez-vous encore de l'eau ?

Florence tend son gobelet en guise de réponse.

Un mariage presque parfait. Une belle cérémonie en petit comité dans le sud de la France, à Menton. Les parents d'Oleksander étaient venus d'Ukraine et ma jeune sœur d'Antibes. Pour être honnête, le premier mois a été idyllique. J'ai vécu un rêve éveillé. Imaginez-vous sans limites ni budget, pouvoir voyager autour du monde et se loger dans les plus beaux hôtels, conduire les plus belles voitures, manger les meilleurs repas, boire les meilleurs champagnes.

Enchantée par ce nouveau monde, aveuglée par les paillettes et les rivières de diamants, je détonnais dans ce décor. Olek, comme tous ces autres types hyper fortunés, était déjà passé à autre chose. Vos rêves ne sont pour eux que la norme, une routine, leur quotidien. Il n'y a plus rien de magique ni d'excitant à leurs yeux. Ce monde est désormais un terrain conquis, gris et sans saveur qu'ils parcourent sans même un haussement de sourcil. Ils sont privés de désirs, alors ils recherchent d'autres trips. J'ai bien vite ressenti ce vide chez Olek, je pouvais le détecter dans ses silences, ses regards absents, cette façon qu'il avait d'amorcer un sourire avant de disparaître sous des traits inexpressifs. Mais j'étais atteinte du syndrome du saint-bernard et je pensais naïvement que notre amour pouvait sinon le sauver, au moins l'empêcher de sombrer. Quelle sotte ! Ce n'est qu'au bout de notre troisième mois de vie commune que j'ai commencé à entrevoir le vrai visage d'Oleksander. Tout a changé quand j'ai trouvé un pendentif en or sous le lit. Ce n'était pas le mien et comme par hasard, je m'étais justement absentée la veille. Mon cœur s'est soulevé en pensant qu'une autre femme avait pu dormir dans notre lit et qu'elle aurait perdu le collier dans leurs ébats. J'aurais sans doute dû me taire, mais j'ai voulu lui faire part de ma découverte. J'avais beau avoir des doutes et un pincement au cœur, j'étais certaine qu'Olek avait une explication. Il en avait bien une, mais son changement d'humeur a été radical.

– Il s'est montré violent ? Il vous a frappée ?

« Le con », lâche Eliott entre ses dents. À quoi joue ce crétin de Barns ?

– Oleksander était toujours très calme. C'est ce qui en faisait un homme d'affaires exceptionnel et redouté. Une force tranquille, qui ne doute pas. Quand un requin blanc attaque une proie, vous donne-t-il l'impression d'être énervé ? Les prédateurs, les vrais, sont sereins et discrets.

Olek m'a lancé un regard dont je me souviendrai toute ma vie. Un regard... vide. Comme si toutes ses émotions antérieures n'avaient été que des couches de maquillage pour grimer un visage inanimé.

Il a ensuite retourné la situation à son avantage et m'a expliqué avec fermeté qu'il avait acheté ce collier pour moi et comptait me le donner le soir même. Il l'avait dissimulé sous le lit volontairement. Ce bijou avait de l'importance à ses yeux, car il provenait de son arrière-grand-mère. Il était dégoûté ; je venais de gâcher sa surprise. Olek m'a ensuite accusée d'être une jalouse compulsive doublée d'une ingrate. Il m'assenait reproche sur reproche sans hausser le ton. Chaque mot m'ébranlait un peu plus. Il m'a congédiée d'un revers de main et j'ai quitté son bureau en titubant, sous le choc.

À partir de ce jour, notre relation a empiré. Olek devenait distant. Et il s'absentait de plus en plus souvent. Je sentais des parfums féminins sur ses vêtements. Nos ébats se raréfiaient et devenaient de plus en plus brutaux. Le rêve était parti en fumée et m'avait piégée dans mon mariage. Je pleurais presque chaque jour. Pourtant, je ne l'ai pas quitté. Olek savait me récupérer lorsque j'étais sur le point de sombrer. Dès qu'il me sentait au bord du précipice, il revenait vers moi, m'embrassait, me glissait des mots doux. Toujours au bon moment. Son timing était parfait.

La situation est restée ainsi, jusqu'à ce jour où nous sommes partis en mer sur son yacht, le « Barbe-Bleue ».

J'étais persuadée qu'il me trompait. Il s'isolait pour téléphoner, je l'entendais rire, ce qui ne lui arrivait quasiment jamais. Il prétextait des sorties et ne me touchait plus. Malgré notre éloignement, nous sommes partis en bateau. Une croisière au large de la Floride qui devait précéder un séjour à Disneyworld.

Dès le premier jour, Olek ne s'est pas senti bien. J'ai tout d'abord cru à une excuse, j'avais l'habitude. Et en le voyant partir vers sa chambre, je me suis dit que ce séjour en mer serait bien long et que j'allais sans doute finir avec plusieurs bouteilles de champagne vides à côté de mon lit, à lire des romans ou à lézarder sur un transat.

Olek est revenu, soi-disant soulagé par des antalgiques, mais toujours grimaçant de douleur. Son état n'était pas inhabituel, il était souvent sujet à de terribles migraines. Le temps d'un repas, j'ai presque retrouvé l'homme charmant dont j'étais tombée amoureuse. Et puis, il y a eu cet appel téléphonique.

Je pensais être tranquille, mais nous n'étions qu'à quinze kilomètres des côtes et la majorité des bateaux sont équipés de relais 4G et de wifi.

J'ai tout de suite deviné qu'il parlait à sa maîtresse. Sa voix plus douce que d'habitude, cette façon de rire un peu stupide. Il ne cherchait même pas à être discret.

Il est revenu vers moi en me disant qu'il allait s'allonger. Ses migraines lancinantes revenaient en force, malgré les médicaments. Il a ajouté que nous allions sûrement devoir écourter notre séjour en mer, car la météo annonçait une probable tempête dans notre zone.

Je suis restée comme une cruche devant mon assiette de sushi, j'ai bu mon verre de blanc d'un trait et je suis repartie vers la piscine. Et c'est là que j'ai aperçu son PC portable posé sur un transat. La session était encore ouverte, ce qui m'avait étonnée, car Olek était plutôt du genre méfiant, pour ne pas dire parano. La curiosité l'a emporté.

– C'est à ce moment que tout a basculé, n'est-ce pas ?

Florence approuve d'un lent hochement de tête.

J'ai pris l'ordinateur et je me suis isolée dans une chambre vacante. Honnêtement, je ne pensais pas m'attarder. Surtout qu'Olek se reposait pas très loin. J'ai commencé par éplucher les mails. Hélas, ils étaient quasiment tous rédigés en russe et je n'y comprenais rien du tout. J'ai cherché une correspondance en français sans succès. J'ai consulté ses rendez-vous, cherché des réservations d'hôtels suspectes. Tout ce qui aurait pu confirmer mes soupçons. Sans succès, là encore. Idem sur son historique Internet. Je n'ai rien trouvé de suspicieux, pas même une visite sur un site porno. Olek s'intéressait principalement à des sites de bourse en ligne, à des casinos, à la hi-fi haut de gamme et aux pièces de collections. Je devenais folle. Était-ce mon imagination ? Il aurait forcément dû laisser une trace, non ?

J'allais refermer l'ordinateur quand j'ai remarqué une petite icône en forme de clé dans la barre des tâches, elle était couverte d'une fine trace de sang.

J'allais appuyer dessus et puis j'ai pensé à un logiciel pirate. Je ne voulais pas compromettre son ordinateur et être responsable d'un vol de données. J'ai ouvert une fenêtre Messenger en priant que ma sœur soit connectée et laissé une phrase du genre « Coucou, Anne, tu es là ? »

Mais les minutes défilaient et elle ne me répondait pas. J'ai craqué et j'ai appuyé sur l'icône.

Une fenêtre s'est ouverte le temps d'un clignotement et j'ai été redirigée vers un forum nommé « Barbe-Bleue ». Comme c'était le nom du bateau, j'ai pensé qu'il y avait un rapport.

La page, rédigée en anglais, affichait plusieurs catégories et sujets initiés par divers prénoms ou pseudonymes. L'un d'eux a attiré mon regard. Il était intitulé « New bride ? » et celui qui l'avait posté il y a presque un an s'appelait Oleks.

J'ai cliqué comme un automate. Cette section se composait d'une série de posts, classés chronologiquement.

J'ai cru m'évanouir.

Plusieurs dizaines de photos de moi. Toutes antérieures à ma rencontre avec Olek.

Toutes assorties de commentaires.

« Bof, tu peux trouver mieux, cherche encore », « Intéressante cette nana, elle a quelque chose », « Canon, mais un peu gourde, non ? »... J'ai dénombré une trentaine de participants. Dans l'ensemble, ils approuvaient le « choix » d'Olek.

La gorge nouée, j'avais une furieuse envie de fermer l'ordinateur.

J'allais passer aux posts suivants quand Anne m'a répondu. « Coucou ça va ? Il est quelle heure aux USA ? »

J'avais oublié le décalage horaire. Il devait être trois ou quatre heures du matin. Par chance, Anne était un oiseau de nuit. J'ai répondu que j'avais besoin d'elle et je lui ai expliqué la situation. Elle a tout de suite réagi. Ma sœur était une White Hat, vous savez, ces « gentils » hackers qui s'attaquent aux gouvernements et aux entreprises pour exposer leurs agissements et leur corruption. Je lui ai donné l'adresse IP, elle m'a demandé de faire quelques manipulations et a pu avoir accès à l'ordinateur d'Olek.

En consultant le forum, sa première réaction a été de dire « Sauve-toi ». Elle ignorait un détail important : j'étais sur un bateau.

J'ai continué à parcourir le forum. Tout était là, exposé en diverses photos et vidéos. Mariage, voyage, prises de tête, engueulades et même nos ébats. Pour certains, j'étais une « sacrée chaudasse », pour d'autres, « une danseuse qui tenait ses promesses ». Une échelle de notation était même mise en place ainsi qu'un système de vote.

Quand fallait-il me réconforter ? Me faire pleurer ? M'offrir un bijou ? Tout était décidé sur le forum et validé par Oleks.

Anne devenait folle et m'envoyait des messages. « Ils vont payer, ils se croient intouchables avec leur pognon, mais ils vont payer ces connards. »

J'étais incapable de lui répondre, tétanisée. Tout, y compris mon mariage, n'était qu'une mise en scène. J'avais été l'actrice inconsciente d'une farce perverse pour divertir quelques riches blasés.

Il m'était impossible d'arrêter, mais je devais faire vite. L'orage grondait et le bateau commençait à tanguer. La météo ne s'était pas trompée. À ce rythme-là, Olek allait se réveiller.

J'ai continué ma consultation avec un mélange de fascination et d'horreur.

J'ai failli pousser un cri quand je suis tombée sur un post intitulé « Souvenir » assorti d'une photographie sur laquelle on voyait une jeune fille au bras d'Olek. Elle portait le pendentif que j'avais trouvé sous le lit. En lisant les commentaires, j'ai compris que c'était une de ses ex, elle aussi victime de ce petit jeu pour riches. J'ai également déduit des remarques que le mariage était une première. Certains membres spéculaient sur la date du divorce et sur son coût.

Anne a interrompu ma lecture par une série de « OMG !! Putain !!! »

Quand je lui ai demandé ce qui se passait, elle m'a dit être tombée sur un dossier caché. J'ai dû insister pour qu'elle m'en procure l'accès. « Où es-tu ? J'appelle les flics immédiatement ! »

J'ai vaguement expliqué ma position. Au large de Miami, à moins de vingt kilomètres des côtes. J'ai communiqué les coordonnées GPS inscrites sur mon téléphone, sachant qu'elles pouvaient encore changer.

Un éclair a zébré le ciel, suivi par le fracas du tonnerre. Le bateau commençait à sérieusement tanguer. Et les vagues venaient lécher les hublots. Par acquit de conscience, je me suis levée et j'ai fermé la porte de la chambre.

De nouveau installée sur le rebord du lit, j'ai consulté le dossier en question.

Il contenait une série de photos et de vidéos. En visionnant la première, j'ai été sonnée par un uppercut.

J'ai tout d'abord cru à un montage photo. On y voyait une femme, d'environ mon âge et d'une beauté éblouissante. Sa gorge avait été tranchée, presque au point de la décapiter. Le pendentif que j'avais trouvé sous le lit reposait sur sa poitrine. La position du cadavre, la colorimétrie, le cadrage : tout suggérait une méticuleuse mise en place et la volonté d'en faire une œuvre d'art. Sur une autre, la victime avait été éventrée du nombril jusqu'au sternum. Là encore, on sentait un travail de composition et une méticulosité dans le positionnement. La jeune femme portait le même solitaire que le mien à sa main. Les clichés se succédaient, tous hypnotiques, tous terrifiants. Mais plus on avançait dans le temps, plus l'horreur prenait le pas sur la mise en scène. Sur la dernière image, la tête de la victime était réduite en bouillie. Il n'y avait rien d'artistique, juste la manifestation d'une barbarie sans nom. J'ai réprimé quelques haut-le-cœur et manqué vomir mon repas.

Anne m'envoyait des messages.

« J'ai appelé la police » « Ces types sont des malades » « Il faut que tu te planques en attendant les flics, c'est possible ? »

J'ai regardé les vidéos. On y apercevait des femmes endormies sur un grand lit. Les mêmes femmes que sur les photographies. Olek les filmait la nuit, pendant au moins dix minutes. Il bougeait à peine, mais finissait toujours par se rapprocher en très gros plan de leur visage. La dernière vidéo datait de la veille. Et la fille endormie, c'était moi.

« Combien de temps, Anne ? » ai-je demandé en panique. J'avais du mal à frapper sur mon clavier et j'ai dû m'y reprendre plusieurs fois pour compléter mon message. Elle n'en avait aucune idée. Et selon elle, la tempête n'allait pas arranger les choses.

J'ai regardé autour de moi, à la recherche d'une arme de fortune, n'importe quoi. Malheureusement, il n'y avait rien d'exploitable dans la chambre.

Anne tentait de me rassurer en me disant qu'il ne me ferait rien, qu'elle allait envoyer une alerte sur des forums, menacer de les exposer. Son discours a fonctionné jusqu'au moment où j'ai remarqué un nouveau post apparaître sur le fil du forum, intitulé à mon nom.

Anne m'a conseillé de ne surtout pas cliquer, mais je ne l'ai pas écoutée. Cette foutue curiosité l'avait encore emporté.

Pas de commentaires, ni de texte cette fois, mais un simple feed de caméra sur lequel on voyait une femme assise sur un lit, un ordinateur portable sur les genoux. Moi.

Cette fois, j'ai crié et je me suis précipitée vers la porte.

Elle s'est ouverte au même moment, et je suis tombée face à face avec Olek.

– Bordel, mais quelle histoire ! lâche Barns. C'est complètement dingue !

De l'autre côté du miroir, Eliott secoue la tête et se maudit de ne pas lui avoir fourni une oreillette pour mieux le guider.

Il était là, planté devant moi, mais ne paraissait pas menaçant. « Je peux tout t'expliquer », m'a-t-il dit. « C'est un jeu stupide, je sais, et je devais aller jusqu'au bout, je m'étais engagé par contrat. Tu penses que j'ai une maîtresse, mais ce n'est pas le cas. Je n'aime que toi. Cela faisait partie de la mise en scène. Mais c'est fini. Le jeu est fini. Je ne t'avais pas menti quand je t'avais parlé de mes flashs. Tu n'es pas comme les autres et c'est pour cette raison que j'ai voulu me marier avec toi. On va enfin pouvoir vivre comme on le désire désormais. Le monde est à nous. »

Je serais bien incapable de vous refaire l'expression imprimée sur mon visage à ce moment-là. De l'incrédulité, du dégoût, de la peur, de la pitié. J'avais la sensation d'être totalement déconnectée de la réalité. Je faisais face à un extra-terrestre.

Et l'espace d'un instant, j'ai compris. Je n'étais pas censée voir les photos et les vidéos du dossier caché, alors que tout le reste faisait partie de son jeu de piste. Le coup de téléphone, le PC laissé en plan, tout avait été orchestré, jusqu'à ce final. Certains avaient même spéculé sur le divorce après ma découverte du forum.

Il a fait un pas vers moi et j'ai reculé en esquissant un geste de défense. J'étais terrorisée.

Mon visage devait être un livre ouvert, car Oleksander a foncé sur l'ordinateur.

Il l'a déposé sur le lit et s'est tourné vers moi en secouant la tête. Il avait l'air déçu.

« Tu n'aurais jamais dû voir ça », m'a-t-il dit sans hausser le ton. « Tu étais la bonne, je t'avais choisie. »

Je n'arrivais pas à bouger. J'étais une biche prisonnière des phares d'une voiture avant l'impact.

L'orage a tonné de nouveau et une déferlante a fait tanguer le yacht. J'ai profité de ce moment pour courir. Une décision idiote, je n'avais nulle part où aller. Je me suis rapidement retrouvée sur un pont presque inondé, acculée. Je me suis dirigée vers la table où nous avions mangé, et je me suis emparée d'une fourchette que j'ai brandie devant moi.

« Florence ! Ne sois pas stupide, c'est dangereux. Reviens vers les cabines. »

Olek avançait, la main tendue, suppliant.

Je lui hurlais de me laisser tranquille, qu'il était un monstre.

« Je t'aime, il faut me croire. Les autres ne comptaient pas. J'ai besoin de toi. Cela restera notre secret. Je te fais confiance. »

Une partie de moi voulait le croire. Oleksander Roudenko s'était marié avec moi, j'étais sa femme. Il m'avait choisie, pas les autres.

Sans les meurtres, tout aurait été différent. Et sans doute lui aurais-je pardonné cet horrible jeu pervers. Mais je ne pouvais m'ôter les photographies et les vidéos de la tête. Qui pourrait dormir à côté d'un tel monstre ? Qui pourrait se rendre complice de telles atrocités ?

Tout s'est accéléré, il a avancé vers moi en hâtant le pas. J'ai reculé et je suis tombée à la renverse, déstabilisée par une vague venue heurter la coque avec fracas.

Quelques instants après, j'avais le visage plongé sous l'eau, Olek était sur moi, à califourchon, les mains autour de mon cou. Il avait placé un genou sur mon biceps et je n'avais aucun moyen de me débattre.

Je l'entendais jurer en russe et sangloter. Il m'étranglait à contrecœur. Il m'aimait, mais j'avais découvert son secret, alors je devais disparaître.

J'ai cru que j'allais mourir. Étranglée ou noyée au large de Miami, sur le pont d'un bateau de luxe.

Mais la tempête m'a sauvée.

Une vague un peu plus haute a déferlé sur le pont et a heurté Olek de plein fouet.

Réflexe de survie, j'ai profité de ce court moment de répit pour frapper avec ma fourchette. Je l'ai atteint à la joue, puis au niveau du cou. Je me souviendrai toujours de son regard, incrédule.

Une deuxième déferlante nous a emportés. Je me rappelle cette sensation d'avoir été une poupée de chiffon désarticulée, balayée par une force effroyable, d'un choc sourd et puis plus rien.

Je me suis réveillée sur un autre bateau, en position latérale, la pluie martelait le sol métallique et résonnait dans mon oreille. À travers ce fracas, je percevais des voix. Des hommes et des femmes parlaient en anglais.

J'ai appris quelques instants plus tard que j'avais été miraculeusement repêchée par la police qui avait été alertée par ma sœur. Une déferlante avait dû nous emporter. Ils avaient également récupéré le cadavre d'Oleksander. L'avais-je tué ou la vague s'en était-elle chargée ? C'est une question que vous connaissez, puisqu'elle a fait le tour des tabloïds de la planète.

Florence se redresse dans son siège et finit son verre d'eau d'un trait.

– J'ai deux dernières questions.

– Je suis là pour ça, non ?

– Votre sœur, Anne, a-t-elle récupéré les noms figurant sur le forum ? Les autres participants à ce réseau « Barbe-Bleue ».

Florence hausse les épaules.

– La connaissant, c'est fort probable. Qui sait si elle ne prépare pas une attaque en ce moment même ?

Barns se racle la gorge.

– Et vous ? Vous souvenez-vous des noms et pseudonymes ?

Florence désigne son front.

– J'aimerais bien, mais cette partie est totalement floue. Je ne suis pas sortie indemne de cette histoire, vous savez. On me gave de médicaments.

– Merci, madame Roudenko, je n'ai pas d'autres questions.

***

Joseph ouvre la porte. Eliott est saisi par une puissante odeur de transpiration. Il empoigne néanmoins la main tendue vers lui.

– J'espère que vous avez pu obtenir ce que vous vouliez, je viens de passer un des moments les plus étranges de ma vie.

Eliott hoche la tête.

– Vous vous en êtes pas trop mal tiré, même si j'ai eu des doutes sur les premières secondes, pour être tout à fait franc.

Heureusement que ses interventions étaient limitées à quelques lignes de dialogues, ajoute-t-il dans sa tête.

– C'est une première pour moi, mais une fois dans le script, je me suis senti beaucoup plus à l'aise. Qu'est-ce qui est vrai et faux dans ce qu'elle raconte ? Elle me paraissait extrêmement crédible. Je n'ai pas eu l'impression qu'elle affabulait.

– Je peux éclaircir certains points, mais dans l'ensemble je ne peux rien vous divulguer. Florence Roudenko est ma patiente.

Joseph pousse un soupir.

– Je peux vous faire part de ce que j'ai deviné ?

– Vous pouvez toujours essayer, mais il est fort probable que je ne donne aucune suite à vos remarques.

Joseph s'assoit sur une des chaises disposées dans le bureau et ferme les yeux pendant quelques secondes.

– Je ne pense pas qu'elle soit réellement danseuse. Sa façon de s'exprimer, son vocabulaire. Je ne sais pas d'où lui est venue cette idée.

– Ou vous avez très bien pu consulter la presse et constater que Florence était étudiante en journalisme et pigiste pour un blog underground consacré au hacking, coupe Barns. Et pourtant, c'est bien en tant que danseuse qu'elle a rencontré Oleksander Roudenko. Une couverture pour l'approcher, sans doute.

– Roudenko n'avait d'ailleurs rien d'un prince charmant, si j'en juge les photos sur les articles. OK, je vais abandonner mon jeu de devinettes. En plus, je suis complètement vanné.

De l'autre côté du miroir, deux infirmiers entrent dans la pièce et encadrent Florence. Barns la désigne du doigt.

– Et il fallait vraiment nous faire subir ce traitement ? Vous avez l'air climatisé ici.

– C'est pour recréer l'environnement avec le plus de précision possible. Pour une raison que j'ignore encore, Florence revit les événements en boucle. Sa mémoire se réinitialise le lendemain de son interrogatoire. Nous en sommes à notre quarante-troisième session et j'en apprends à chaque fois un petit peu plus. J'ai remarqué que chaque détail compte. Le ventilateur était en panne lors de sa première audition, j'ai fait jaunir les pages de quelques dossiers, la chaise est du même modèle, ainsi que la table.

Eliott sort deux photos de sa mallette et les tend à son interlocuteur. L'une représente une salle d'interrogatoire, une autre une personne ressemblant à Barns.

– J'avais déjà vu le flic dans le dossier que vous m'avez envoyé. Je comprends pourquoi vous avez fait appel à moi. On pourrait être frères. Pas très fan de son costume en revanche. Les associations sont assez criardes. On m'a proposé de les garder, mais je vais passer mon tour. C'est dingue que vous ayez reconstitué la pièce à l'identique. Je me demande si l'interrogatoire, le vrai je veux dire, a duré autant de temps.

– Absolument pas. Les seuls mots qu'elle a pu sortir étaient « Barbe-Bleue ». C'était la réponse qu'elle donnait à chaque question.

– Le bateau s'appelait vraiment « Barbe-Bleue » ? Elle a vraiment une sœur qui s'appelle Anne, comme dans le conte ?

– Non, elle est fille unique et ses parents sont morts dans un accident de voiture il y a quatre ans. Pour le nom du bateau, elle n'a rien inventé. Mais qui sait à quel point cela n'a pas joué avec son imaginaire ?

– Bordel, elle a dû être sacrément traumatisée pour s'inventer des histoires pareilles.

– En plus de ses blessures, l'impact psychologique est profond, en effet.

– Et cette histoire d'application et de dossier ? Elle a vraiment piraté des données ? Et si ce n'est pas elle ou sa sœur Anne, qui ? Un type comme ce milliardaire doit avoir un sacré réseau d'amis influents.

– Je suis docteur, pas détective privé ni officier de police. Ce n'est pas vraiment mon affaire. Seule ma patiente compte.

Barns claque ses cuisses et se lève de sa chaise.

– Et moi je suis sans doute un acteur un peu trop curieux. D'ailleurs, je vais y aller et je me doute que vous avez du travail. Mais si vous avez besoin de moi pour une autre séance, n'hésitez pas. Vous avez mes coordonnées.

– Je risque effectivement de vous contacter, d'autant que votre prédécesseur ne donne plus signe de vie.

– Vous êtes sérieux ?

– Les séances étaient incompatibles avec son agenda de tournage.

– Eh bien, ce n'est pas encore mon cas et je ne crache pas sur le job. À bientôt, docteur.

***

Eliott gare sa voiture dans l'allée de son garage. À peine a-t-il fermé la portière que la jeune chihuahua de la famille réagit à sa présence. La chienne aboie et gratte derrière la porte de la maison.

Il n'a pas encore atterri, les pensées toujours rivées au dossier qui l'obnubile depuis des semaines, et manque d'écraser l'un des nombreux jouets que Léo essaime dans le gazon. Eliott ramasse une figurine « marshmallow » des *Ghostbusters* en plastique et file vers la porte.

En entrant, il est accueilli par les jappements de la chienne et un fumet de tarte à l'abricot qui émane de la cuisine.

– Jessie ? Léo ? Il y a quelqu'un ?

Il renouvelle son appel.

Toujours pas de réponse.

Eliott pose machinalement la main sur le petit revolver glissé dans la poche intérieure de sa veste avant que le souvenir de l'anniversaire de l'ami de son fils resurgisse.

Brenda a dû préparer la tarte dans l'après-midi et l'a sortie juste avant de partir chercher Léo.

Une théorie vite confirmée par le petit mot posé sur la table.

« Prends-toi une part, mais attends qu'elle refroidisse, c'est meilleur. »

Eliott mesure à quel point il est chanceux. Pour rien au monde, il ne voudrait une vie de milliardaire. Eliott aime les choses simples et s'estime heureux d'avoir d'excellents revenus et d'avoir pu mettre de l'argent de côté pour les futures études de son enfant ou encore de pouvoir partir dans des hôtels cinq étoiles à travers le monde.

La tarte n'a pas encore refroidi, mais Eliott décide de passer outre les consignes laissées par Brenda et découpe une part qu'il emballe ensuite dans un morceau d'essuie-tout avant de grimper d'un pas rapide au premier étage. Il mangera dans son antre.

Avant de rentrer dans sa tanière, Eliott remarque que son diplôme de psychiatre encadré au mur est légèrement penché. Son fils a encore dû faire trembler le parquet avec son ballon sauteur, jouet qu'il songe d'ailleurs à remiser en raison de sa dangerosité.

Son bureau dégage des senteurs d'encens et d'huiles essentielles et atteste d'un passage récent de

Brenda. Il pose sa part de tarte à côté du moniteur, s'assoit et réveille son ordinateur de quelques mouvements de souris.

Eliott prend une grande inspiration et ferme les yeux.

Ses tâches administratives sont routinières, mais il ressent toujours autant de stress. Dans un premier temps, il s'assure que son VPN est bien activé avant de lancer une console de commande Putty. Il entre quelques instructions et récupère le mot de passe encrypté nécessaire à la prochaine étape. Il se connecte alors à un deuxième réseau privé. Sur la console, un message laconique s'affiche.

« Attente de résultat. Entrez vos conclusions ».

Eliot déglutit et frotte ses paumes moites contre ses cuisses. Il saisit son texte.

« Sujet : Florence Roudenko ». Entrée.

« Statut ok ». Entrée.

« Conseil : ne rien faire pour le moment ». Entrée.

Le curseur clignote avant d'afficher :

« Barbe-Bleue ? »

C'est le moment le plus délicat et Eliott ferme les yeux, mesurant les éventuelles répercussions de sa réponse.

« Je n'ai pas encore pu déterminer si elle détient la liste des noms. Nous devons assumer que notre réseau est potentiellement compromis ». Entrée.

Boucles d'Aur

LORRAINE LETOURNEL LALOUE

Aurélie attend depuis plus de trente minutes, au milieu d'une campagne sarthoise paumée, le verdict du garagiste qui examine sa voiture tombée soudainement en panne alors qu'elle circulait sur l'autoroute pour se rendre à l'anniversaire de son ami Patrick. Elle fait les cent pas devant l'accueil, lève le bras en l'air en cherchant un réseau téléphonique, en vain. Elle veut avertir de sa panne, et donc de son retard, sa copine Clara qui organise la fête surprise. La jeune femme est nerveuse, elle entortille ses doigts autour de ses boucles blondes, c'est son anti-stress quand elle est à bout. Elle sort du bâtiment, remarque la forêt qui s'étend sur plusieurs kilomètres. Devant elle, se dresse un panorama rempli de couleurs, de cimes de conifères, de bouleaux et de chênes. Le paysage offre à lui seul et en quelques secondes de contemplation, un sentiment de bien-être et de plénitude que cette citadine confirmée n'a que rarement l'occasion de vivre. Aurélie se tourne vers la devanture du garage « Ours réparations ».

– Drôle de nom, songe-t-elle. Et maman Ours ? Elle est où ? Elle fait la popote au fond de la cabane en bois dans la forêt ?

Alors qu'elle se délecte de sa propre bêtise, quelques gouttes annonciatrices d'une grosse averse la poussent à rentrer se mettre au chaud dans la salle d'attente et à prendre son mal en patience. Elle attrape un magazine, commence à le feuilleter et se rend compte qu'elle tient entre les mains une véritable antiquité, puisque les gros titres annoncent la mort de Diana sous le pont de l'Alma, « *le destin tragique d'une princesse* ». Le journal ne date pas d'hier. Elle s'apprête à le reposer quand elle aperçoit au loin le garagiste se contorsionner pour sortir de sous sa voiture. Une fois l'homme complètement relevé, Aurélie constate sa stature et ne peut que reconnaître que ce nom, « Ours », est un parfait aptonyme ! L'ouvrier doit mesurer un mètre quatre-vingt-quinze, il a les mains larges et rugueuses des grands manuels, une musculature très développée, un passionné de culturisme peut-être. Elle est comme ça, Aurélie. Elle aime bien regarder les gens et imaginer leurs vies. Le moins que l'on puisse dire, c'est qu'elle a une imagination débordante. Patrick se moque régulièrement de son imagination débordante et lui conseille souvent d'écrire un roman. Elle osera peut-être se lancer un jour, qui sait ?

– Il va nous falloir une bonne semaine pour régler la panne, ma p'tite dame. Parce que j'ai pas la pièce à l'atelier, moi. Mais j'peux vous prêter un véhicule, c'est compris dans votre assurance !

« Ma p'tite dame » ! Qui parlait encore comme ça de nos jours pour s'adresser à sa clientèle ? La jeune femme acquiesce – ce n'est pas comme si elle avait le choix – et attend que ce monsieur Ours lui apporte les clefs du véhicule de prêt.

Aurélie ne décolère pas dans l'habitacle de la voiture que lui a prêtée ce garagiste. Elle a bien vu qu'il s'amusait ouvertement de son allure de Parisienne endimanchée dans un tailleur de luxe, au milieu de cette campagne, le pantalon et les escarpins vernis partiellement recouverts de boue après avoir enchaîné les allers et retours pour charger ses bagages dans le coffre du véhicule de courtoisie. Elle osait à peine toucher la carrosserie ou le volant de la voiture de ses belles mains manucurées tellement cette caisse était repoussante.

Quelle poisse de tomber en panne à moins de trente minutes de l'arrivée ! La surprise promettait d'être absolue, Clara devait bouillir de rage. Surprise loupée ! La fête, elle, allait bien entendu commencer sans elle. « Toujours en retard, celle-là » dirait amicalement Patrick pour faire redescendre la tension. Et hop, aux oubliettes Aurélie ! Fallait pas tomber en panne dans la pampa ! Fichu patelin !

Impossible de se guider à l'aide du GPS puisqu'elle n'avait toujours aucun réseau. Impossible, aussi, de passer le moindre appel ou d'envoyer un texto ou un mail. Une torture pour cette geek. Elle supplie intérieurement une intervention divine de lui donner une seule petite barre de réseau pour appeler Clara.

– Et puis, merde ! Faut juste que je me casse d'ici ! Panne de voiture, pas de réseau. Ce lieu est maudit et ce pseudo garagiste en salopette me fait flipper ! Et cette voiture, on en parle ? Elle n'a même pas la direction assistée ! Si je parviens à rentrer à Paris avec cette caisse, ça tiendra plus du miracle que de la chance ! dit-elle en pianotant nerveusement sur le clavier de son téléphone d'une main et en trifouillant ses boucles de l'autre.

– Ça va, ma p'tite dame ? Elle a un problème ? Besoin d'aide pour son chemin ? demande le garagiste avec un sourire presque malsain, son mégot de cigare au coin de la bouche.

– Non, *elle* va se débrouiller, répond Aurélie avant de poursuivre en bougonnant, *elle* va bien retrouver sa route, la p'tite dame, et arriver à l'heure à l'anniversaire de son pote. Mais bon, comme on dit : « faut pas vendre la peau de l'ours avant de l'avoir tué ».

– Qu'est-ce qu'elle dit ?

– Rien, rien monsieur Ours ! Je disais que je trouverai bien mon chemin, merci encore pour le prêt du véhicule, dit-elle avec un petit sourire sarcastique en repensant à son jeu de mots.

Aurélie enclenche la première et tourne à droite puisque la signalisation l'y oblige. Elle jette un dernier regard dans son rétroviseur et y aperçoit l'homme en salopette en train de la fixer et de s'essuyer le front du revers de la main. Un frisson parcourt son corps et quand l'homme disparaît de son champ de vision, elle se reconcentre sur la route.

Le paysage offert une seconde fois par Dame Nature lui fait oublier, le temps de quelques précieuses minutes, la situation rocambolesque qui est la sienne. Une route de goudron en plein cœur d'une forêt d'arbres et de végétations aux couleurs automnales. Un camaïeu de rouges, d'oranges et de jaunes, un mélange de couleurs qui offre un tableau unique aux automobilistes. Aurélie imagine parfaitement la beauté de ce passage en plein hiver, sa saison favorite, quand tous les éléments sont recouverts de neige. Ce moment est presque trop calme au goût de cette jeune femme extravertie qui a la réputation d'aimer la vie et le rock, plus que tout ! Elle décide de mettre un peu de musique et l'autoradio est visiblement aussi vieux que cette charrette, puisqu'il est équipé d'un lecteur cassette ! Les faces A, les faces B, Aurélie s'en souvient parfaitement car quand elle était enfant, sa grande sœur et elle attendaient parfois pendant des heures qu'un titre soit diffusé à la radio pour l'enregistrer.

C'est le taulier du rock'n'roll, Johnny Hallyday, qui hurle à pleins poumons sa chanson « Diego ». Aurélie adore ce chanteur, elle a grandi, comme beaucoup de gamins de sa génération, avec les titres à succès de ce monstre de la chanson française.

Elle a eu la chance de pouvoir vivre une des dates de sa dernière tournée. C'était un spectacle inoubliable, un show parfaitement orchestré qui a gravé dans sa mémoire un moment de partage, de joie et de passion inoubliable.

– *Diegoooo, liiiiiibre dans sa tête, derrière sa fenêtre…*

Alors qu'elle roule depuis quelques minutes, et qu'elle chante « Diego » à s'en arracher les cordes vocales, Aurélie regarde régulièrement et avec attention si elle capte du réseau téléphonique. Elle doit à tout prix joindre Clara. Une barre de réseau, une faible barre, un faible espoir mais Aurélie s'y accroche, baisse le volume de la musique et lance l'appel à son amie.

Une tonalité. Aurélie garde les yeux sur son écran. Deuxième sonnerie. Elle jette un regard sur la route et à l'entrée d'un virage, elle aperçoit un petit garçon avec un blouson vert fluo et des bottes en caoutchouc jaune qui attend, seul, sur le bord de la route. Déstabilisée, Aurélie freine aussi fort qu'elle le peut, donne un brusque coup de volant qui lui fait perdre le contrôle de son véhicule et manquer son virage. Au moment où la voiture dévie, Aurélie lâche son téléphone pour agripper le volant des deux mains et écrase, encore, la pédale de frein aussi fort que possible. La jeune femme comprend très vite qu'elle n'arrivera pas à reprendre le contrôle, que l'accident est inévitable, alors elle serre le volant de toutes ses forces comme si ce geste pouvait amoindrir le choc. Aurélie n'entend pas la troisième tonalité. Sa voiture vient embrasser le premier arbre sur le bas-côté dans un froissement de tôle.

Au bout d'un temps qu'elle ne saurait définir, Aurélie reprend connaissance. Un sifflement aigu dans les oreilles et la vue qui se trouble, quelques secondes seulement. Un silence envahit la scène, plus une seule note de rock dans l'habitacle, Diego a disparu, comme son interprète. Aurélie reprend doucement ses esprits et tente de remettre tous les éléments dans l'ordre. Elle aperçoit son reflet dans le rétroviseur et ses boucles d'habitude si blondes sont, par endroits, recouvertes de son propre sang. L'avant de la voiture est complètement défoncé. Elle s'efforce de repenser aux instants qui ont précédé sa perte de contrôle. Elle tentait de joindre Clara…

– Mon téléphone…

Aurélie cherche son iPhone, se contorsionne jusqu'à le sentir du bout des doigts. Elle s'en saisit et constate que l'écran est explosé. Même l'appel d'urgence, elle ne peut pas le passer. La panique l'envahit. Comment parvenir à contacter la moindre assistance sans mode de communication ? Personne ou presque ne semble emprunter cette route aux abords de ces bois. Elle doit trouver de l'aide. Elle détache sa ceinture et essaie de sortir de l'habitacle. Une fois à l'extérieur, un vertige l'oblige à prendre appui sur la portière. Elle jette un œil sur la route. À droite, puis à gauche, mais la jeune fille n'aperçoit aucune voiture en ce samedi pluvieux. Elle regarde autour d'elle, voit les traces de pneus que la voiture a laissées sur son passage et puis soudain elle se souvient :

– Merde, le gamin ! Il y avait un gamin !

Au loin, derrière un arbre, elle aperçoit à nouveau ce blouson fluo et interpelle l'enfant qui semble, à première vue, avoir six ou sept ans.

– Hey, petit ! Tu vas bien ? Tu es perdu ? Tu sais à qui je pourrais demander de l'aide ? Je viens d'avoir un accident.

L'enfant la fixe puis, sans dire un mot, se tourne légèrement et pointe une direction du doigt avant de partir presque en courant.

– Attends ! Attends-moi petit !

Aurélie tente, du mieux qu'elle le peut, de suivre l'enfant, malgré la boue, ses escarpins et sa blessure. Elle ne le lâche pas des yeux, s'appuie à un arbre dès qu'elle en a l'occasion pour reprendre son souffle et examiner du bout de ses doigts sa blessure à la tête. Elle sent le liquide rouge couler le long de sa tempe et se coller aux cheveux venus se poser contre sa plaie. Ses phalanges se recouvrent partiellement de ce rouge carmin et l'angoisse s'installe progressivement en elle. Plus les minutes tournent et plus elle sent ses forces s'amoindrir. La jeune femme est tellement concentrée à suivre l'enfant du regard qu'elle ne voit pas la grosse branche d'un hêtre sur le chemin. Sa tête vient heurter une pierre au sol. Un nouveau choc qui sonne Aurélie pour quelques secondes. Le bruit d'un sifflet vient lui hurler dans les tympans. Aurélie relève la tête, appuie ses mains sur la terre humide pour tenter de se relever. En vain. Dans sa chute, elle a perdu un escarpin et l'autre est complètement hors d'usage. Même si un miracle la téléportait à la fête, elle serait tout juste présentable pour se cacher au fond des sanitaires.

Un nouveau coup de sifflet attire son attention. Aurélie tourne la tête. Deux petits coups réguliers suivent, comme un cri d'appel. L'angoisse l'envahit, le chant des oiseaux devient une menace, le vent qui fouette son visage devient un agresseur et lui coupe le souffle, les petits bruits environnants sont, sans exception aucune, de potentiels dangers. Aurélie est devenue une proie. Un nouveau coup de sifflet, à quelques mètres d'elle cette fois. Le petit garçon au blouson coloré la fixe. Il semble attendre qu'Aurélie se relève et continue de le suivre.

– Comment tu t'appelles, petit ? Tu peux m'aider ? Je suis blessée, regarde !

L'enfant ne pipe mot, la détaille des pieds à la tête. Il regarde pendant de longues secondes les boucles blondes d'Aurélie, baisse sa capuche et tourne le bout de son index autour de ses propres boucles aux couleurs des épis de blé. Pour la première fois, Aurélie le voit sourire, un grand coup de vent encourage le petit à remettre sa capuche et il montre, à nouveau, une direction du doigt avant de repartir vers son chemin.

Aurélie poursuit sa route avec son seul escarpin en prenant garde de ne pas piétiner les bogues de châtaignes épineuses. Elle se retourne de temps à autre et elle ne voit à présent plus le véhicule accidenté. Elle est incapable de se localiser, de retrouver la route goudronnée et continue de suivre bêtement un enfant qui refuse de lui lâcher le moindre mot. Au bout de quelques minutes à piétiner le sol terreux, Aurélie distingue au bout d'une clairière une jolie petite maison en bois. Trois vélos sont rangés à l'abri de la pluie sous un porche. Au centre du terrain entouré d'arbres, des fleurs coupées, visiblement déposées il y a peu. Sur une grosse pierre de granit est inscrit « Ici repose notre bien-aimée et dévouée chienne Ali ». Aurélie relève la tête vers la maison de bois et aperçoit de la fumée sortir de la cheminée. Sur le seuil de la large porte peinte en bleue, une paire de bottes en caoutchouc qui ressemblent étrangement à celles du petit garçon qu'elle suivait presque au pas quelques minutes plus tôt. Elle se précipite vers l'entrée de l'habitation et frappe timidement contre la paroi de bois, regarde autour d'elle. Resserre ses bras autour de ses épaules pour apaiser un frisson de frayeur. Aucune réponse ne lui parvient, seuls les bruits de la nature font écho à son léger tapage. En fermant les yeux, elle pourrait s'imaginer au centre d'un cocon bienveillant, loin de cette situation impensable et de sa peur grandissante, dignes d'être les prémices d'un scénario de thriller palpitant. Une violente averse tombe à nouveau sur la forêt et les boucles dorées viennent se coller contre son visage. Aurélie les repousse de sa main et frappe plus violemment contre la porte de la maison en interpellant le petit garçon qu'elle soupçonne d'être à l'intérieur.

– Petit, petit ! Tu es là ? Je voudrais juste téléphoner, je ne te veux aucun mal.

Comme dans une scène tout droit sortie d'un film d'horreur, un épais nuage recouvre le ciel et la poignée de la porte s'actionne au moment où un éclair illumine la grisaille aussi soudaine qu'inattendue. Le bruit du tonnerre ne tarde pas à suivre pour bien ordonner les choses dans la colère foudroyante de Zeus.

Aurélie se précipite à l'intérieur de la maison et claque la porte de bois comme pour se protéger de la folie qui se déploie dans le ciel de cette forêt. Ce bouclier de chêne est sculpté de trois grizzlys dont la truffe de chaque bête représente un porte-manteau. Au-dessus de la tête de chaque animal, une inscription : papa, maman, Billy. Sous les deux premiers noms, les truffes de bois sont dépourvues de vêtements mais sous celle de Billy, Aurélie reconnaît le blouson vert fluo du petit garçon. Elle fait un demi-tour sur elle-même et découvre un salon à l'allure coquette. Trois larges fauteuils : un noir, un rose et un plus petit, bleu, installés devant une cheminée dont les flammes font frétiller le bois fraîchement posé au milieu du brasier. Un grand tapis, une table basse recouverte de petites empreintes d'animaux avec, en son centre, un vase rempli de fleurs. Aurélie s'approche du bouquet. La douce odeur titille ses narines. C'est alors qu'un bruit, dans une des pièces adjacentes, la fait sursauter et que le vase se brise au sol. Aurélie est paniquée, elle vient à peine d'entrer dans cette habitation pour y chercher refuge et y demander l'hospitalité qu'elle trouve le moyen de briser ce qu'elle touche.

– Oh merde. Pardon… Il y a quelqu'un ?

Aurélie se retourne vers la porte d'entrée et relit, une nouvelle fois, les inscriptions au-dessus des têtes d'animaux : papa, maman et Billy. Elle regarde de nouveau le blouson, repense aux bottes posées précautionneusement devant le seuil de la porte et appelle doucement celui qu'elle pense être le guide de sa balade improvisée.

– Billy… ? dit-elle d'un ton qui laisse paraître l'hésitation qui étreint la jeune femme.

– Billy, c'est bien toi, le p'tit bonhomme qui m'a emmenée jusqu'ici ? Où sont tes parents ? Tu es tout seul ? Où est le téléphone ?

Aurélie aperçoit une petite tête blonde sortir d'une pièce. Le jeune garçon se dresse face à elle, regarde les morceaux de verre et les fleurs dispersées au sol.

– Papa va pas être content du tout. Tu devrais tout nettoyer avant qu'il rentre de son travail.

Enfin, enfin, Aurélie entend la voix du petit garçon. Elle ignore son conseil et lui demande si elle peut passer un coup de téléphone, pour prévenir les secours, pouvoir faire remorquer sa voiture accidentée et avertir son amie Clara. Le petit Billy la regarde la bouche grande ouverte sans lui répondre.

– Le téléphone, mon garçon, il est où ?

Aurélie tente, autant qu'elle le peut, de maîtriser son agacement. Si elle brusque l'enfant, elle n'obtiendra rien de lui. Elle a mal à la tête, veut sortir de cette maison, de cette forêt. La nuit commence à tomber et les bruits deviennent plus anxiogènes encore qu'en plein jour. Les hululements de hiboux résonnent autour de la petite maison de bois.

– Y a pas de téléphone, papa veut pas.

Décidément, ce papa revient souvent dans la bouche de ce petit garçon.

– Bon, d'accord, et il rentre quand ton papa ? Et ta maman, elle est où ?

La mine du petit garçon devient triste, il regarde ses pieds, renifle et essuie une larme qui déborde de ses yeux.

– Elle est morte ma maman.

Aurélie se sent tout à coup honteuse de sa curiosité. Elle pose sa main sur l'épaule de l'enfant avec délicatesse et lui présente ses excuses. Billy lui prend la main et la tire pour lui faire visiter la maison. Deux chambres. La première est assez spacieuse, un grand lit *king size*, deux tables de nuit, des livres posés un peu partout et des pyjamas soigneusement pliés sur chaque oreiller.

– C'est les livres de ma maman. Elle lisait toujours maman, que des trucs qui faisaient trop peur, mais moi, j'aime pas quand ça fait peur.

La seconde chambre, celle du petit garçon, est remplie de peluches et de livres pour enfants, cette fois. Un énorme Winnie l'Ourson trône sur son lit. *C'est mon doudou*, lui confie l'enfant. Puis, Aurélie se retrouve dans la salle de bains. Billy l'assoit sur la chaise de bois dans un coin de la pièce. Il avance sa main vers la blessure d'Aurélie, mais la jeune femme a un mouvement de recul.

– Faut pas avoir peur. Quand ma maman elle avait un bobo, je l'aidais à guérir.

Aurélie regarde ce petit garçon, boit ses paroles et fronce les sourcils avant de baisser sa garde et de laisser Billy toucher sa blessure. L'enfant écarte d'abord tout doucement les boucles collées à la plaie.

– Ma maman aussi elle avait des boucles, comme toi. Moi aussi j'en ai, t'as vu ?

Aurélie acquiesce d'un hochement de tête et continue de regarder les gestes habiles de ce petit infirmier en herbe. Il nettoie sa plaie à l'eau et au savon. Au moment de poser le pansement, il est très concentré : bouche ouverte, les pupilles fixées sur la blessure qu'il doit recouvrir.

– Papa regardera après, c'est lui qui faisait le docteur avec maman quand elle faisait des âneries. Faut vite que tu nettoies la bêtise du vase cassé avant qu'il rentre.

Le cerveau d'Aurélie est en ébullition, elle a le sentiment d'avoir été téléportée chez les fous. Elle n'a qu'une envie : quitter cet endroit, retrouver sa voiture même si elle est hors d'usage, récupérer ses effets et poursuivre sa route à pied si elle le peut. Tout, sauf rester dans cette maison. Elle se lève, remercie Billy et lui dit :

– Je vais prendre un peu l'air, il fait chaud ici.

– Bah, c'est normal, t'as pas enlevé ton manteau et la cheminée, elle est allumée.

– Oui, tu as raison, mais je vais quand même prendre l'air.

Billy ne dit rien, il reste debout face à elle et ne bouge pas. Aurélie en est d'autant plus déstabilisée mais elle avance presque en courant vers la porte d'entrée et se précipite sur la poignée. Elle a beau tirer et pousser de toutes ses forces, la large paroi ne bouge pas d'un millimètre, Aurélie est enfermée. Elle regarde autour d'elle, paniquée, voit les fenêtres. Une plus particulièrement, au-dessus de l'évier de la cuisine. Elle grimpe sur le rebord du plan de travail et tente de l'ouvrir dans l'espoir de passer à travers. Mais l'issue est elle aussi verrouillée, un large cadenas en empêche l'ouverture. Une angoisse effroyable grimpe en elle. Elle cherche une sortie, à tout prix. Sortir d'ici vivante. Elle ne pense même plus à l'anniversaire surprise, elle veut juste s'enfuir, retrouver sa liberté. La jeune femme saute du plan de travail et emporte dans sa chute un lot de vaisselle qui séchait sur l'égouttoir. Billy arrive alors paniqué, regarde la porcelaine brisée au sol, attrape des morceaux d'un bol et hurle sur Aurélie :

– T'as cassé le bol de ma maman, c'était celui de ma maman ! T'avais pas le droit, dit-il en pleurant.

Aurélie regarde cet enfant pleurer avec un morceau de porcelaine entre les mains.

– Pardon, Billy, je suis désolée. Repose ce morceau, tu vas te blesser.

Le petit garçon ne bouge pas d'un centimètre, seuls ses yeux la fixent. Ils sont remplis de colère, de tristesse et Aurélie, l'espace de quelques courtes secondes, y décèle aussi un sentiment de haine et de vengeance. La méchanceté à l'état pur a traversé son regard. Jamais elle n'aurait cru voir de tels sentiments dans le regard d'un enfant. Le petit garçon se lève brusquement, pousse un cri indescriptible et lance la porcelaine de toutes ses forces au visage d'Aurélie avant de s'échapper dans la maison. Aurélie, qui a reçu des éclats de porcelaine dans les yeux, se couvre le haut du visage de sa main droite et se guide à l'aveugle du mieux qu'elle le peut, à l'aide de son autre main qu'elle utilise comme bouclier. Elle sent du mouvement autour d'elle, Billy – sans doute – qui tente de lui échapper puis au moment où elle parvient à ouvrir péniblement un œil, elle aperçoit le garçonnet soulever le tapis du salon, ouvrir une trappe et se glisser à l'intérieur avant de refermer l'ouverture et de souffler très fort dans son sifflet. Aurélie est en proie à une panique et une détresse incommensurables. Elle se laisse tomber au sol et implore le petit garçon de sortir de cet endroit, elle lui promet qu'elle est désolée d'avoir cassé le bol de sa maman, qu'elle ne voulait pas. Mais seul le sifflet lui répond, ce bruit strident qui vrille ses tympans, le cri d'alerte pour avertir d'un danger potentiel. La jeune femme hurle de plus en plus fort pour couvrir les sifflements qui émettent depuis le sous-sol.

Un courant d'air glacial vient parcourir son corps et la contraint au silence. Une ouverture, une occasion de quitter cet endroit. La jeune femme se lève, se tait, écoute les bruits de la nature qui lui parviennent. Elle se laisse guider par ses autres sens puisque sa vue n'est pas son meilleur atout. Elle sent qu'elle se rapproche de la porte, le froid est de plus en plus saisissant au fur et à mesure de sa progression à l'aveugle. Mais elle est arrêtée dans sa lancée par un obstacle qui lui obstrue le passage. Elle laisse échapper un cri de peur. En face d'elle, elle perçoit une respiration saccadée, celle d'une personne qui a couru pour arriver à destination. Ses yeux sont douloureux, elle ne peut plus les ouvrir. L'inconnu semble s'amuser de sa détresse, il tourne autour d'Aurélie.

– Aidez-moi, supplie-t-elle, j'ai besoin de voir un médecin.

Une gifle. Violente. Ensuite, trois petits coups frappés contre la trappe et Billy sort, les yeux pleins de larmes, le sifflet entre les mains. Il voit la jeune femme au sol, ses boucles recouvrent son visage, elle n'est plus dangereuse. Billy est en sécurité, son papa est rentré du travail.

Aurélie reprend connaissance et sent la chaleur des flammes de la cheminée sur sa peau. Un large morceau de scotch recouvre sa bouche, son esprit est tourmenté, ses idées un peu brouillées puis elle se souvient de sa tentative d'évasion ratée et des catastrophes qui ont suivi. Ses yeux la piquent légèrement mais elle parvient à les ouvrir et à voir ce qui se déroule autour d'elle. Elle est sanglée sur le fauteuil rose. La captive reconnaît Billy en train de dessiner sur la table basse. Le petit garçon est tellement concentré à sa tâche qu'il ne s'aperçoit pas qu'Aurélie est réveillée. L'enfant crayonne avec vivacité et Aurélie le voit sourire pour la première fois. Puis, la jeune femme laisse son regard balayer le reste de la pièce. Au dos de la porte, accroché au porte-manteau, il y a toujours le blouson de Billy, mais il y a aussi un large blouson de cuir noir sous l'inscription « papa » et enfin, à la place réservée à « maman », son beau manteau beige partiellement maculé de sang. Elle panique et tente de se défaire de ses liens mais elle attire l'attention de Billy qui se redresse vivement en voyant Aurélie bouger. Leurs yeux se croisent, la jeune femme conjure l'enfant du regard de lui venir en aide mais Billy laisse tomber son crayon jaune au sol, attrape son sifflet et recommence à siffler aussi fort qu'il le peut.

De larges bottes viennent se poser près du fauteuil où Aurélie est maintenue contre sa volonté. Elle entend d'abord une voix qui ne lui est pas inconnue :

– C'est bon, je suis là, arrête de siffler.

Aurélie est pétrifiée, elle fixe ces bottes quelques instants avant de relever doucement la tête afin de voir qui est l'homme qui la surplombe. Mais la lumière du plafonnier est trop vive, elle referme ses yeux meurtris en secouant la tête face à la douleur ressentie. Puis cette voix à nouveau, une voix grave et imposante.

– J'ai ramassé des fleurs ce matin pour la chienne, elles sont sur la table. Va les poser sur sa tombe, ordonne l'homme à l'enfant.

L'enfant s'exécute et Aurélie est dorénavant seule avec cet individu. Elle ouvre le bal d'une discussion qui promet d'être effrayante au vu de ce qu'elle a déjà vécu jusqu'ici.

– Qui êtes-vous ? Que voulez-vous ? Qu'est-ce que je fais ici ?

– Elle en pose beaucoup des questions, la petite dame, dit-il sans un regard pour sa nouvelle proie.

Le garagiste. Comment peut-il se retrouver ici, dans cette pièce, à ses côtés ?

– M… Monsieur Ours, c'est vous ? Qu'est-ce qui se passe ? J'ai besoin de voir un médecin, mes yeux…

– Elle est pas si conne finalement, la citadine, avec ses boucles de blondasse ! Je t'ai soigné tes yeux, c'était que du superficiel, pas besoin de voir de docteur, et t'as rien d'grave. Tu vas rester avec nous.

C'est à ce moment que Billy choisit de faire son entrée dans la maisonnette. Ses yeux sont gonflés et ses doigts recouverts de terre.

– Arrête de chialer. C'était qu'une chienne, y a plus grave dans la vie. Va te laver les mains, on va manger.

Aurélie est maintenant à table face à un bol de soupe. C'était la condition imposée pour que tous ses liens lui soient retirés. « Tu vas te fondre dans notre famille et faire tout ce qu'on te dit » avait ordonné le père. Elle comprend que si elle veut rester en vie, elle se doit de faire tout ce qui lui est demandé. Elle n'est, de toute façon, pas en capacité physique de pouvoir se battre contre des inconnus ou de braver une forêt en pleine nuit. Elle s'accroche à l'espoir infime que sa voiture accidentée sera repérée, que Clara aura alerté les autorités pour signaler sa disparition. Avec toutes les technologies de géolocalisation actuelles, ce serait facile de la localiser. Les antennes borneraient son véhicule et son téléphone ; avec une équipe cynophile, il serait simple pour les autorités de la retrouver saine et sauve. Enfin, s'ils font vite, parce qu'elle n'est pas sûre de tenir pendant des jours non plus. La jeune femme est sortie du fil de ses pensées par l'homme qui a pris sa place de chef de famille au bout de la large table de bois.

– Alors, cette journée, mon Billy, tu me racontes ? T'as fait quoi ?

Le petit garçon se redresse et sourit sincèrement à son papa, heureux que ce dernier s'intéresse à ses activités personnelles.

– J'ai travaillé les devoirs de la maîtresse et j'ai fait comme tu m'as dit. La chasse, avec mon sifflet, répond-il fièrement à son père en fixant Aurélie.

– Bien, mon garçon. T'as bien fait ce que je t'ai demandé. On a été malins tous les deux : moi qui lui refile une épave comme bagnole et toi qui déclenches l'accident et qui ramènes notre proie jusque dans notre maison ! Tu m'impressionnes. T'es le digne fils de ton père, dit-il en frottant le dessus de la tête de Billy.

Le petit garçon sourit et engloutit une grande cuillère de soupe. Aurélie reste spectatrice de cet échange, complètement ahurie et choquée par les propos que le père de famille vient de tenir. Le jeu de scène des deux acteurs qui lui font face est terrifiant. Comment peuvent-ils poursuivre leur vie aussi tranquillement et parler de leur délit orchestré en toute impunité avec autant d'insouciance ? L'homme interpelle Aurélie avec le regard mauvais, donne un coup de menton vers son bol de soupe.

– Elle mange pas ? Elle est pas bonne ma soupe ?

– Je n'ai pas faim.

L'homme se lève de sa chaise avec brusquerie, attrape fermement Aurélie par l'arrière du cou et enroule ses cheveux autour de son poignet.

– Je te dis que tu vas la bouffer, ma soupe.

La jeune femme est pétrifiée, elle regarde Billy qui continue de manger comme si tout autour de lui était normal. Elle se saisit de sa cuillère en tremblant, la remplit du breuvage et la porte à sa bouche. L'homme relâche son emprise et retourne s'assoir.

– C'est bien. T'es obéissante, t'apprends vite !

Les larmes coulent inexorablement sur les joues d'Aurélie. À la fin du repas, elle doit débarrasser la tablée et faire la vaisselle pendant que le père et son fils écoutent les informations locales au poste de radio. Aurélie tend l'oreille et à son plus grand désarroi, aucune alerte disparition n'a été annoncée. Elle se sent abandonnée, oubliée. Elle se retient au rebord de l'évier, aimerait hurler sa douleur, appeler à l'aide mais le cri d'alerte reste bloqué dans sa gorge. Aucun son ne sort de sa bouche. Une panique imprègne tous ses pores, les murs autour d'elle tournent, elle guette une fois de plus une issue à son emprisonnement illégitime. Le manteau noir de la nuit a recouvert le ciel orageux de la journée. Aurélie voit à travers la fenêtre de la cuisine la lune pleine qui éclaire naturellement la nuit et les étoiles qui scintillent le ciel.

L'heure du coucher. Aurélie doit raconter une histoire à Billy pendant que le père de famille fume son cigare sur le seuil de la porte. Ce sont les directives imposées par le patriarche qui règne dans cette maison. La jeune femme s'imagine déjà en train d'assommer ce fou furieux avec la large poêle en inox avant de prendre la fuite dans la nuit. Le goût de la liberté est fort mais l'homme est bien trop sur ses gardes à ce moment-là. Elle doit lui laisser croire qu'elle obéit à ses moindres désirs. Par instinct de survie. Aurélie entre dans la chambre avec l'enfant. Sur sa table de chevet, une photo. Celle d'une femme aux cheveux longs, blonds et bouclés. Ses yeux sont bleus et son sourire est rayonnant.

– C'est ma maman.

– Elle était très jolie ta maman. Comment elle s'appelait ?

– Bah moi je l'appelais maman. Tu as des jolis cheveux dorés comme elle, dit-il en passant ses petits doigts dans ses boucles.

– Elle s'appelait comment ta maman ? Son prénom ?

– Aline, mais ses copines elles disaient Ali. Et papa, quand il était en colère, il l'appelait *la chienne*. Tiens, tu me racontes ce livre ? Maman, elle me le lisait tous les soirs, je le connais par cœur.

L'enfant lui tend un vieux livre usé par le temps, les coins en sont cabossés, les pages jaunies : *Boucles d'or et les trois ours*.

La chienne. Ali. Aurélie repense à l'inscription sur le morceau de granit près de la tombe fleurie : « À notre bien-aimée et dévouée chienne, Ali ». Les tremblements s'emparent de l'ensemble de son corps. Elle laisse tomber le livre au sol, passe nerveusement ses mains sur son visage et se lève du lit avec précipitation.

– Papa il a dit que tu devais me raconter une histoire ! Et il a même dit que c'était toi ma nouvelle maman parce que t'as les mêmes boucles blondes que moi. Mais t'es pas drôle comme maman. Tu devrais faire tout ce que papa te dit parce que sinon, toi aussi, il va te taper jusqu'à ce que tu sois morte. Comme avec ma vraie maman.

C'en est trop pour Aurélie, elle se sauve de la chambre de Billy et court à travers la maison. Billy fait à nouveau crier son sifflet pour alerter son père. Aurélie entre dans la salle de bains, ferme la porte à clefs et fouille dans les tiroirs pour trouver un objet qui pourrait lui servir d'arme d'appoint. Elle entend les violents coups que donne le père de famille contre la porte de la pièce pour en forcer le verrou. À l'ouverture du troisième tiroir, Aurélie trouve un coupe-chou, en vérifie la lame avant de la replier. La porte se fracasse sous le poids de l'homme, il est essoufflé et en colère. Il fixe Aurélie et rigole de la voir aussi apeurée. Aurélie choisit de cacher le coupe-chou sous la manche longue de son tee-shirt.

– Je vais te montrer comment je traite les petites insolentes dans ton genre, sale petite chienne.

En deux pas, l'homme saisit la longue chevelure d'Aurélie et la traîne au sol, jusque dans la cuisine. Il se met à califourchon sur elle et lui assène une première gifle qui assomme presque la jeune femme. Une deuxième, puis une troisième avec toujours autant de violence. Aurélie a l'impression que sa mâchoire va se décrocher sous la violence des coups qu'elle reçoit. Au moment où l'homme s'essuie le front, Aurélie en profite pour ouvrir rapidement la lame du coupe-chou et pour l'enfoncer dans l'aisselle de son agresseur. L'homme hurle de douleur et se tord au sol en gémissant. Aurélie s'approche de la cuisine, attrape le rouleau à pâtisserie posé sur le plan de travail et assomme l'homme en le frappant de trois violents coups sur le crâne. La scène devient subitement calme. D'un calme anxiogène et terrifiant. Aurélie est assise au sol, tente de retrouver sa respiration, cherche autour d'elle un moyen de sortir de cet endroit avant que son agresseur ne se réveille. Elle aperçoit un trousseau de clefs accroché à sa ceinture, elle se précipite dessus et tente maladroitement de s'en emparer. Une fois qu'elle les a en main, elle se relève difficilement et s'approche de la porte d'entrée. Puis le calme est rompu par Billy qui appelle son papa depuis sa chambre.

– Papa, t'es là ? J'entends plus rien, j'ai peur.

Ne pas s'occuper de l'enfant, ne penser qu'à sa liberté. Une fois dehors, elle alertera les autorités qui prendront l'enfant et son monstre de père en charge. Elle leur dira aussi qu'il y a un corps enterré dans leur terrain.

Elle a déjà tenté de faire rentrer deux clefs dans la serrure, il en reste trois. La jeune femme entend les petits pas de Billy résonner sur le plancher, puis elle le voit, planté devant le corps de son père, allongé au sol avec une lame pointée dans son corps. Il attrape à nouveau son sifflet et souffle de toutes ses forces pour réveiller son papa. Aurélie le supplie d'arrêter et trouve la bonne clef. La porte s'ouvre, enfin, elle se précipite à l'extérieur, est terrifiée par cette nuit obscure où tous les bruits de la nature et des animaux sonnent comme des menaces. Elle ne regarde pas où elle va, son cœur cogne terriblement fort, elle entend le père qui se réveille et qui hurle à nouveau, le sifflet aussi, qui ne s'arrête jamais. Elle chute, encore, se retrouve prise au piège dans un trou dont elle ne parvient pas à sortir. Elle voudrait appeler à l'aide, hurler sa peur, courir aussi vite qu'une gazelle mais ses cordes vocales sont comme usées. Plus le moindre son n'en sort, son souffle est saccadé, son cœur à la limite de la tachycardie, son cerveau au bord de l'apoplexie. Son corps tout entier se met en alerte, tous les signaux d'alarme sont enclenchés mais plus aucun de ses membres ne répond. Une angoisse terrible l'envahit. Et s'il la retrouve ? Si elle devait mourir ici ? Si des animaux venaient dévorer son cadavre ?

Une lumière passe au-dessus du trou, et la voix de l'homme résonne à nouveau.

– Ah t'es là, sale petite chienne ? Tu m'en auras donné du fil à retordre, toi. Mais c'est bien, tu t'es mise au fond du trou toute seule. J'ai plus qu'à t'enterrer. Billy, donne-moi la pelle.

Aurélie retrouve tout à coup l'usage de sa voix et hurle de terreur, insulte le monstre qui lui fait face et s'efforce de sortir de cette horrible situation. Elle lui hurle qu'il sera démasqué, c'est chez lui qu'elle a déposé sa voiture en panne, avec sa voiture qu'elle a eu un accident. Elle en est sûre, les flics retrouveront sa trace et il crèvera en prison pour son meurtre et celui d'Aline. Au moment où Aurélie prononce le prénom d'Aline, les coups de sifflet cessent et l'homme descend dans le trou avec elle, l'attrape par le col de son tee-shirt et la secoue.

– Tu ne prononces pas son nom ! Tu la fermes !

– Non, non, non, hurle-t-elle en se débattant.

Elle frappe aussi fort qu'elle le peut, se débat de son emprise et hurle à nouveau. Elle reçoit un ultime coup de poing qui l'envoie au fond du trou.

***

Quand elle reprend ses esprits, la jeune femme entend une voix :

– Ça va ?

Cette voix… ce n'est plus celle du père de Billy. Elle la connaît et même très bien. C'est celle de Patrick. Aurélie ouvre les yeux et découvre son ami assis à son chevet.

– Comment vous m'avez retrouvée ? Et le garagiste, et Billy ? Ils sont où ? Il y a une femme enterrée dans leur terrain, j'ai cru que j'allais mourir… J'étais au fond d'un trou et il voulait m'enterrer vivante !

Oh Patrick, c'était tellement horrible. Pardon, je suis désolée d'avoir raté ton anniversaire. Clara va m'en vouloir à mort.

Un nouveau coup de sifflet retentit et Aurélie panique de plus belle :

– Billy, le sifflet, c'est lui !

– Ça va vraiment pas bien, toi… Il y a un match de foot juste à côté et je crois que les joueurs veulent battre le record du plus grand nombre de fautes, l'arbitre n'arrête pas de siffler depuis le début de la rencontre. Clara est partie te chercher des fringues de rechange chez elle, t'as tout souillé. Tu l'as pas loupé, mon anniversaire, je sais pas ce que t'as pris mais t'es partie dans un bad trip.

Elle pose sa main sur sa tête et sent un bandage autour de son crâne.

– Aïe, ma tête, je me suis blessée dans l'accident et en tombant dans les bois. Et mes yeux ? Ils sont comment mes yeux ? Je vais pas perdre la vue ?

– Qu'est-ce que tu racontes ? T'as pris de la drogue ou quoi ? Ou alors t'as encore fait de sacrés mélanges ! Va falloir sérieusement te calmer sur l'alcool, ça ne te réussit pas. T'as fait l'idiote devant chez moi et tu t'es ramassée sur le capot de ta bagnole. Ça a cogné fort mais on t'a surveillée. Et puis, ce matin, on t'a entendue entrer dans un délire chelou, t'arrêtais pas de parler d'un certain Billy, d'ours et de chienne, t'étais hyper agitée, tu nous as fait flipper, alors on a appelé un médecin.

– Mais…

Aurélie, interrompue par la sonnette de l'entrée, n'a pas le temps de répondre à son ami. Elle s'assoit sur son lit, regarde autour d'elle et découvre des cadavres de bouteilles au sol. Elle n'a aucun souvenir de tout cet alcool englouti, un mal de tête et une nausée s'emparent d'elle. La jeune femme a tout juste le temps de se pencher sur le côté du lit et de vomir au sol. Au même instant, Patrick et le médecin entrent dans la pièce. L'homme, d'un âge avancé, s'approche de sa patiente et se présente.

– Bonjour jeune fille, vous semblez avoir abusé de l'alcool… et peut-être même associé à une substance illicite, étant donné les symptômes que me décrit votre ami. Je suis le docteur Grizzly, je vais vous ausculter. Relevez-vous.

– Grizzly ? Grizzly, comme un ours ? Non, non, je ne laisse plus un ours m'approcher, jamais. Ah ça non, jamais. Plutôt crever.

Le tout petit Pousset

JACQUES EXPERT

Il est vraiment laid, vilain à faire peur. Son long nez crochu tombe sur des lèvres trop fines. Ses joues, sur lesquelles poussent vaille que vaille quelques poils, sont constellées de boutons purulents qu'il adore percer. Ses yeux globuleux d'un bleu sale semblent sans cesse à l'affût d'un mauvais coup. Jamais il ne regarde les gens dans les yeux. Son torse est si maigre que ses côtes apparaissent, saillantes. Ses jambes sont longues, toutes en os.

Dans le village, cette asperge verdâtre (comme le teint de sa peau) de près de deux mètres de haut pour une soixantaine de kilos seulement est surnommé « le grand Pousset ». Parce que son corps est interminable comme un jour sans pain et parce que son nom de famille est Pousset (avec deux « s » !).

Sans doute se lave-t-il parfois, mais cela ne se voit pas, tant ses cheveux mal coupés sont gras et sales. Ses dents, imprégnées de nicotine, sont d'un jaune marronnasse. Il fume trop des cigarettes qu'il roule et l'odeur du tabac imprègne ses vêtements dont il ne semble jamais changer : un pantalon de toile bleu, une chemise ample qui fut blanche et des bottines de cuir élimé. On le sent sournois, vicieux. Ceux qui le fréquentent confirmeront : il est sournois, vicieux et ils ajoutent : « C'est un vrai méchant. »

Méchant, il l'a toujours été, même lorsqu'il était enfant. Toute sa vie, il a fait des saloperies, en fourbe, s'arrangeant toujours à faire accuser les autres. Et ce n'est sans doute pas terminé puisqu'il n'a pas vingt ans alors qu'on lui en donne facilement dix de plus, tant il se laisse aller.

Sa femme n'est pas mieux que lui, aussi laide et antipathique. Elle a un visage peu avenant, disgracieux, avec deux bajoues qui pendent lamentablement de chaque côté.

Elle non plus ne sourit jamais. On ne l'a vue sourire qu'une seule fois en public, le jour où elle a jeté son petit chat dans la rivière en présence d'une assemblée où personne n'était à jeun, ce qui fut fatal à la pauvre bête. Elle ne devait avoir que cinq ans.

Depuis, son visage est toujours resté austère.

Quant à rire, n'en parlons même pas, ce serait demander au diable de faire une bonne action ou une prière au bon dieu.

Faire le bien, autant elle que lui en ignorent le sens.

Le plus dégoûtant chez elle, ce n'est pas qu'elle soit énorme, qu'elle sente le mauvais graillon, qu'elle porte toujours, qu'il fasse chaud ou froid, un tablier gras sur une robe de gros coton gris avec des auréoles de transpiration sous les bras. Non, le plus dégoûtant est l'énorme poireau sur sa joue gauche. Elle n'a jamais coupé les cinq poils drus qui y poussent en toute liberté.

Ils ont le même âge, ils sont affreux tous les deux, effrayants, aussi. Elle est petite (environ un mètre soixante), très grosse (sans doute dans les cent cinquante kilos, elle n'est jamais montée sur une balance car c'est de la perte de temps).

Elle s'appelle Berthe, ce qui lui vaut le surnom de « la grosse Bertha ».

Les gens disent que tous les deux sont tellement repoussants qu'ils sont faits l'un pour l'autre, partant du principe que « qui se ressemble, s'assemble ». Au mieux on les qualifie de « raclures de bidet », au pire de « déchets puants » et de « grosses crottes ».

Ils sont moqués, détestés mais ils s'en fichent. L'opinion des gens, pour lesquels ils n'ont que mépris, ne les intéresse pas. Ce qui les rend encore plus haïssables.

Ils n'ont pas d'amis et n'en veulent pas. Pas d'enfants, non plus, ça les encombrerait. En revanche ils ont un chien, un bâtard au poil pelé aussi laid que ses maîtres. Ils n'ont pas eu besoin de mettre un avertissement « chien méchant » pour savoir que l'animal qui grogne et aboie toute la journée est une sale bête. Ses aboiements empoisonnent la vie du village, mais personne n'ose se plaindre tant on craint la réaction des époux Pousset.

Cet être infâme est l'aîné d'une fratrie de sept enfants. Uniquement des garçons.

Ses frères sont tous aussi mignons et gentils que lui est laid et méchant. C'est le mystère de la nature : comment l'aîné peut-il être aussi différent de tous les autres ?

Enfin et surtout, il y a le petit dernier, le septième. Lui il est tout joli , avec son visage d'ange, ses cheveux blonds et bouclés, ses yeux bleus, son éternel et beau sourire.

Tout le monde l'adore. Il a toujours un mot aimable, il rend service, il est très poli.

Et puis il est tellement adorable du haut de ses sept ans qu'on a tout le temps envie de le prendre dans ses bras et de le couvrir de bisous.

Il est minuscule, espiègle et ici, dans cette vallée éloignée, on le surnomme affectueusement « Tout Petit Pousset ».

Il est le seul dans la famille à savoir lire. Il adore la lecture, ce qui fait enrager son frère aîné qui a bien essayé d'apprendre mais qui n'y est jamais parvenu.

Depuis, il fait la chasse aux livres et dès qu'il en aperçoit un, il le jette au feu. « Lire, soutient-il, est une inutile perte de temps. Et le temps, c'est de l'argent ! »

Tout Petit Pousset doit faire preuve de beaucoup de malignité et de ruses pour conserver les siens.

Enfin, il y a, ou plutôt il y avait, les parents. On doit parler d'eux au passé, car ils ont disparu dans des conditions étranges il y a quelques mois de cela. Ils étaient allés aux champignons avec Bertha et leur fils aîné. Malheureusement, ils se sont perdus et on ne les a jamais retrouvés. Il faut dire que la forêt qui ceinture le bourg est immense, dense et peuplée de loups féroces. On raconte qu'un ogre y vit, dévorant tous ceux qu'il croise.

C'étaient de braves gens, tellement naïfs et gentils qu'ils étaient incapables de réaliser à quel point leur aîné et son horrible épouse étaient de mauvaises personnes.

Au village, on les regrette beaucoup, car ils étaient bons et généreux avec tout le monde. Les parents Pousset avaient le cœur sur la main. Dès qu'ils pouvaient aider quelqu'un en difficulté, ils le faisaient sans rien demander en retour, ce qui agaçait fortement Grand Pousset.

Il faut dire qu'ils étaient parmi les plus riches de la contrée. Ils possédaient de l'or, des terres, des fermes, des commerces, des dizaines de maisons.

Selon le testament laissé par les parents, les sept enfants partageront à leur majorité et à parts égales l'immense héritage.

Cependant, il y en a un qui refuse obstinément cette situation : c'est l'ignoble Grand Pousset. Certes, il profite avec son épouse répugnante des largesses laissées par ses parents, mais il veut plus. Il lorgne toute la fortune familiale. Il veut tout, pour lui seul.

Il l'a clairement annoncé à son épouse qui a aussitôt approuvé : « Ces petits morveux n'auront rien. »

Pour cela, il a un plan.

C'est à l'aube d'un beau jour d'automne qu'il réveille tout le monde.

Ce matin, son épouse a préparé un petit déjeuner pantagruélique pour la famille. Ce qui n'est pas habituel, car d'ordinaire elle ne sert que du mauvais café, du beurre rance et les restes du pain de la veille. « Il faut faire des économies en ces temps difficiles », affirme-t-elle.

Mais ce matin, ils ont droit à des saucisses grillées, du pain frais, des œufs, du lait et même un carré de chocolat. Berthe et lui s'offrent un verre de leur meilleure gnole.

De sa voix de fausset, le grand Pousset donne l'explication à cette inattendue bombance : ce matin, ils vont aux champignons dans la forêt toute proche et il faut des forces ! Tous exultent car dans la famille, on adore les poêlées de cèpes. « Ce soir, assure la grosse Bertha, nous allons nous régaler ! »

– Allez, en route ! ordonne l'aîné.

Il indique qu'il va falloir marcher longtemps, car « je connais un coin fabuleux pour les champignons, mais il est très éloigné ».

Son plan est simple : comme il l'a fait quelques mois plus tôt avec ses parents, il va les perdre dans la forêt immense. Ensuite, il sera facile d'expliquer à la police du Roi que les siens ont disparu dans les bois en cherchant des champignons. Il pleurera beaucoup et dira « je les avais pourtant suppliés de ne pas y aller... »

Il ajoutera, les larmes aux yeux (car il faut pleurer pour être cru) : « Après mes chers parents, la forêt m'a pris mes frères bien-aimés. »

Il a prévu de tomber dans les pommes afin d'impressionner les policiers.

C'est ainsi, alors que le jour se lève à peine, que la famille Pousset s'enfonce gaiement dans la forêt épaisse. Ils seraient cependant moins joyeux s'ils voyaient les regards méchants et entendus que le grand Pousset échange avec son horrible femme.

Ils le suivent en confiance. Aucun ne réalise qu'il brouille les pistes, revient sur ses pas, s'enfonce au plus profond des bois sombres. Alors qu'ils marchent depuis trois heures, il propose à ses frères de se reposer. Il annonce que Berthe et lui vont partir en exploration.

Au bout d'une demi-heure, comme ils ne reviennent pas, les six frères Pousset commencent à s'inquiéter, à les appeler de toutes leurs forces. Une heure plus tard, ils doivent se rendre à l'évidence : ils sont perdus. Ils pleurent, se lamentent, s'affolent, alors que le soleil décline déjà.

Mais c'est sans compter avec le petit dernier des Pousset.

Car Tout Petit Pousset a pris une curieuse habitude. Chaque fois qu'il part en promenade, il emporte avec lui un sac de cailloux et les égrène sur son chemin.

C'est ce qu'il a fait ce matin-là, par jeu, sans imaginer une seconde le plan machiavélique monté par son frère aîné pour se débarrasser d'eux. Pour les uns, cette naïveté enfantine est une qualité, pour les autres, un défaut.

Tout Petit Pousset ne pense jamais à mal.

Tandis que tous se lamentent, se voient déjà morts, dévorés par les loups dont ils entendent au loin les hurlements ou par l'Ogre qui hante les bois, Tout Petit Pousset, du haut de son mètre et quatre centimètres, affiche un sourire rassurant.

Ses frères finissent par s'étonner :

– Tu n'as pas peur, Tout Petit Pousset ? Nous allons tous mourir !

Celui-ci, avec grand calme, dit avec autorité, malgré sa voix toute fluette :

– Suivez-moi !

– Nous sommes perdus, pleurnichent ses frères.

– Non ! En route, les Pousset !

Comme des automates, comme s'ils s'en remettaient à lui sans vraiment y croire, la fratrie, silencieuse et en rang d'oignons, se place dans les pas de l'enfant.

Ils le voient se baisser, ramasser un caillou blanc et le mettre dans sa besace. Puis quelques mètres plus loin, un deuxième caillou.

Lorsque son sac est plein, ils aperçoivent les lueurs et la cheminée fumante de la maison familiale.

Ils comprennent alors que le tout petit Pousset les a sauvés d'une mort certaine. Il a semé des cailloux sur leur chemin. Il l'a fait pour jouer et non parce qu'il avait peur que son frère aîné les perde en forêt.

L'enfant, qui ne pense jamais à mal, est certain que son frère aîné et sa grosse femme les aiment trop pour vouloir se séparer d'eux. Car autant son grand frère le déteste, autant il l'adore, lui obéissant en toute chose.

Il est heureux de rentrer sain et sauf et de les retrouver.

Tout Petit Pousset est porté en triomphe par ses frères qui le couvrent de baisers et chantent ses louanges. Ce sont des enfants fatigués mais heureux qui poussent la porte de la maison.

Une grosse soupe de légumes et de viande de porc cuit dans la cheminée. L'aîné a juste le temps de dissimuler la feuille de papier où il faisait les comptes de sa nouvelle richesse et il s'écrie :

– Ah, vous voilà enfin, mes chers frères ! Avec ma Berthe adorée, nous étions si inquiets que nous allions lancer les recherches après avoir avalé une bonne soupe pour nous donner des forces.

Avec aplomb, il raconte que Berthe et lui se sont aussi perdus dans la forêt et qu'ils ont été incapables de les retrouver. « Ce n'est pas faute d'avoir hurlé dans les bois. Vous n'avez rien entendu ? » demande la grosse femme avec son air mielleux.

L'aîné ajoute en se curant ses dents jaunâtres :

– C'est par miracle et par la grâce du Seigneur tout-puissant que nous avons pu revenir ! Quel bonheur qu'à votre tour vous soyez rentrés.

Il s'effondre en larmes, serre très fort ses six frères dans ses bras. Aucun ne remarque le regard plein de haine et de rancœur qu'il échange avec la grosse Bertha. Puis il invite tout le monde à table pour partager cette soupe dont le fumet leur a ouvert l'appétit.

Les frères expliquent qu'ils doivent leur salut à la malignité de Tout Petit Pousset et à son sac de cailloux blancs. Masquant son dépit, l'aîné annonce alors : « Double ration de viande pour le héros du jour ! »

Pour la première fois de sa vie d'enfant, Tout Petit Pousset a même droit à un demi-verre de vin rouge d'une mauvaise piquette que son frère a récupérée à la cave.

Ce n'est que dans le secret de leur chambre, à la lueur d'une maigre bougie malodorante, que la grosse et son mari, fumant sa dernière cigarette au maïs brun de la journée, laissent éclater leur colère et leur détestation de ce garnement, « cet avorton ne l'emportera pas au paradis ! » se disent-ils.

Ils décident, laissant échapper un rire sarcastique, qu'ils retenteront le coup dans quelques jours mais que cette fois, ils ne se feront pas avoir par ce morveux et ils s'enfonceront encore plus loin dans les bois. L'abominable Berthe a la solution : « Il suffira de lui supprimer son sac de cailloux et cette fois, pas de retour possible. Les loups attendent leur festin ! »

Cinq minutes plus tard, le grand Pousset dort, non pas du sommeil du juste, car il ne le mérite pas, mais en ronflant comme une usine à charbon. Il doit se contenter du bord du lit au risque de tomber, tant sa grosse femme occupe l'espace.

Dans le sien, Tout Petit Pousset a du mal à trouver le sommeil. Il est fatigué par cette marche épuisante, surtout qu'il a de toutes petites jambes, mais il est tellement heureux d'avoir sauvé les siens.

Trois jours plus tard, les émotions oubliées, l'idée est à nouveau lancée par le grand Pousset, occupé à se percer ses bubons, et la grosse Bertha de repartir aux champignons.

La gourmandise l'emporte, tellement ils rêvent tous d'une belle poêlée de cèpes. Et même si aucun n'en parle ouvertement, ils savent qu'ils ne risquent pas de se perdre puisque Tout Petit Pousset et ses cailloux les ramèneront sains et saufs à la maison.

C'est donc tout confiants qu'en ce jour ensoleillé, ils pénètrent dans la forêt sombre et épaisse où la lumière s'infiltre à peine. Ils ne s'inquiètent toujours pas quand l'aîné les exhorte à continuer à marcher car ils connaissent un endroit merveilleux où poussent par centaines les champignons. C'est toujours un peu plus loin mais c'est là qu'ils veulent aller. Ils reviendront, promettent-ils, les sacs tellement chargés qu'ils auront des conserves pour une année entière.

La fratrie, entraînée par les deux infâmes, est toute joyeuse, impatiente de ramasser les cèpes. Ils s'enfoncent dans les bois en chantant. Seul, traînant à l'arrière, Tout Petit Pousset sourit à pleines dents, partageant l'euphorie générale, tandis que son frère aîné les exhorte à marcher plus vite.

Pourtant, ce matin, au moment de partir, il a un peu paniqué car son sac de cailloux blancs avait disparu. Impossible de le retrouver sous l'oreiller où il était certain de l'avoir mis avant de s'endormir.

Il ignore que dans la nuit, son grand frère l'a récupéré et a dispersé les cailloux dans le jardin.

Pressé de prendre la route par son aîné et sa terrible épouse, Tout Petit Pousset a juste eu le temps de prendre une grosse miche de pain qu'il a glissée sous sa vareuse. « Ouf ! s'est-il dit en soupirant de bonheur, à défaut de cailloux je sèmerai du pain. »

Il danse et chante au rythme des piaillements des oiseaux derrière lui.

– Tu es bien guilleret, s'étonne la grosse Bertha.

– Il me tarde d'être aux champignons, répond le petit garçon.

Il ne sourirait pas et serait même désespéré s'il voyait les oiseaux en train de picorer les mies de pain qu'il laisse sur son passage. Alors que le soleil est au zénith et qu'ils marchent toujours d'un pas vif, il ignore encore qu'il ne retrouvera pas son chemin.

Ils font enfin halte dans un vallon sombre. Ni lui, ni ses cinq frères ne se méfient quand, de leur air fourbe, le grand Pousset et Berthe leur demandent de ne pas bouger le temps qu'ils trouvent « ce gisement extraordinaire de champignons ». Ils ont tous si bon esprit qu'aucun, à commencer par Tout Petit Pousset, ne peut imaginer une seule seconde les intentions de son aîné et de sa détestable épouse.

Nul ne s'inquiète car, quoi qu'il puisse se passer, Tout Petit Pousset les sortira de là.

Les voilà seuls maintenant, dévorant des sandwichs au jambon de dinde. Aucun ne remarque leur petit frère sanglotant dans son coin.

S'il pleure à chaudes larmes, c'est parce qu'il a surpris une conversation effrayante entre son frère aîné et son épouse. Il a entendu la grosse Bertha se vanter :

– Cet imbécile de Tout Petit Pousset va moins faire son malin quand il réalisera que son pain a été mangé et qu'il est incapable de les ramener. Tu as bien manœuvré en lui volant ses cailloux !

– Dépêchons-nous de rentrer avant qu'il ne fasse nuit...

– Et que les loups n'arrivent !!

– À nous le magot !!

Tout Petit Pousset a alors compris, mais trop tard, qu'ils avaient été trahis par l'abject Grand Pousset et sa femme, l'ignoble Bertha.

Adossé à un arbre, caché de ses frères, l'enfant n'ose rien dire de ce qu'il a découvert. Comment leur avouer qu'il ne peut pas les ramener ? C'est donc jouant, riant fort, que la joyeuse fratrie attend le retour des affreux, ignorant qu'ils ne reviendront pas et qu'ils les ont égarés dans la forêt dont ils ne sortiront pas...

Comme quelques jours plus tôt, ils commencent à s'inquiéter lorsque la nuit s'apprête à tomber et que résonnent les aboiements des loups sortant de leur tanière.

Ils se rendent à l'évidence : leur frère et Berthe se sont à nouveau perdus. Ils ont beau tendre l'oreille, ils ne les entendent pas les appeler.

Alors, ils interpellent l'enfant :

– Tout Petit Pousset, à toi de jouer, ramène-nous à la maison comme tu en as le secret !

L'enfant baisse la tête de honte et doit avouer qu'il en est incapable. Il raconte tout : que son frère a volé son sac de cailloux, que les oiseaux ont picoré le pain qu'il a semé, qu'ils sont perdus.

Pour ne pas les affoler, il ne révèle pas qu'en plus des loups rôde dans la forêt un Ogre dévoreur d'enfants.

Il dit de sa petite voix : « Partons et essayons de retrouver notre maison. » Tremblant de peur, ils se mettent en chemin en suivant leur tout petit frère.

Il fait nuit noire, lorsqu'enfin ils aperçoivent les lumières d'une masure dont la cheminée fume.

Les enfants se réjouissent car ils passeront la nuit à l'abri, et peut-être dîneront-ils d'une bonne soupe. C'est qu'après avoir beaucoup marché, ils ont grande faim.

La dame qui les accueille est très gentille.

– Vous êtes transis, venez vite vous réchauffer, mes enfants.

Tout Petit Pousset et ses frères sont tellement affamés, et surtout parce qu'elle est excellente, qu'ils avalent deux assiettes de soupe à la viande.

Ils se régalent et, le repas terminé avec une succulente tarte aux pommes, ils jouent avec les six petites filles de la dame si accueillante.

L'ambiance est si festive que Tout Petit Pousset en oublie l'Ogre et les loups. D'autant qu'il s'est lié d'amitié avec la dernière de la famille, Ève. Une gamine souriante, gentille et toute jolie avec ses longs cheveux dorés. Elle et lui ont fait dos à dos : ils ont exactement la même taille.

Tout Petit Pousset, qui a un cœur d'artichaut, lui dit tout de go que quand il sera grand, il se mariera avec elle.

Pour toute réponse, la petite fille pose un long bisou sur sa joue rosie par l'émotion.

Ils sortent main dans la main pour contempler les étoiles quand, soudain, la terre se met à trembler. La petite Ève dit alors : « Oui, Tout Petit Pousset, je serai ta femme bien-aimée quand je serai grande ! »

– Vite, vite, hurle soudain la maman, venez vous cacher.

– C'est mon papa qui rentre, dit Ève qui entraîne son petit amoureux à l'intérieur.

Elle ajoute :

– Pourvu qu'il ait mangé...

Elle tremble :

– Sinon...

La maman ne trouve d'autre cachette que sous le grand lit où se blottissent Tout Petit Pousset et ses frères. L'Ogre entre en hurlant : « J'ai faim ! Qu'est-ce qu'il y a à manger ? »

– Je t'ai préparé une bonne soupe ! répond son épouse.

– C'est, se plaint-il, que je n'ai rien trouvé à me mettre sous la dent. J'ai tellement faim !

Il raconte qu'il a sillonné les bois toute la journée. « J'ai entendu le bruit d'une bande de gamins mais je ne les ai pas vus. »

Il ajoute : « Quel dommage, je m'en pourléchais les babines d'avance. »

Dans la nuit, la maman réveille les Pousset. « Il faut partir maintenant, si vous ne voulez pas être mangés. Ce n'est pas que mon époux soit un mauvais homme, mais il adore la chair fraîche. C'est son péché mignon... »

Elle ajoute, confuse et rougissante : « Mon époux a un appétit d'ogre, tout lui est bon. Même quand, comme pour vous six, il n'y a pas grand chose à manger... Allez, fuyez ! »

La petite Ève est debout, les yeux rougis. Avant qu'il ne s'éloigne, elle glisse à l'oreille de Tout Petit Pousset : « Je ne t'oublierai jamais, je te le promets. »

– Moi non plus, répond l'enfant.

Il promet à son tour : « Je reviendrai ! Et nous nous marierons ! »

Leurs adieux sont déchirants, mais il faut se quitter.

Alors que le soleil se lève juste, les enfants s'enfuient à toutes jambes pour échapper au monstre. La gentille maman leur a donné suffisamment de nourriture pour la journée. Ils errent dans les bois durant des heures, quand soudain la terre se met à trembler : c'est l'Ogre qui approche. Ils se cachent dans un taillis tandis que l'ombre menaçante du géant les plonge dans l'obscurité.

Frissonnants, ils le voient s'allonger et s'endormir aussitôt. Il ronfle comme une machine à vapeur. Son ventre gargouille, signe qu'il réclame pitance.

Tandis qu'il quitte la cachette, Tout Petit Pousset fait signe à ses frères de ne pas bouger. Il sait ce qu'il doit faire. Il va retirer les bottes de sept lieues de l'Ogre. Ses frères et lui s'y glisseront et ils pourront ainsi s'enfuir loin du monstre dévoreur d'enfants.

L'Ogre se tourne au moment où Tout Petit Pousset lui enlève sa botte du pied droit.

Il fait signe aux autres d'approcher. « Vite ! »

Au moment d'entrer dans les bottes de sept lieues qui les sauveront, l'un d'eux laisse échapper la pomme rouge qu'il tient en main.

Elle roule jusqu'aux joues de l'Ogre. Il grogne, croit que c'est une mouche qui le réveille. Il tapote son visage pour la chasser, ouvre un œil. C'est alors qu'il découvre les six frères. Ils sont si apeurés qu'ils ne peuvent bouger. Tétanisés d'effroi.

– Voilà mon déjeuner, hurle le monstre, des étoiles dans les yeux.

Il va se saisir de celui qui est le plus proche de lui, quand Tout Petit Pousset s'interpose.

– Mangez-moi en premier, monsieur l'Ogre. Mais avant, j'ai quelque chose à vous dire !

L'Ogre l'attrape délicatement entre le pouce et l'index, de peur de l'écraser. Il approche l'enfant de son énorme et effrayante bouche.

– Tu es tout petit, espèce de demi-portion, s'amuse le monstre. Qu'est-ce que tu me veux ?

– J'ai une demande à vous faire.

– Une demande, tiens donc !

– Oui, je vous demande votre fille, Ève, en mariage, nous nous aimons et nous nous sommes promis de nous marier dès que nous aurons l'âge.

Soudain, dans son dos, apparaît la petite Ève.

– Mon amour, tu nous as suivis ! s'écrie l'enfant.

L'Ogre plisse les yeux :

– Que fais-tu là, ma fille chérie ?

Elle supplie :

– Je le veux pour mari. Pitié, papa, ne mange pas celui que j'aime !

L'Ogre examine Tout Petit Pousset :

– C'est vrai qu'il est tout mignonnet, ton amoureux. Bon, c'est d'accord, je te le laisse ! Il fera un bon et joli gendre.

Cela est peu connu, mais les ogres sont de grands sentimentaux, amateurs d'histoires à l'eau de rose et lecteurs de la collection Harlequin. L'élan d'amour de sa fille et de ce tout petit homme l'a ému aux larmes.

Il dépose Tout Petit Pousset au côté de sa minuscule fille. Une énorme larme coule sur sa joue quand il les voit se prendre tendrement la main.

Puis, il annonce, comme une évidence :

– De toute façon, il est trop maigrichon. Il n'y avait rien à becqueter sur lui.

Il regarde les cinq autres Pousset.

– Je vais me régaler avec ceux-là !

– Non, beau-papa, ce sont mes frères et je veux qu'ils soient présents à mes noces ! s'insurge Tout Petit Pousset.

– Papa ! supplie à nouveau Ève.

– Mais j'ai faim, grogne l'Ogre.

– Très faim ? demande Tout Petit Pousset.

– Horriblement faim.

Tout Petit Pousset sourit et s'exclame :

– J'ai la solution ! Je vous propose comme menu : une entrée toute craquante sous la dent et, surtout, un plat de résistance bien gras.

– Maintenant, tu m'as ouvert l'appétit, mon garçon ! Et où vais-je faire un aussi bon festin ?

Tout Petit Pousset déplie la carte que le monstre a dans la poche de son immense veste de peau et indique du doigt : « Là ! » Son index montre la maison de son frère aîné et de son énorme femme, ces deux infâmes qui ont voulu se débarrasser d'eux.

– Grâce à vos bottes de sept lieues, vous y serez dans cinq minutes chrono !

– Miam ! se félicite l'Ogre, tandis que les enfants et la petite Ève l'aident à enfiler ses bottes.

« Jamais, dira-t-il à ses enfants, petits-enfants, arrière-petits-enfants et arrière-arrière-petits-enfants (car un Ogre vit très longtemps grâce à la qualité de sa nourriture), jamais je n'ai fait un repas aussi succulent. J'étais tellement rassasié que je n'ai terminé mon repas que par gourmandise. Je me suis régalé et je n'en remercierai jamais assez mon gentil gendre. »

Tout Petit Pousset a vieilli et il n'a pas beaucoup grandi. Il est resté vivre dans la forêt auprès de l'Ogre, de l'Ogresse et de la merveilleuse Ève.

Ils vécurent heureux et eurent beaucoup d'enfants, comme on dit dans les contes.

Elle lui a donné sept enfants, tous plus mignons les uns que les autres. Mais ils étaient si minuscules qu'ils n'ont jamais intéressé l'Ogre qui, depuis qu'il a goûté à la chair dodue de la Grosse Bertha, ne mange que des personnes bien grasses.

Durant sa longue et belle vie, Tout Petit Pousset n'a jamais oublié d'emporter un sac de cailloux quand il s'est enfoncé dans la forêt pour aller aux champignons.

La Belle ou la Bête ?

ALICE MORGANE
Lauréate du concours « Storia »
sur Fyctia (www.fyctia.com)

La sensation du béton froid et rugueux lui procura un frisson. Tout son corps se réveilla. Il se releva, non sans mal, et s'appuya d'une main contre le mur. Les rires lui parvenaient derrière l'acouphène qui vrillait ses tympans. Le coup avait été dur à encaisser mais il était de nouveau sur ses pieds, prêt à en découdre. L'autre souriait ; plus pour très longtemps. Le coup qu'il lui assena fut rapide et maîtrisé. Après avoir chancelé quelques instants, son adversaire s'écroula au sol. Le silence ne dura qu'une seconde. Puis les cris fusèrent :

« La Bête ! La Bête ! »

Des mains vinrent le toucher. De grandes claques le félicitaient. Il n'entendait rien, ne pensait plus rien. La douleur avait momentanément disparu. Il était grisé par l'adrénaline, les acclamations et la vision qu'il avait de l'autre, toujours allongé au sol. Tout se mêlait pour former un cocon où il aurait aimé passer des heures. Des heures de paix du corps et de l'esprit. Des heures sans peur ni douleur.

Accro à cette sensation, il avait toujours du mal à reprendre ses esprits après un combat. Il savourait sa victoire, sa supériorité face à celui qu'il avait vaincu et qui devait se prosterner devant lui.

Lorsqu'il revint à lui, il voulut échapper au vacarme ambiant. Il joua des coudes et se fraya un passage dans la foule hystérique. L'alcool coulait et il préférait partir avant que la soirée ne tourne vraiment mal. Il n'avait aucune envie de se faire arrêter de nouveau. Emy l'aurait tué. Un rire nerveux lui échappa lorsqu'il passa à côté de celui qu'il venait d'assommer. Il pressait un morceau de tissu contre sa lèvre et son œil très gonflé était presque fermé. L'homme cracha à son passage. Sans se retourner, il le dépassa pour se diriger vers la porte. Il l'avait sacrément amoché, mais l'autre l'avait bien cherché. Lui aussi devait d'ailleurs avoir une tête à faire peur aux enfants. Son surnom bestial était peut-être mérité, finalement, même s'il l'avait toujours détesté. Sans oser se l'avouer, il savait au fond de lui-même qu'on ne l'avait pas appelé comme cela pour rien. Il était plus animal qu'homme et cela lui était insupportable. Les animaux n'étaient que des bêtes plus ou moins dociles, des esclaves incapables de penser. Lui n'était pas une bête.

L'air frais du soir lui fit l'effet d'une claque. Ses doigts vinrent remonter machinalement le col de sa veste. Il n'avait pas encore vu son visage mais sentait les coupures, brûlantes sous l'effet du vent glacial. Il grimaça, jeta un œil sur ses mains. Les bandes recouvrant ses articulations n'étaient plus que de simples lambeaux de tissu. Il les défit avec précaution et les abandonna par terre. Ses mains étaient abîmées, lassées des combats. Il rouvrait sans cesse les plaies quand il frappait. Celles qui avaient le temps de guérir laissaient des traces indélébiles sur sa peau pâle. Des cicatrices qui, toute sa vie, lui rappelleraient la violence. Serrant les poings, il se mit à marcher. Ses pas étaient légers, son corps semblait flotter au-dessus de l'asphalte crasseux. Il était un vainqueur, voilà tout. Et ni le macadam usé, ni les boxeurs clinquants des quartiers chics ne pouvaient rivaliser avec lui. Il allait gagner.

Il gagnait toujours.

***

Il tourna la clef dans la serrure. La porte s'ouvrit dans un grincement interminable. Il jura, se reprocha de ne toujours pas avoir graissé les charnières. L'entrée de l'appartement était plongée dans le noir. En accrochant sa veste au mur, il espéra ne pas la croiser. Cela lui éviterait des explications qu'elle ne prendrait même pas le temps d'écouter. Il déchanta rapidement.

Assise dans la cuisine, Emy était plongée dans un roman. Il se sentit coupable de rentrer aussi tard. Elle avait encore dû l'attendre toute la soirée. Lorsque la porte d'entrée claqua derrière lui, elle ne releva même pas la tête. Ses yeux continuaient de passer de ligne en ligne rapidement, concentrés sur une aventure qu'elle ne vivrait jamais. En se réjouissant des joies des personnages et en s'attristant de leurs peines, elle souhaitait s'échapper de sa vie triste, devenir quelqu'un d'autre le temps d'un roman.

Lui patientait devant le seuil de la porte. Les yeux fixés sur le carrelage irrégulier, le corps tendu, il n'osait bouger. Il attendait les reproches avec inquiétude, sans pouvoir s'empêcher de se mordre la lèvre inférieure, juste à côté de la commissure. Cela en était presque devenu une manie, qui surgissait chaque fois qu'il s'adressait à elle et attendait une réponse, une indication ou un ordre.

« C'est à cette heure-ci que tu rentres ? »

Elle daigna enfin le regarder. Ses yeux clairs le fixaient sans se détourner. Même avec cet air agacé, sa beauté ne cessait de l'étonner. Belle, ça elle l'était. Et elle ne se lassait pas de lui rappeler. Elle était jeune, intelligente et pouvait partir à tout moment avec un autre. Depuis qu'ils étaient ensemble, il en avait toujours été ainsi. Elle qui menaçait de partir, lui qui faisait tout pour la retenir, au prix de nombreux sacrifices. Il craignait de se retrouver seul si jamais elle le quittait. Il ne voulait surtout pas s'y risquer.

« Tu t'es regardé ? Et le boulot, demain, tu y as pensé ? »

La question était purement rhétorique. Il savait que les reproches étaient fondés. Et cela l'énervait profondément. Le boulot, il s'en moquait. Personne ne ferait attention, le lendemain, à ses plaies et ses contusions. Il n'y avait rien de plus impersonnel qu'un open space bondé. Certes, ses collègues s'en rendraient compte, mais ils détourneraient rapidement la discussion sur les dernières rumeurs circulant au sein de l'entreprise. Il était surqualifié mais préférait rester au bas de l'échelle. Ainsi, il pouvait passer plus de temps à s'entraîner et à combattre. Emy s'attardait trop sur les apparences. Elle avait des exigences, voulait que tout soit toujours à son image : parfait. Elle faisait tout pour arriver à ses fins. C'était cette détermination qui l'avait d'abord attiré. La capacité qu'elle avait de faire plier les choses, les individus, afin qu'ils lui obéissent. Il ne savait pas alors que cette même détermination le briserait aussi, le ferait plier jusqu'à ce qu'il rompe.

« Je vais me coucher. Bonne nuit. »

Irritée, elle le bouscula en quittant la pièce. Son agitation s'estompa immédiatement. Une fois de plus, il n'avait pas su quoi lui répondre. Il n'avait pas ouvert la bouche depuis qu'il était rentré. Simplement, il n'avait pas osé le faire. Il resta longtemps debout, seul dans la cuisine, à fixer l'ouvrage qu'elle avait laissé sur la petite table. Il se réprimandait durement, réfléchissait au moyen de se faire pardonner. Comme d'habitude, il lui offrirait un livre. Comme d'habitude, ils se réconcilieraient et elle l'embrasserait tendrement. Comme avant, ils seraient heureux… Puis viendraient les prochaines disputes. Viendraient les prochains livres, les prochains baisers.

Apparaîtraient les prochains hématomes.

***

La nuit avait été courte. Les yeux fixes, il scrutait son reflet dans le miroir. Ses cernes se confondaient avec le bleu des contusions, sa mâchoire était gonflée et chaude, la coupure au-dessus du sourcil n'était pas refermée et il avait horriblement mal au crâne. Son corps tout entier devait être couvert d'ecchymoses. Il sourit en reposant le tube d'aspirine. Il détestait souffrir, mais paradoxalement cela le faisait se sentir vivant. Il ressentait chaque infime parcelle douloureuse, redécouvrait à chaque fois ses muscles et ses articulations. Il riait quand ses amis le plaignaient car ils n'étaient pas conscients de ce qu'il ressentait. Ils refusaient de souffrir, ils refusaient de vivre. De vivre vraiment. Partisans du bien-être, ils refoulaient la douleur, lui faisaient la guerre à grand renfort de médicaments. Ils auraient dû l'envier mais s'en montraient incapables.

Il fut sorti de sa torpeur par de légers coups, comme hésitants, sur la porte d'entrée. Il avait d'abord cru que son esprit encore embrumé les avait inventés, mais les coups s'intensifièrent. En voyant qu'Emy n'ouvrait pas, il se dépêcha de sortir de la salle de bains. Chaque à-coup contre le bois résonnait dans tout son corps, faisant trembler jusqu'à ses os. Le bruit ricochait sur sa peau endolorie. Il arriva à la porte en courant et s'arrêta, le souffle court. La panique avait pris le dessus un instant. Il respira un grand coup et ouvrit.

Sur le seuil, il fut surpris de reconnaître sa voisine, accompagnée de son jeune fils. Sa frayeur disparut brusquement, remplacée par une soudaine timidité. Il était gêné de se présenter ainsi, débraillé et contusionné. Mais cela n'avait pas l'air de déranger la femme, qui lui sourit :

« Nous avons attendu que votre amie sorte pour venir vous voir. Nous avons entendu la dispute, hier soir. Tout va bien ? »

Elle avait chuchoté la fin de sa phrase. Elle semblait confuse, comme si demander à une personne comment elle allait, c'était s'immiscer dans sa vie privée. Sa gêne était palpable, elle se tordait les mains et détournait sans cesse le regard. Elle semblait ne plus savoir si cette visite était une bonne idée. Le petit garçon le fixait étrangement ; dans ses yeux se mêlaient la crainte et la curiosité propres aux enfants qui découvrent le monde des grands. Il ne disait rien, se contentait de le dévisager.

Après un moment d'égarement, il répondit machinalement par l'affirmative, totalement détaché. Il était perdu. Pourquoi cette visite aujourd'hui alors que leurs disputes duraient depuis des mois ? Certes, elles avaient empiré et étaient devenues encore plus fréquentes, mais tout de même, pourquoi maintenant ? Cela dérangeait-il vraiment leurs voisins ?

Il n'avait jamais pensé, au milieu des cris, que le vacarme résonnait dans tout l'étage.

« Je me rends compte que c'est difficile. Si vous avez besoin, envoyez-moi un SMS, ou venez frapper à ma porte. Je vous accueillerai chez moi sans hésitation. Je peux vous aider. »

Elle lui tendit un morceau de papier, lui sourit avant de prendre son fils par la main. Ils descendirent les escaliers. Les yeux dans le vide et les bras ballants, il resta pétrifié dans le couloir. Pourquoi venir le voir lui ? Pourquoi pas Emy ? Après tout, les disputes comme les combats se faisaient toujours à deux.

En refermant la porte, il jeta un œil sur le bout de papier. Sa voisine lui avait donné ses coordonnées. Il froissa le billet et le mit dans sa poche.

Elle disait qu'elle voulait l'aider. Qu'elle pouvait le faire.

Avait-il besoin d'aide ?

***

Étendu sur le sol, il reprenait conscience peu à peu. Un goût métallique emplissait sa bouche. Ses membres se rappelaient à lui progressivement. Il vérifia mentalement, comme à son habitude, que rien n'était cassé ; tout semblait à sa place. Il ne se souvenait pas du combat mais le choc avait été violent. Allongé sur le ventre, il ne reconnaissait pas non plus le sol de béton familier. Il avait reçu un coup sur le côté du crâne, avait dû tomber et se cogner la mâchoire. Il en était presque sûr. Il était aussi certain que ce n'était pas un poing qui l'avait frappé, mais quelque chose de bien plus dur. Mais quoi ? Un poing américain ? Une barre en métal ? Ces objets étaient formellement interdits lors d'un combat. Les organisateurs n'auraient pas laissé faire. À moins que ce ne soit une mise à mort. Mais dans ce cas, pourquoi était-il encore en vie ?

Il réussit à ouvrir les yeux. Sa vision était floue mais il parvint à distinguer sur le sol devant lui… un rouleau à pâtisserie ? Il devait délirer, le coup avait dû être trop violent. Les contours n'étaient pas nets mais l'objet avait bien la forme de l'ustensile de cuisine. Il était intact, mais marqué d'une trace sombre.

À plat ventre dans la cuisine de son appartement, il tenta de pousser sur ses bras pour se redresser. Il fut plaqué au sol par un escarpin rouge dont le talon taillé en aiguille allait bientôt le transpercer de part en part. Il réussit à tourner la tête légèrement. Le bout de la chaussure vermeille était couvert d'une fine pellicule humide rouge écarlate. Sa tête retomba sur le sol. Sonné, il était incapable de comprendre ce qui se passait. Il ne se souvenait de rien, tout allait beaucoup trop vite. Le talon s'enfonça davantage contre son dos. Il appuyait sur sa colonne, rendant chaque râle de respiration plus douloureux. Il pensa un instant s'abandonner, se laisser guider vers l'inconscience pour ne plus souffrir. Il en avait assez de la violence, assez de la douleur, assez de la vie qu'il se vantait d'avoir.

Il allait sombrer quand la pression de la chaussure s'arrêta d'un coup, le laissant prendre une grande inspiration. L'air entra douloureusement dans ses poumons. Il toussa, cracha du sang. Il était toujours au sol, les yeux fixés sur la paire de talons hauts devant lui. Il se redressa, ses bras tremblaient tellement qu'il fit tous les efforts possibles pour ne pas retomber. Ses mains étaient poisseuses, recouvertes de sang. Une petite flaque s'était formée au sol à l'endroit où sa tête avait reposé. Il se toucha machinalement le front. Une douleur fulgurante traversa son crâne. Plus de doute, il avait été frappé par le rouleau à pâtisserie, et la peau était ouverte. Des larmes commencèrent à rouler sur ses joues. Elles se mélangèrent au sang et créèrent une teinte rougeâtre, presque rose. Las de lutter, il éclata en sanglots. Il pleurait comme un enfant, incapable de s'arrêter. Les sanglots s'intensifiaient à mesure qu'il revenait totalement à lui. Il commençait à se rendre compte de la situation. Il voulait se réveiller, sortir de ce cauchemar qu'il connaissait trop bien. Mais comme à chaque fois, la peur et la douleur le ramenaient à la réalité.

Les talons claquèrent sur le sol carrelé à mesure que leur propriétaire se dirigeait vers la porte. Le fracas lui broyait les tympans. Chaque pas était comme une déflagration dans son crâne, l'étourdissant de plus en plus. Sa tête tournait. Tout se mélangeait : le sang, la peur, les larmes et les deux souliers rouges qui étaient désormais tenus à la main. Une goutte de sang glissa le long d'une chaussure et vint s'écraser au sol. Le silence régna un instant. Mais il fut brisé rapidement.

La voix d'Emy résonna dans la pièce :

« Quand tu auras fini, tu nettoieras. »

Et elle sortit.

***

Il avait cru s'endormir pendant un instant pour se reposer. Oublier la douleur quelques minutes. Les yeux fermés, il avait l'air paisible. Ses traits étaient détendus, son expression calme. Seule dénotait la plaie profonde à l'avant de son crâne. Elle avait arrêté de saigner mais était toujours à vif. Son visage baignait dans le sang qu'il avait perdu. Fermer les yeux avait été la solution la plus facile pour lui. La plus facile et la plus lâche. Il resta inconscient plusieurs heures. Son cerveau continuait de cogiter.

Il était un vainqueur, il avait gagné tous ses combats. Il ne voulait pas perdre. Ne pouvait pas perdre. Il n'avait pensé qu'aux futures victoires, n'avait pas envisagé une seule fois la défaite. Lui, un perdant ? On le surnommait pourtant « la Bête ». Il ne savait pas s'arrêter. Il savait qu'il combattrait jusqu'à la mort. Il était comme le chien qu'on enferme avec un autre pour un combat. Le propriétaire connaissait les risques. Soit le chien mourait, soit il guérissait et se relevait plus fort, prêt pour le prochain combat. La seule issue était donc la mort. Mais il ne pouvait y songer. Finalement, il était bien une bête. Les bêtes ne renoncent pas. Elles se battent. Jusqu'à la fin.

Les combats avaient été pour lui une véritable libération. Lorsqu'il se battait, il laissait son instinct prendre le dessus sur sa raison. Il faisait preuve d'une cruauté extrême en profitant de chaque erreur commise par son adversaire. Il frappait stratégiquement et savait faire souffrir. Il n'épargnait personne et il lui arrivait parfois de s'acharner. Il fallait alors intervenir pour l'éloigner de sa proie. Lorsque l'adrénaline redescendait, qu'il se rendait compte de ce qui aurait pu se passer si on l'avait laissé finir le travail, il ne se sentait pas mal. Curieusement, il avait presque honte d'avouer qu'il n'éprouvait aucune culpabilité. La mauvaise conscience n'avait pas sa place dans un combat. Elle faisait douter et l'hésitation était souvent fatale. Sa violence étonnait les nouveaux. Mais même en la connaissant, ils prenaient le risque de l'affronter.

Il avait été bon. Se battait dans les règles. À chaque rencontre, sans exception, les deux parties se battaient à armes égales – armes qui se résumaient à leurs poings – et étaient surveillées attentivement. Les combats étaient certes équitables, mais loin d'être équilibrés. Le plus fort dominait le plus faible. Mais sa vision du combat était biaisée, il le voyait maintenant. Il avait simplement oublié que d'autres faisaient fi des règles et les bafouaient allègrement. Les tricheurs. Les tricheurs étaient plus forts que lui. Les tricheurs ne se battaient pas à armes égales contre lui. Il était condamné à tenter vainement de se relever après chaque coup. Pouvait-il se résigner ? Pouvait-il accepter une défaite dans ces conditions ? Avait-il le choix ? Il était la Bête : féroce et déterminé.

Mais la Bête n'était plus sauvage depuis longtemps. Elle avait été apprivoisée sans qu'il s'en rende compte. Il restait captif dans sa cage et obéissait sans poser de questions. Il s'était voilé la face avec un tel acharnement que la réalité lui fit l'effet d'une claque. Il avait créé les barreaux qui le gardaient enfermé. Il avait accepté la torture. Il avait supporté les injustices et la violence.

Mais il devait briser ses chaînes. Il tolérait ce quotidien depuis bien trop longtemps. Il devait lutter, se retourner contre ceux qui l'emprisonnaient. Cela ne pouvait plus durer. Il allait se libérer de sa routine de violence pour un avenir où il ferait bon vivre. Un avenir dans lequel il n'aurait pas à se battre pour survivre. Où le déchaînement de douleur n'aurait pas de sens. Un avenir où il serait libre.

Il ouvrit les yeux.

Il allait se battre.

***

Hébété, il prit son temps pour s'assoir. La fraîcheur du carrelage lui faisait du bien. Il s'adossa quelques instants au placard, prit une inspiration et se hissa sur ses pieds. Il vacilla violemment. Sa tête tournait. Il agrippa le rebord de la table et se stabilisa. Il était à bout de souffle. Il se tourna et fit face au désastre. Le sol était couvert de sang et de bris de verre. La vaisselle avait dû voler pendant la dispute. Le placard sur lequel il s'était appuyé quelques instants plus tôt était aussi couvert de sang. Déjà ses mains laissaient de larges traces sur la table. Il commença par les passer sous l'eau froide. La cuisine était dans un sale état. Pour une fois, il ne nettoierait pas. Il n'effacerait pas les traces de lutte, les preuves de ce qu'il endurait. Il ne pouvait plus oublier et faire comme si tout allait bien. Comme si ces disputes étaient sans importance. Comme si elles étaient « normales », comme si cela arrivait dans chaque couple. Il était résolu. Tout n'allait pas bien, non. Aujourd'hui, l'important c'était lui, c'était sa vie. Finie la violence, finie la douleur. Il ne les tolérerait plus.

Il fouilla dans sa poche. Son cœur battait à tout rompre. Il mit enfin la main sur le morceau de papier. Il le déplia, les mains tremblantes. Il attrapa le téléphone, composa le numéro. Puis il reposa le portable. Son hésitation le troublait. Rester le condamnait à la captivité, et donc à la mort ; s'enfuir revenait à admettre sa défaite. Il était perdu. Il avait décidé de se battre. Il était la Bête. La Bête se battait. Mais elle se battait par instinct. Son essence était la vie. Et il avait choisi la vie.

Il retint son souffle quelques instants. Il n'entendait rien. L'appartement semblait vide. Il savait qu'Emy était là mais qu'elle devait dormir paisiblement. Il sortit de la cuisine en titubant. Il était aux aguets, son corps était tendu. Chaque pas était une véritable souffrance. Il arriva à la porte d'entrée et s'autorisa une pause. Aucun bruit. Il était soulagé. Tout allait s'arrêter. La liberté était au bout du couloir, derrière la porte. Il posa une main sur la poignée, l'autre vint tourner la clef. La serrure se débloqua dans un « clic » retentissant. Il ferma les yeux, tendit l'oreille. Emy ne semblait pas s'être réveillée. Il abaissa la poignée doucement. Il lui suffisait d'entrouvrir la porte, juste assez pour passer. Ensuite, il traverserait le couloir et frapperait à la porte de sa voisine. Il la réveillerait sûrement mais il ne pouvait pas faire autrement. Elle lui avait proposé son aide, il allait l'accepter.

La porte s'ouvrit dans un gémissement assourdissant. Dans la panique, il avait oublié que la porte grinçait. Cette fois-ci, Emy était réveillée, il en était sûr. Il venait d'entendre le bruissement des draps et les pas sur le plancher. Elle devait être furieuse. Mais il avait encore une chance de s'en sortir. Il s'élança dans le couloir. La distance qui le séparait de la porte de sa voisine lui semblait interminable. Il s'appuyait sur les murs, mais il était lent, beaucoup trop lent. Les battements de son cœur résonnaient dans sa tête, emplissaient tout.

Il était la Bête. Il avait engagé un long combat contre lui-même. Un combat perpétuel et d'une violence inouïe. Mais il avait oublié que les bêtes étaient chassées. Il avait oublié que les bêtes étaient tuées. Il avait oublié que les bêtes devaient mourir. Il avait été un vainqueur. Mais désormais, personne ne se souviendrait de ses victoires.

Il tendit son bras vers la porte. Il allait y arriver. Il allait pouvoir être libre. Il suffisait de faire ce qu'il savait faire. Il suffisait de frapper.

Il ne put que frôler la porte. Il s'écroula au sol, sa vision se brouilla. Il ne pouvait plus bouger, terrassé par la surprise et la violence. D'abord vive, la douleur s'atténuait petit à petit. Il oublierait bientôt le couteau qu'Emy enfonçait dans son dos.

Dans un dernier soupir, il sentit le courant d'air que fit la porte de la voisine en se refermant. La femme venait de couper court à tout espoir de vie, l'emprisonnant dans un silence infini.

Il avait définitivement perdu.

À PROPOS DES AUTEURS

Après avoir œuvré comme présentateur et rédacteur en chef à M6 pendant près de quinze ans, **Nicolas Beuglet** a quitté la télé en 2016 pour devenir romancier à plein temps. Sa vie a changé avec son premier thriller, chez XO : *Le Cri*. Ont suivi *Complot* et *L'Île du diable* qui forment désormais la trilogie Sarah Geringën, et tout dernièrement, *Le Dernier message*. Il vit dans la région parisienne avec sa femme et leurs deux filles.

« Obsédé par le succès de mon écriture, **Roy Braverman**, écrivain opportuniste au bon sens du terme, a néanmoins réussi à imposer un style à l'américaine qui lui est propre. Quand on lui demande ses références en matière d'écriture, il ne cite cependant que Patrick Manoukian pour *Le Temps du voyage*, Paul Eyghar pour le très picaresque *Les Bertignac*, et Jacques Haret pour *Un roman brésilien*. Mais pas moi. L'égo, probablement, d'un cadet envers son aîné, nous qui avons pourtant très exactement le même âge. »

Ian Manook

Née à Paris en 1975, **Armelle Carbonel** débute son épopée littéraire à l'âge de huit ans. Surnommée *La Nécromancière*, elle voue un intérêt particulier aux lieux abandonnés qu'elle revisite à travers ses histoires à huis clos. Auteur de trois thrillers (*Criminal Loft*, *Majestic Murder* et *Sinestra*), quinze nouvelles et d'un chant militaire, elle partage son temps entre l'écriture et ses fonctions d'agent domanial dans l'infrastructure.

Biberonné à la Bibliothèque verte avec *Langelot* et *Les trois détectives d'Hitchcock*, sevré aux Jules Verne, Agatha Christie, Gaston Leroux à l'adolescence, cinéphile compulsif, **Christophe Dubourg** s'est naturellement tourné très tôt vers l'écriture du roman policier, un genre qui permet toutes sortes de fantaisies. Auteur de deux romans publiés aux éditions Airvey (*Le loup et l'agneau* en 2017, *La méthode Venturi* en 2019), il travaille actuellement dans une librairie à Caen.

Nicolas Duplessier a 42 ans. Entre ses séances d'écriture, il réalise, sur sa chaîne YouTube « Il en pense quoi Nico ? », des chroniques littéraires et des portraits vidéo d'auteurs du noir. Fasciné par le « film noir », son esthétique et l'atmosphère des romans de détective américains, influencé aussi par le cinéma populaire des années 90 et la musique métal, il publie en 2016 *Été pourri à Melun-Plage*, son premier roman, suivi en 2019 par *On n'enterre jamais le passé*. Il travaille aujourd'hui sur un troisième roman.

Damien Eleonori est né en 1980 à Nancy. Il travaille plusieurs années en tant que chef de projet en informatique avant de publier en 2015 son premier roman, *Psyché* (réédité aux éditions De Saxus en octobre 2018 sous le titre *La mort n'existe pas*). Après ces premiers pas, il se lance le pari fou de réunir des auteurs pour une bonne cause. C'est ainsi que naît en mars 2018 aux éditions J'ai Lu le recueil de nouvelles *Phobia*, au profit de l'association ELA.

Surnommé « le prince norvégien du thriller », **Thomas Enger** est l'auteur de douze bestsellers traduits dans plus de trente pays et en cours d'adaptation pour la télévision. Les romans de cet ancien journaliste sportif, également brillant compositeur, nous entraînent notamment aux côtés d'Henning Juul, au rythme effréné de la rédaction d'un journal en ligne, dans les méandres de la société norvégienne où la culture de la transparence n'empêche ni la violence ni la corruption.

Après avoir été grand reporter à France Inter, directeur des magazines de M6, de la chaîne Paris

Première et des programmes de RTL, **Jacques Expert** se consacre à l'écriture de romans et de scenarii. Son dix-huitième livre et onzième polar, *Plus fort qu'elle*, est paru le 7 octobre 2020 aux éditions Calmann-Lévy. Spécialiste des faits divers, il est aussi l'auteur de la série *Verdict* sur France 5.

Victor Guilbert est auteur de théâtre et romancier. Le dernier spectacle qu'il a écrit (*Chroniques d'un débridé*) a tourné en Chine et en France durant deux ans et son premier roman (*L'histoire fabuleuse du Français insouciant devenu Chinois insurgé*) est sorti en 2017 chez Hikari Éditions. En janvier 2021 paraîtra son premier roman policier (*Douve*) chez Hugo Thriller. Après avoir vécu plusieurs années à Shanghai, il habite désormais à Paris où il travaille comme rédacteur et blogueur en parallèle de ses activités littéraires.

Française d'origine catalane, passionnée d'histoire et fascinée par les liens familiaux, **Johana Gustawsson** vit à Londres avec son mari suédois et leurs fils. Ses trois romans, *Block 46*, *Mör* et *Sång*, publiés dans plus de vingt pays et bientôt adaptés en série par Alexandra Lamy, mettent en scène un duo d'enquêtrices atypique, formé par la ténébreuse Emily Roy, profileuse canadienne détachée à Scotland Yard, et l'écrivaine de *true crime* Alexis Castells, spécialisée dans les criminels en série.

Concepteur de jeux vidéo, **Vincent Hauuy** est également romancier et scénariste. Son premier livre, *Le Tricycle rouge*, a remporté le prix VSD-RTL du meilleur thriller français 2017, présidé par Michel Bussi, et rencontré un immense succès public (plus de 140 000 exemplaires vendus). Trois autres romans ont suivi : *Le Brasier*, *Dans la toile* et *Survivre*. Tous ses livres sont publiés chez Hugo Thriller.

Née en 1985, **Lorraine Letournel Laloue** vit au Mans. Passionnée de littérature policière, elle a fondé en 2015 le Club des mordus de lecture, qui compte plus de 40 000 abonnés. Son premier roman, *HS 7244* (Belfond), a remporté le prix découverte Noir Charbon 2019. Il a également été nommé pour le prix découverte des Mines Noires 2020 et le prix découverte des Petits mots des libraires 2020.

Jérôme Loubry est un écrivain français né en 1976, édité par Calmann-Lévy. En 2017, il publie son premier roman, *Les Chiens de Détroit*, récompensé par le prix Plume Libre d'argent en 2018. *Le Douzième chapitre*, son deuxième thriller paru en 2018, reçoit le prix Polar de Mauves-en-noir. En 2019, son troisième roman, *Les Refuges*, obtient le prix Cognac ainsi que le prix de l'Iris Noir de Bruxelles. En septembre 2020 est paru *De soleil et de sang*, son quatrième roman.

Mo Malø est l'auteur de nombreux ouvrages, sous d'autres identités. Sous celle-ci, il a signé les trois tomes de la série « Qaanaaq Adriensen », du nom de son personnage de flic récurrent : *Qaanaaq* (2018), *Diskø* (2019) et *Nuuk* (2020), aux éditions de La Martinière. Tous se déroulent dans les immensités glacées du Groenland, qu'il donne également à voir sur ses comptes Facebook et Instagram. La série a déjà été traduite en plusieurs langues et distinguée dans divers prix et festivals littéraires.

« À la prétention de l'âge, qu'il a grand, **Ian Manook** ajoute l'insolence du succès, qu'il a tout aussi grand. Inlassable ressasseur de ses nombreux voyages, grands eux aussi, comme par hasard, il exploite avec un opportunisme assumé le filon du polar exotique. Insatiable collectionneur d'honneurs, il accumule les récompenses d'une fausse modestie distanciée qui ne trompe personne. À toutes ces qualités avérées, il faut cependant ajouter un très vilain et inavouable défaut : l'inaliénable amitié qu'il me porte envers et contre tous. »

Roy Braverman

Passionné d'histoire, **Ludovic Miserole** s'est fait une spécialité de nous raconter le destin des petits personnages dont personne ne parle. Celui d'êtres ordinaires ayant vécu des événements extraordinaires, nous permettant ainsi de visiter les coulisses de l'histoire. De cette façon, il nous a narré l'incroyable destin de Rosalie Lamorlière qui servit Marie-Antoinette à la Conciergerie, ou encore celui de Zamor, esclave épris de liberté, page de Madame du Barry. Avec ses derniers romans, Ludovic Miserole nous propose de partir à la rencontre de ces femmes, épouse, maîtresse ou catin, qui ont eu le malheur de croiser la route du Marquis de Sade. L'ultime volet de cette trilogie devrait sortir en 2021.

Alice Morgane est née en 2002. Elle vient d'obtenir son baccalauréat littéraire et s'oriente vers des études de philosophie. Passionnée de théâtre, de cinéma et de littérature, elle souhaite en faire son métier. Elle a écrit et réalisé plusieurs courts-métrages et remporté le concours dédié à *Storia* sur la plateforme d'écriture Fyctia.

Ivan Zinberg est capitaine de police et romancier. Passionné par l'univers policier, il s'inspire de son vécu pour élaborer ses intrigues. La nouvelle *Rouge* du présent recueil, relecture de la célèbre affaire criminelle dite du « tueur de vieilles dames », illustre une volonté d'écrire au plus près du réel. Âgé de 40 ans, il est l'auteur des thrillers *Étoile morte*, *Jeu d'ombres* et *Miroir obscur* parus aux éditions Critic. Son quatrième roman, *Matière Noire*, a été publié en 2019 chez Cosmopolis.

À PROPOS D'ELA

Fondée en 1992 par Guy Alba, l'Association Européenne contre les Leucodystrophies (ELA) regroupe des familles qui se mobilisent pour vaincre ces maladies génétiques neurodégénératives qui affectent la myéline (la gaine des nerfs) du système nerveux et qui engendrent des situations de handicap très lourd.

Chaque semaine en France, trois à six enfants naissent atteints de ces terribles maladies qui entraînent progressivement la perte des fonctions vitales : la vue, l'ouïe, la mémoire, la locomotion…

L'association ELA, reconnue d'utilité publique depuis 1996 et parrainée par Zinédine Zidane depuis l'an 2000, a quatre missions principales :

- Financer la recherche médicale
- Informer et accompagner les familles concernées
- Sensibiliser l'opinion publique
- Développer son action au niveau international

À ce jour, ELA a dédié plus de 13 millions d'euros à l'accompagnement des familles et 44,7 millions d'euros à la recherche médicale à travers 527 programmes scientifiques.

L'action menée par l'association ELA a notamment permis d'identifier une trentaine de formes de leucodystrophies, de mettre au point les premiers traitements et d'accompagner et de soutenir au quotidien les familles concernées.

Le combat continue plus que jamais !

Retrouvez ELA sur :
Internet : ela-asso.com
Facebook : @ELAOfficielle
Twitter : @ELAOfficielle
Instagram : @elaofficielle
Pour faire un don : https://ela-asso.com/

Découvrez en vidéo la vie des enfants d'ELA :

Composition et mise en pages
Nord Compo à Villeneuve-d'Ascq